教育部人文社科基金项目研究成果

弥尔顿的撒旦与英国文学传统

沈 弘 著

图书在版编目(CIP)数据

弥尔顿的撒旦与英国文学传统/沈弘著.—北京:北京大学出版社,2010.4
(文学论丛·北大欧美文学研究丛书)
ISBN 978-7-301-17082-3

Ⅰ.①弥… Ⅱ.①沈… Ⅲ.①弥尔顿,J.(1608~1674)—史诗—文学研究 Ⅳ.①I561.072

中国版本图书馆 CIP 数据核字(2010)第 053224 号

书　　　名:弥尔顿的撒旦与英国文学传统
著作责任者:沈　弘　著
组稿编辑:张　冰
责任编辑:叶　丹
标准书号:ISBN 978-7-301-17082-3/I·2217
出版发行:北京大学出版社
地　　　址:北京市海淀区成府路 205 号　100871
网　　　址:http://www.pup.cn
电　　　话:邮购部 62752015　发行部 62750672　编辑部 62765014
　　　　　　出版部 62754962
电子邮箱:zbing@pup.pku.edu.cn
印　刷　者:三河市北燕印装有限公司
经　销　者:新华书店
　　　　　　650 毫米×980 毫米　16 开本　15 印张　220 千字
　　　　　　2010 年 4 月第 1 版　2010 年 4 月第 1 次印刷
定　　　价:35.00 元

未经许可,不得以任何方式复制或抄袭本书之部分或全部内容。
版权所有,侵权必究　举报电话:010—62752024
　　　　　　　　　　电子邮箱:fd@pup.pku.edu.cn

教育部人文社科基金项目研究成果。

本项目的研究和出版还得到"北京大学创建世界一流大学计划"的经费资助,特此致谢!

《北大欧美文学研究丛书》编委会名单

主编：申 丹

委员：（以姓氏笔画为序）

区 鉷　　王守仁　　王 建　　任光宣　　许 钧
刘文飞　　刘象愚　　刘意青　　陈众议　　郭宏安
陆建德　　罗 芃　　张中载　　胡家峦　　赵振江
秦海鹰　　盛 宁　　章国锋　　程朝翔

总　序

　　北京大学的欧美文学研究经历了不同的历史发展时期,具有十分优秀的传统和鲜明的特色,尤其是经过1952年的全国院系调整,教学和科研力量得到了空前的充实与加强,汇集了冯至、朱光潜、曹靖华、杨业治、罗大冈、田德望、吴达元、杨周翰、李赋宁、赵萝蕤等一大批著名学者,素以基础深厚、学风严谨、敬业求实著称。改革开放以来,北大的欧美文学研究得到了长足的发展,各语种均有成绩卓著的学术带头人,并已形成梯队,具有可持续发展的基础。已陆续出版了一批水平高、影响广泛的专著,其中不少获得了省部级以上的科研奖或教材奖。目前北京大学的欧美文学研究人员承担着国际合作和国内省部级以上的多项科研课题,积极参与学术交流,经常与国际国内同行直接对话,是我国欧美文学研究的一支重要力量。2000年春,北京大学组建了欧美文学研究中心,欧美文学研究的实力得到进一步加强。

　　世纪之交,为了弘扬北大欧美文学研究的优秀传统,促进欧美文学研究的深入发展,我们组织撰写了这套《北大欧美文学研究丛书》。该丛书主要涉及三个领域:(1)欧美经典作家作品研究;(2)欧美文学与宗教;(3)欧美文论研究。这是一套开放性的丛书,重积累、求创新、促发展。我们希望通过这套丛书来系统展示在多元文化的背景下北京大学欧美文学研究的优秀成果和独特视角,加强与国际国内同行的交流,为拓展和深化当代欧美文学研究作出自己的贡献。通过这套丛书,我们希望广大文学研究者和爱好者对北大欧美文学研究的方向、方法和热点有所了解。同时,北大的学者们也能通过这项工作,对自己的研究进行总结、回顾、审视、反思,在历史和现实的坐标中研究自己的位置。此外,研究与教学是相互促进、互为补充的,我们也希望通过这套丛书来促进教学和人才的培养。

　　这套丛书的出版得到了北京大学外国语学院的鼎力相助和北京大学出版社的大力支持。若没有他们的支持和帮助,这套丛书是难以面世的。

北大欧美文学研究者的工作，只是国际国内欧美文学研究工作的一部分，相信它能激起感奋人心的浪花，在世界文学研究的大海中，促成一道亮丽的风景线。

北京大学欧美文学研究中心

目 录

前言 ··· 1

第一章 弥尔顿与英国文学传统 ································· 17
- 第一节 英国文学传统的定义和影响 ····················· 17
- 第二节 弥尔顿对于英国文学传统的认知和继承 ······· 22
- 第三节 英国文学传统植根于弥尔顿所受教育之中 ···· 37
- 第四节 弥尔顿的早期诗歌创作 ··························· 46
- 第五节 弥尔顿的博览群书与诗歌创作实验 ············ 65
- 第六节 弥尔顿的历史研究与《失乐园》主题的形成 ·· 86
- 第七节 古英语研究对于弥尔顿诗歌创作所产生的影响 ··· 93

第二章 "狡诈的诱惑者" ··· 105
- 第一节 魔鬼变换莫测的外表 ······························ 105
- 第二节 "在圣洁外表下弄虚作假" ······················· 113
- 第三节 诱惑者的如簧巧舌 ································· 120
- 第四节 撒旦的诡辩和伪善 ································· 130

第三章 "为何最虚弱的反显得最英勇？" ···················· 137
- 第一节 撒旦的异教武士形象 ······························ 137
- 第二节 异教武士形象的渊源 ······························ 145
- 第三节 奥斯曼帝国的阴影 ································· 152
- 第四节 异教武士形象的特征 ······························ 158
- 第五节 撒旦与基督武士形象的对比 ····················· 165

第四章　罪孽的讽喻 171
第一节　两种不同类型的讽喻手法 171
第二节　撒旦与邪恶三位一体 178
第三节　宗教讽喻的多层次寓意 191
第四节　善恶混杂的理念与传统 206

结　语 220

参考书目 223

前　言

　　有关弥尔顿《失乐园》的争论可谓是由来已久,相关的评论专著和文章早已是浩如烟海,汗牛充栋。尽管这些争论所提出的问题五花八门,但其焦点几乎都集中在这部史诗的一位主人公撒旦身上。三百多年以来,这位虚构的史诗人物分别被不同的评论家们阐释成罪恶的化身或史诗英雄,典型的清教徒革命家或是对被处以绞刑的英国国王查理一世的影射。但在绝大多数论述弥尔顿《失乐园》的论著和论文中,撒旦几乎都被公认为是整部史诗情节发展所环绕的中心人物,而且是弥尔顿塑造最成功的一个角色。正是由于撒旦在这部史诗作品中所占据的这种中心地位,使得对于该角色人物性格的任何阐释都会影响读者对于史诗中其他角色的看法,以及对于作品中心思想的理解。因此我们认为,对于撒旦这一人物性格的正确理解对于如何欣赏弥尔顿这部伟大的史诗杰作具有至关重要的影响。

　　自从威廉·布莱克下了弥尔顿"成为魔鬼的同党而不自觉"这一著名论断①之后,评论家们的观点似乎被导向了《失乐园》究竟应被视为是一部政治诗歌,还是一部宗教诗歌的争辩之中。在整个19世纪中,激进的"撒旦派"评论家们始终占据了上风。雪莱和哈兹里特(William Hazlitt)这两位是把弥尔顿的史诗视作反抗暴政之政治宣言的最坚定鼓吹者。雪莱在《诗辩》(*Defence of Poetry*, 1821)中高度赞扬撒旦这一形象:"《失乐园》中所表达撒旦这一角色的旺盛精力和性格魅力无与伦比。如果假定诗人的意图是在刻画一个人们心目中的罪恶化身那就错了。……弥尔顿笔下撒旦的道德形

---

① William Blake. *The Marriage of Heaven and Hell* (1790—1793), Plate 5: " The reason Milton wrote in fetters when he wrote of Angels & God, and at liberty when of Devils & Hell, is because he was a true Poet and of the Devil's party without knowing it."

象要远远高于他所描绘的上帝。"①在《解放了的普罗米修斯·序言》中,雪莱更是直接把撒旦比作了在天国蔑视宙斯暴虐统治的古希腊天神普罗米修斯。这种观点后来在20世纪初英国评论家雷利爵士(Sir Walter Raleigh)的《弥尔顿》(Milton,1900)一书中得到了积极呼应,作者毋容置疑地宣称:"撒旦不可避免地使我们回想起普罗米修斯。"②

哈兹里特也同样以最崇高的形容词来描绘撒旦这位叛逆领袖不可征服的意志和誓死反抗上帝暴政的坚定决心:"撒旦是诗歌作品中最具有英雄主义的题材,不仅他的性格刻画完美无缺,而且其整个构思也崇高无比。"③

19世纪俄国评论家别林斯基(V. G. Belinsky)用历史唯物主义的观点总结了上述西方"撒旦派"评论家的意见,把弥尔顿的撒旦跟17世纪英国的清教徒革命者们直接对应了起来:

> 弥尔顿的诗歌显然是时代[即英国革命]的产物:诗人在不自觉的情况下用骄傲而阴郁的撒旦这一人物形象颂扬了对于权威的反抗,尽管他的原来意图并非如此。④

迄今已经有一个多世纪过去了,可布莱克、雪莱和别林斯基的上述结论在中国的许多场合下仍然被视作对弥尔顿和撒旦形象的标准评价。

然而,上述观点只能够适用于《失乐园》的前两卷,因为只有在这儿人们才能够找到些许,假如真有的话,诗人对于上帝那位死敌所表达的同情;但是普罗米修斯的崇高英雄形象却很难跟伊甸园中伪善的诱惑者或在地狱深

---

① Roger Ingpen and Walter E. Peck, eds. *The Complete Works of Percy Bysshe Shelley*. Vol. VII. London: Ernest Benn Limited, 1930, p. 129: "Nothing can exceed the energy and magnificence of the Character of Satan as expressed in *Paradise Lost*. It is a mistake to suppose that he could ever have been intended for the popular personification of evil.... Milton's Satan as a moral being is as far superior to his God."

② Walter Raleigh. *Milton*. New York: G. P. Putnam's Sons, 1900, p. 133: "... Satan unavoidably reminds us of Prometheus."

③ Cited by E. E. Stoll in "Give the Devil His Due: A Reply to Mr. Lewis", *RES*, 1944, p. 113: "Satan is the most heroic subject that ever was chosen for a poem and the execution is as perfect as the design is lofty."

④ V. G. Belinsky. *Selected Philosophical Works*. Moscow: Foreign Languages Publishing House, 1948, p. 425: "The poetry of Milton is obviously the product of his age [the English Revolution]: He himself, without suspecting the fact, depicted in the person of his proud and somber Satan an apotheosis of rebellion against authority though his intention had been quite different."

渊中匍匐爬行的那条大蟒蛇相提并论。因此,关于在这部作品中存在着"作为资产阶级革命家的弥尔顿"与"作为虔诚基督徒的弥尔顿"之间矛盾的理论[①]不可避免地会毁掉这部如今已经成为英国文学经典的伟大史诗作品的内在统一性。

1942年,牛津学者刘易斯(C. S. Lewis)在《失乐园·序》(*A Preface to Paradise Lost*, 1942)一书中为把弥尔顿的史诗阐释为一部基督教诗歌而进行了有力的辩护。他首先强调《失乐园》作为第二手的文人史诗,具有注重仪式的风格是无可厚非的;紧接着他便坚称该史诗的中心主题和它所叙述故事的其他主要方面与正统的基督教神学理论是相一致的。通过审视诗中与撒旦有关的各种不同蜕变意象,刘易斯确认这位堕落的大天使是一个无可辩驳的反面形象。刘易斯的这种基督教阐释理论对于扭转批评导向起了关键的作用,但是他并没有令人信服地解释诗歌中某些离经叛道的细节,例如弥尔顿在诗中对于神圣三位一体(即圣父、圣子、圣灵)的处理,以及对于地狱之力魔殿(Pandemonium)的描述,等等。因而后来的基督教评论家们试图用不同的方法来阐明诗中这些与正统神学不太一致的描述。

帕特里德斯(C. A. Patrides)试图给弥尔顿史诗中的基督教概念提供更为精确的命名。他在《弥尔顿与基督教传统》(1966)一书中指出,"《失乐园》并非笼统意义上的基督教诗歌,而是一部基督教新教的诗歌,那种为了取悦于天主教读者而对它进行歪曲的做法会损害它作为新教史诗的独特地位。"[②]伍德豪斯(A. S. P. Woodhouse)在《天国的缪斯:弥尔顿研究导论》(1972)一书中表达了一个相类似的观点:

> 然而,把弥尔顿只描述成一位基督徒或基督教人文主义者是远远不够的。他是一位新教徒。……打破偶像,个人主义,信奉理智,以及抵制传统,努力使个人的心智去适应圣经的多重复杂性等倾向——所有这些和宗教改革所带来的其他后果都以一种极端的形式表现在弥尔

[①] 参见陈嘉在《英国文学史》(Chen Jia. *A History of English Literature*. Vol. I. Beijing: The Commercial Press, 1984, pp. 289—290)一书中的评论。

[②] C. A. Partridges. *Milton and the Christian Tradition*. Oxford: The Clarendon Press, 1966, p. 5: "*Paradise Lost* is not a Christian poem generally; it is, rather, a Christian Protestant poem, and attempts to make it doctrinally palatable to Catholic readers do violence to its unique position as the epic of Protestantism."

顿的身上。①

在回顾了一系列有争议的问题之后,伍德豪斯得出了这样一个结论:"当弥尔顿的异端邪说都得到了人们的理解和宽容之后,《失乐园》仍然是一部不折不扣的基督教诗歌。它采用了两套有关自然、恩惠和恩惠优先权的制度。它的主题是人类的堕落和失去上帝恩惠,诗中还简略勾画出一些条件,凭借这些条件,再通过上帝的干预,人类最终还是能够获得新生。"②

希尔(Christopher Hill)在《弥尔顿与英国革命》(*Milton and the English Rovolution*,1977)一书中采取了一种更为中庸的观点,他一方面承认弥尔顿不仅仅是简单地继承了基督教传统,因为诗人是一位激进的新教离经叛道者,曾经拒绝过传统的基督教教条。但另一方面,弥尔顿就像大多数新教徒那样,坚持认为《圣经》是所有智慧最权威的来源,尽管他同时也意识到每个人都必须按照自己的理解来阐释《圣经》,因为"上帝……要求我们每一个希望得救的人都建立自己的信仰"③。于是,希尔进一步认为弥尔顿处于一种进退两难的境地:

> 实际上,正如索拉特(Denis Saurat)所指出的那样,弥尔顿脚踏两条船:他想要用理智来控制激情,可他并不希望排斥激情,因为没有激情他就成不了诗人。但是在自由与必要性之间的相互冲突中,弥尔顿坚定地站在自由这一边。④

这种妥协的态度似乎成为了新近弥尔顿评论的一个共同特点,因为无论基督教或是"撒旦派"评论家们实际上都在不同的程度上有失偏颇:前者不容易解释撒旦在史诗前两个章节中高大威武的艺术形象,而后者则割裂了撒

---

① A. S. P. Woodhouse. *The Heavenly Muse*: *A Preface to Milton*. Toronto: University of Toronto Press, 1972, p. 102: "To describe Milton only as a Christian, however, or as a Christian humanist, is insufficient. He is a Protestant. ... The tendency to iconoclasm, to individualism, to a sole reliance ultimately upon reason, fostered by the rejection of tradition and the wrestling of the individual mind with the manifold complexities of the scripture-these and other outcomes of the Reformation are illustrated in Milton in an extreme form."

② Ibid.

③ John Milton. *The Reason of Church Government*: "God ... demands of us that each man who wishes to be saved worked out his beliefs for himself."

④ Christopher Hill. *Milton and the English Revolution*. London: Penguin Books, 1979, p. 261.

且这一人物性格和史诗的完整结构。所以后来的评论者大都试图在这两种尖锐对立的派别之间进行某种程度的调和及妥协。但相关争论至今仍在继续。

上述有关争论是一个非常复杂的问题：考虑到17世纪英国的特殊形势，人们很难把那儿的宗教与政治割裂开来，因为英国革命说到底是天主教保皇党与清教议会党人之间的一场宗教斗争。况且，弥尔顿的史诗既不是一部神学著作，也不是一本政治小册子。作为文学艺术作品，它可以具有自己的立场，没有必要屈从于教义上的限制。诗歌的特许和诗意的发挥对于《失乐园》这样一部史诗来说是完全能够被人接受的。塞缪尔·约翰逊（Samuel Johnson, 1709—1784）在评论沃勒（Edmund Waller）的宗教诗歌时曾经下过一个著名的论断，即诗歌的本质与宗教教义的本质是截然不同的。诗歌必须"发明创造"（invention），而且它是靠"比事物本身更为优雅的方式来展示思想"来取悦读者的。但宗教教义则相反，"必须反映事物本身的原样，任何压制或补充都会造成损害"。因此从诗歌作品中，"读者有理由期望，而且从好的诗歌作品中总是能够获得，使自己的理解进一步扩充，使自己的想象进一步提升"。① 而且，弥尔顿所创作的诗歌作品与他所撰写的散文作品之间也有一个显著的不同。按照诗人自己形象的说法，他在写诗的时候感觉很自然，就像是在用右手写字，而他在写那些政论性和讨论宗教性质的散文时就受到了很大的限制，感觉就像是在用左手写字。②

所以，本文作者认为从文学传统这一角度出发来审视弥尔顿在创作《失乐园》时所受到的影响会更加令人信服，除了能够帮助我们澄清诗人的宗教信仰或政治态度之外，它还能够帮助我们欣赏弥尔顿在塑造撒旦这一文学形象上所获得的文学成就。

在一篇著名的批评散文《传统与个人才能》中，T. S. 艾略特特别强调了

---

① Samuel Johnson. *The Lives of the English Poets*. Vol. 1. London: J. F. Dove, 1826, p. 187.

② John Milton. *The Reason of the Church Government*; " Lastly, I should not choose this manner of [prose] writing, wherein knowing myself inferior to myself, led by the genial power of nature to another task, I have the use, as I may account it, but of my left hand. ... it was found ... that had the overlooking, or betaken to of mine own choice in English or other tongue, prosing or versing, but chiefly the latter, the style, by certain vital signs it had, was likely to live." (M. Y. Hughes. *John Milton: Complete Poems and Major Prose*, 1985, p. 667.)

文学传统那无处不在,不可割裂的重要性:

> 没有任何一位诗人,没有任何一门艺术的艺术家,能单独拥有他完整的意义,对于他的欣赏就是对于他与已经死去的诗人和艺术家们之间关系的欣赏。你不能够单独对他作出评价;你必须把他置于已经辞世的诗人和艺术家们中间来进行对比和比较。我所说的是一种审美批评,而不仅仅是历史批评的原则。这种遵循传统并与之合为一体的必要性并不是单方面的;但一个新的艺术品被创作出来时,它会同时影响到此前的所有艺术作品。①

这一评论用在弥尔顿身上就显得格外的真实,因为这位诗人同时又是一个博览群书的学者,他的想象力主要来自于他所阅读过的前人作品。

弥尔顿的批评家们从一开始就已经奠定了两个具有鲜明特征的史诗传统:一个是古典史诗传统,另一个就是希伯来史诗传统。雅各布·汤森(Jacob Tonson)于1695年出版的《失乐园》对开本版中包括了帕特里克·休姆(Patrick Hume)对于这首诗歌的评论集,后者的古希腊语、拉丁语和希伯来语的知识使他发现了弥尔顿在史诗中某些地方偏离正统圣经文本这一做法的理由。在休姆评论集的扉页上,我们可以看到这样的题词:"对于弥尔顿《失乐园》的评注。凡是跟这首诗歌有关的圣经文本都得以引用,诗中与旷世文豪荷马和维吉尔的史诗相平行或刻意模仿的段落也得以摘引和进行比较……"②休姆的评注涉及了许多其他的古典作家和来自圣经传说和圣经评注传统的有趣范例,更为引人注目的是,他提到了意大利诗人塔索(Torquato Tasso)与伊丽莎白时代诗人斯宾塞(Edmund Spenser)与弥尔顿史诗的关联。虽然休姆尊崇"旷世文豪荷马"(the most excellent Homer)和"仰之弥高的维吉尔"(the sublime Virgil),但他坚持认为《圣经》是弥尔顿史诗的主要创作源泉。

艾迪生(Joseph Addison,1672—1719)是第一个使大家都关注到《失乐园》背后那个古典文学传统的评论家。1712年,艾迪生在《旁观者》(*Spectator*)杂志上发表了十八篇评论文章,来讨论弥尔顿的《失乐园》这部

---

① T. S. Eliot. "Tradition and the Individual Talent" (1917). *Critical Theory since Plato*, ed. Hazard Adams. New York: Harcourt Brace Jovanovich, Inc., 1971, p. 784.

② Ants Oras. *Milton's Editors and Commentators from Patrick Hume to Henry John Todd (1695—1801)*. Tartu: Estonia University of Tartu press, 1931, p. 22.

伟大史诗。前六篇文章是对作品笼统的评论,而其余那十二篇则是分别针对史诗中的十二卷而进行的评论。在1月5日所发表的第一篇文章中,艾迪生制定了对弥尔顿史诗进行评判的标准:"我将按照史诗的规则来审视弥尔顿的诗歌,并且检查一下就史诗最本质的美感而言,《失乐园》究竟在什么地方不如《伊里亚特》或《埃涅阿斯纪》。"这些规则当然就是指亚里士多德关于史诗的定义。有趣的是,在1月12日发表的第二篇文章中,艾迪生将撒旦比喻成了荷马《奥德赛》中尤利西斯所扮演的角色:"然而现在我已经提及的那位狡猾的家伙进行了一次要远比尤利西斯更长的旅行,实施了许多阴谋诡计和策略,以及用各种形状和外貌来伪装自己,所有这一切都在作品中几次被戳穿,引起了读者极大的愉悦和诧异。"在对《失乐园》的情节、人物和语言进行了综合研究之后,艾迪生在2月2日发表的第五篇文章中得出了以下的结论:"我已经将弥尔顿的《失乐园》置于寓言、人物、情感和语言这四大类项目之下进行了研究,并且显示就整体而言,弥尔顿在这四个方面均棋高一筹。"①

C.S.刘易斯在《失乐园·序》一书中对于古典史诗传统进行了一个彻底的回顾。他把古典史诗进一步地分为两种不同的类型:荷马的《伊里亚特》和《奥德赛》是第一代史诗(folk epic)的典型范例,而维吉尔的《埃涅阿斯纪》则是第二代史诗(literary epic)的代表。作为基督教评论家的一位代言人,刘易斯显然也承认古典文学传统对于弥尔顿史诗所产生的重大影响。

在《〈失乐园〉与古典史诗》(*Paradise Lost and the Classical Epic*,1979)这部关于古典史诗传统的更新研究论著中,布莱辛顿(F.C.Blessington)从一个新的角度对这个问题进行了考察。他发现弥尔顿并没有按照古典史诗中描写英雄的规则来塑造撒旦这位叛逆天使:"撒旦正好是对阿喀琉斯的颠覆,他是一位具有雄辩口才,但却缺乏真正战斗能力的武士。"②与其形成鲜明对比的是,圣子基督在天国之战中则表现得像一位真正的古典史诗英雄,因为身穿盔甲的基督再也不是在天庭中为拯救人类而进行调停的那位勇于做出自我牺牲的谦谦君子,而是一位比阿喀琉斯甚至更

---

① 关于上面所引用的艾迪生评论,请参见 James Thorpe, ed. *Milton Criticism: A Collection in Four Centuries*. New York: Octagon Books, Inc., 1966, p. 23, 30, 44.

② F.C. Blessington. *Paradise Lost and the Classical Epic*. Boston: Routledge and Kegan Paul, 1979, p. 10.

为威猛的武士。所有这一切都被布莱辛顿用作证据,来证明他在该书中开宗明义地提出的观点:

> 并非像评论家们所通常认为的那样,他[弥尔顿]援引古典史诗的范例是为了取而代之,而是为了显示,按照荷马和维吉尔定下的标准,撒旦并没有达到一位史诗英雄的标准。简而言之,撒旦只是对于阿喀琉斯、奥德赛和埃涅阿斯的一种模仿嘲弄。①

芭芭拉·莱瓦尔斯基(Barbara K. Lewalsky)在《〈失乐园〉与文学形式的巧辩》(*Paradise Lost and the Rhetoric of Literary Forms*,1985)②一书中重复了同样的观点。在该书中,莱瓦尔斯基首先介绍了古典文学中各种不同的文学体裁,因为弥尔顿是把维吉尔作为自己的榜样,在年轻时期尝试了几乎每一种古典文学形式,直到最后才开始动笔写《失乐园》这部伟大史诗的。其结果就是《失乐园》拥有一个气势磅礴,包罗万象的庞大结构,其中包含了好几种不同的风格和文学体裁。作者详细地分析了该诗第二卷"群魔殿"中的辩论,通过用古典修辞学的方法对各位魔头的发言进行对比分析之后,得出的结论就是撒旦这位阴险狡猾的叛逆天使首领始终操纵了话语权。接着她又按照古典史诗的惯例对撒旦的人物性格进行剖析,发现在他的身上尽管能够找到力量、勇气、坚忍不拔、决心、耐力和领导艺术等品质,但是他却并没有真正达到一位古典史诗英雄的标准。这个结论恰好跟早先一位弥尔顿评论家斯特德曼(J. M. Steadman)的观点不谋而合,后者指出撒旦由于自身的野蛮残忍(brutishness)而无法满足文艺复兴时期对于一位史诗英雄的道德标准。这是因为中世纪晚期和文艺复兴时期的伦理道德家和文学批评家们大多都信奉亚里士多德在《尼各马可伦理学》(*Nicomachean Ethics*)第三卷中对于英雄美德的定义。按照亚里士多德的定义,英雄是超人、崇高和神圣的,应该具有众多的美德,而"野蛮残忍"则跟罪孽有关。③

自从 20 世纪以来,《失乐园》中另一个主要的文学传统也越来越受到更

---

① F. C. Blessington. *Paradise Lost and the Classical Epic*. Boston:Routledge and Kegan Paul,1979,p.1.

② B. K. Lewalski. *Paradise Lost and the Rhetoric of Literary Forms*. Princeton:The University Press,1985.

③ J. M. Steadman. *Milton's Epic Hero*. Chapel Hill:The University of North Carolina Press,1968,p.24 ff.

多评论家们的关注。希伯来文学传统和基督教早期教父权威们被认为对弥尔顿史诗的创作施加了重大的影响。对于圣经故事来源的研究揭示出圣经典故及其相关的文学作品对于弥尔顿史诗中主要故事情节的形成具有极为重要的影响。《创世记》第 2 章为《失乐园》中亚当和夏娃的堕落提供了故事来源,而《启示录》第 12 章则以象征性的语言讲述了撒旦和叛逆天使们的堕落。《失乐园》第二卷中关于"罪孽"和"死亡"的讽喻主要来自《雅各书》第 1 章第 15 句。① 除了《旧约》和《新约》之外,还有 1611 年钦定本圣经所包含的《次经》(Apocrypha)。正如汉福德(J. H. Hanford)所指出的那样,《次经》故事受到了弥尔顿的高度关注,并且在《失乐园》这部宗教史诗的写作中为诗人提供了许多创作灵感,尤其是《以诺书》(Book of Enoch),后者提到了叛逆天使们被打入地狱,以及撒旦麾下一名旗手,即亚萨色(Azazael)的名字。还有《托比特书》(Book of Tobit),书中提及大天使拉斐尔是一位热心助人的向导,曾陪伴该书的主人公托比特经历了好几次冒险。②

弗莱彻(H. F. Fletcher)在他的两部早期论著③中首先将读者的注意力引向了犹太教拉比们对于圣经故事所做的评注。他后期的一部主要作品,《约翰·弥尔顿的思想发展》(The Intellectual Development of John Milton, 1961)也用了一个专门的章节来讨论这个问题。弥尔顿在把撒旦诱惑夏娃的神话演绎为一个颇为吸引人的故事时对于这些犹太教拉比们的评注肯定会颇感兴趣:例如这些评注中提及撒旦因亚当的婚姻幸福而感到嫉妒,以及撒旦试图用诡辩来使夏娃相信禁果是有益无害的,因为他自己就吃过禁果而没有死亡,而上帝禁止人类尝禁果的真正动机是嫉妒。弗莱彻宣称,弥尔顿对于这些《塔木德经》故事(Talmudic writings)了如指掌这一事实是毋容置疑的,因为他在散文作品中经常提及它们。在他的第三部论离婚的小册子《泰特拉考登》(Tetrachordon)中,弥尔顿显然接受了关于亚当最初具有两种性别特征这一由犹太教拉比们所提出的理论。弥尔顿还非常熟悉中世纪犹太教拉比迈蒙尼德(Moses Maimonides,1135—1204)的著作,以及由约瑟

---

① New Testament, James 1:15. "The his [Satan's] evil desire conceives and gives birth to sin; and sin, when it is full-grown, gives birth to death."

② J. H. Hanford and J. G. Taaffe, eds. A Milton Handbook. New York: Meredith Corporation, 1970, p. 203.

③ H. F. Fletcher. Milton's Semitic Studies. Chicago: The University of Chicago Press, 1926. ——. Milton's Rabbinical Readings. Urbana: University of Illinois Press, 1930.

夫斯(Flavius Josephus,37/38—100)和约西庞(Yosippon)撰写的犹太人历史。在一篇发表在《语文学研究》(Studies in Philology)期刊的文章中,弗莱彻还论证弥尔顿许多描写撒旦诱惑夏娃那一场景和上帝与亚当之间的对话等许多叙述故事的细节也许是从约西庞或其他犹太教拉比们的评注那儿直接拿过来的。

C.S.刘易斯在《失乐园·序》(1942)一书中证明了圣奥古斯丁是弥尔顿阐释《圣经》故事时所依靠的一个非常重要的权威,尤其是关于人类堕落和揭示撒旦本质的故事。这个话题在其他几位更为新近的评论家论著中也有讨论。在《弥尔顿与奥古斯丁,〈失乐园〉中的奥古斯丁思想模式》(Milton and Augustine, Patterns of Augustine Thought in Paradise Lost, 1981)一书中,菲奥里(P. A. Fiore)对于这一特定的影响成功地进行了更为深入的探讨。评论家们还试图找出其他中世纪基督教教父们的思想对于弥尔顿这部史诗的影响,因为在但丁的《神曲》和其他文艺复兴和宗教改革时期的作品中有许多关于这些思想的讨论和评论,而弥尔顿对于所有这些作品显然是了如指掌的。例如汉福德指出,约翰·塞尔登(John Selden)的《叙利亚神祇》(De Diis Syriis)为弥尔顿对于魔鬼的描写和性格刻画提供了许多实例。①

对弥尔顿具有影响的另一部文艺复兴时期杰出宗教作品是法国诗人迪巴尔塔(Du Bartas)的《第一周》(La Premiere Semaine)和《第二周》(La Second Semaine),由乔舒亚·西尔维斯特(Joshua Sylvester)译成英语后的题目是《迪巴尔塔的创世周及其劳作》(Du Bartas His Weekes and Workes)。泰勒(G.C. Taylor)在《弥尔顿对于迪巴尔塔作品的使用》(Milton's Use of Du Bartas, 1934)中提出,由西尔维斯特译成英语的《迪巴尔塔的创世周及其劳作》对于弥尔顿的影响要比任何一本其他书都更大。这个论断当然有一点夸大的成分,因为泰勒本人也承认,在《失乐园》的好几卷中,我们找不到任何迪巴尔塔影响的迹象。② 然而,泰勒在书中挑出了众多平行的描写和用词的相似,其中绝大部分都集中在撒旦所扮演的诱惑者这个角色身上。

关于希伯来文学传统对于弥尔顿《失乐园》影响的最全面研究也许要数

---

① J. H. Hanford and J. G. Taaffe, eds. *A Milton Handbook*. New York: Meredith Corporation, 1970, p. 206.

② G.C. Taylor. *Milton's Use of Du Bartas*, 1934, p. 72:"The magnificent Satan of Books I and II of *Paradise Lost* shows no signs of the influence of Du Bartas"; p. 85:"There appear to be no borrowings from Du Bartas in Book VI", etc.

埃文斯(J. M. Evans)的《〈失乐园〉与创世记传统》(*Paradise Lost and the Genesis Tradition*, 1968)。在这部单卷本的论著中,埃文斯总结了这一特定研究领域直到20世纪60年代后期的现代研究成果。尤其令人感兴趣的是,该书中有一个章节名为"英雄史诗的描写方式"(The Heroic Treatment),在该章节中埃文斯讨论了古英语宗教诗歌中所反映的创世记故事。他首先检查了这一组盎格鲁—撒克逊宗教诗歌得以发展的历史背景,宣称这种创世记故事从基督教拉丁语诗人的作品中获取了灵感,但与此同时它又是深深植根于日耳曼英雄诗歌之肥沃土壤的。

  当然,它们(古英语文学中对于圣经故事的各种处理手法)是来自于对日耳曼萨迦所特有的风格、语言和概念的使用,而非对那些跟古典史诗相关的风格、语言和概念的使用。用英格尔德(Ingeld)[①]来取代埃涅阿斯和奥德赛的做法对于神学家来说,也许是出于无关紧要的考虑,但是对于正在创作的诗人来说,那就是非常重要的考虑,涉及用一种全新的术语来描写旧约和新约的故事。这种术语从本质上来说是属于英雄史诗的。也就是说,它反映了一个原始社会的价值和惯例,这个社会的伦理标准是效忠领主的扈从伦理,其封建结构是围绕宴饮大厅而建立的。[②]

按照埃文斯的观点,这种英雄史诗的词汇与基督教世界观的独特结合使得这套词汇本身受到了修改,另一方面,教会说教中隐晦和宗教性强的那些部分由于英雄史诗强调蛮勇和物质奖惩而变得粗鲁。例如撒旦在古英语宗教诗歌《创世记B》(*Genesis B*)中被描绘成一个不知恩图报的扈从,后者不仅收回了忠诚,而且还厚颜无耻地背叛了他的主人。

  埃文斯的批评和研究把我们引入了影响《失乐园》的第三种文学传统,这就是本土的英国文学传统,弥尔顿不可避免地从这一传统中汲取了他的创作灵感。从20世纪初以来,评论家们开始意识到了这一本土文学传统的

---

  ① 英格尔德是古英语史诗《贝奥武甫》中所提到的一个角色,他是丹麦国王的女婿。在797年写给林迪斯芳主教海耶鲍尔(Hygebals)的一封信中,阿尔昆(Alcuin)提及了修道士们喜欢在教区长住处聆听英雄诗歌而非宗教训诫一事,他接着提出了一句著名的质疑:"英格尔德与基督又有何干?"(Quid Hinieldus cum Christo?)

  ② J. M. Evans. *Paradise Lost and the Genesis Tradition*. Oxford: The Clarendon Press, 1968, p.144.

存在和意义,已经有好几部专题论著向我们揭示了弥尔顿与其文学前辈之间关系的重要性,然而到目前为止,这些很有价值的研究在评论界只受到了有限的关注,而英国本土文学传统与阐释弥尔顿史诗主题之间的重大关联和影响往往被人们所低估,或甚至完全忽略不计。这种情况在中国大陆表现得尤其典型。

弥尔顿的创作灵感受惠于斯宾塞这一事实早在17世纪就已经被德莱顿(John Dryden,1631—1700)注意到了。1917年,埃德温·格林劳(Edwin Greenlaw)在《语文学研究》期刊上发表的一篇题为"比阿奎那更好的老师"的文章,①又重新引起了人们对于这一问题的关注。这篇文章的主题是论述弥尔顿是热情接受斯宾塞在《仙后》(Faerie Queene)第二卷中所塑造的盖恩(Guyon)这一"善战基督徒"(warfaring Christian)形象的。如在讨论出版自由的问题时,弥尔顿曾引喻盖恩作为理智思维与好斗个性相结合的最佳范例。格林劳进一步注意到,弥尔顿的史诗《失乐园》和《复乐园》与斯宾塞的浪漫史诗《仙后》之间有一些平行的描述,如装扮成老人的阿基马戈(Archimago)在《仙后》中是撒旦的化身,而在《复乐园》中,弥尔顿也有类似的描写;《失乐园》中大天使拉斐尔与亚当之间的关系怎么看都像是《仙后》中游方僧与盖恩之间的关系。三年之后,格林劳又在另一篇题为"斯宾塞对于《失乐园》的影响"的文章中再次阐述了他的这一观点,在该文中他对于两位诗人之间的平行描写作了更为详细的研究。②

1925年,塞勒(Alwin Thaler)在《现代语言协会出版物》(PMLA)中推出了一篇题为"弥尔顿作品中的莎士比亚因素"的文章,③该文在批评界引起了一场颇为热烈的讨论。塞勒注意到了弥尔顿在《失乐园》的前言中向"我们最好的英国悲剧"所表示的敬意。接着他列举了弥尔顿诗歌与莎士比亚戏剧之间大量的平行描述和相似的文字。可以说塞勒首次为后来的评论家提供了大量的研究素材,但是他本人却没有进一步深入探讨同化和转化现象所发生的特定环境。泰勒继续进行了这一专题的研究,并在一篇题为"再论莎士比亚与弥尔顿"④的文章中增添了许多类似的例子。

---

① Edwin Greenlaw. "A Better Teacher than Aquinas." *Studies in Philology*, XIV, 1917, pp. 192—217.
② —. "Spenser's Influence on *Paradise Lost*." *Speculum*, XVII, 1920, pp. 320—359.
③ Alwin Thaler. "The Shakespearian Element in Milton." *PMLA*, XL, 1925, pp. 645—691.
④ G.C. Taylor. "Shakespeare and Milton Again." *Speculum*, XXIII, 1926, pp. 189—199.

由于弥尔顿的史诗《失乐园》最初是想创作成为一部带有神秘剧和道德剧众多典型特征的五幕悲剧的，所以弥尔顿的评论家对于英国戏剧传统也做了深入的调查。吉尔伯特(A. H. Gilbert)在《弥尔顿与神秘剧》①一文中宣称他发现了《失乐园》与"考文垂组剧"(第一、二部剧)、"切斯特组剧"(第一、二部剧)和"约克组剧"(第四、五、六部剧)之间的相似性。在另一篇题为"弥尔顿诗歌中的道德剧主题"的论文中，拉姆齐(R. L. Ramsay)争辩说：

……正如乔叟是中世纪作家中心态最接近文艺复兴时期的一位，弥尔顿也被认为是文艺复兴时期所有伟大作家中心态最接近中世纪的一位。②

道德剧对于《失乐园》所施加的影响，其最重要的痕迹莫过于诗中所提及的罪孽与美德之间的争斗；它并非是指任何单独抽象角色之间的关系，而是指对诗中人物的分类。天国和地狱这两个敌对阵营的首领分别为基督和撒旦。海伦·加德纳(Helen Gardner)在《弥尔顿的撒旦与伊丽莎白时代悲剧中的罪孽主题》③一文中梳理了诗人弥尔顿与那些文艺复兴时期前辈们之间的关系。她发现在弥尔顿的撒旦身上保持了跟莎士比亚笔下麦克白、理查二世和马娄(Christopher Marlowe)笔下的浮士德等反面人物相类似的品质。文艺复兴时期悲剧中反面人物的一个共同特征就是剧作家经常是以同情的笔触来描写他们的心理矛盾的。

另一位弥尔顿研究者，蒂利亚德(E. M. W. Tillyard)，在1930年代中对于弥尔顿受惠于英语史诗传统这一事实很感兴趣。在《弥尔顿与英语史诗》④这篇论文中，蒂利亚德考察了弥尔顿可能受到的十六七世纪英语史诗的影响，这包括斯宾塞的《仙后》、德雷顿(Michael Drayton)的《福地》(*Poly-Olbion*, 1612)、戴夫南特(Sir William Davenant)的《冈底伯特》(*Gondibert*, 1650)和考利(Abraham Cowley)的《大卫之歌》(*Davideis*)等诗歌。所有这

---

① A. H. Gilbert. "Milton and Mysteries." *Speculum*, XVII, 1920, pp. 147—169.

② R. L. Ramsay. "Morality Themes in Milton's Poetry." *Speculum*, XV, 1918, pp. 123—158.

③ Helen Gardner. "Milton's Satan and the Theme of Damnation in Elizabethan Tragedy." *English Studies*, New Series, I, 1948, pp. 46—66.

④ E. M. W. Tillyard. "Milton and the English Epic." *Seventeenth Century Studies Presented to Sir Herbert Grierson*. Ed. John Dover Wilson. Oxford: The Clarendon Press, 1938, pp. 211—234.

些英语史诗几乎都不约而同地反对文艺复兴时期文学中的异教倾向,鼓吹基督教史诗的理想。蒂利亚德后来在他的专著《英语史诗及其背景》(*The English Epic and Its Background*,1966)①中进一步阐释和深化了他的这些论点。然而,蒂利亚德把英语史诗主要局限于文艺复兴时期的诗歌作品,或至多回溯到中古英语诗歌《农夫皮尔斯》(*Piers Plowman*)。他在书中只花了两页多的篇幅来谈论兰格伦(William Langland)之前的英国,只是蜻蜓点水般地提到了《霍恩王》(*King Horn*)、《猫头鹰与夜莺》(*The Owl and the Nightingale*)、《布鲁特》(*Brut*)、《世界之道》(*Cursor Mundi*)、《高文爵士与绿衣骑士》(*Sir Gawain and the Green Knight*)、乔叟的《公爵夫人之书》(*The Book of the Duchess*)、《特洛伊拉斯与克莱西斯》(*Troilus and Cryseide*)和《坎特伯雷故事集》(*Canterbury Tales*)等中古英语作品,但是他在书中完全忽略了包括《贝奥武甫》(*Beowulf*)和《创世记》(*Genesis*)在内的古英语诗歌作品,因为他将那些作品视为英雄诗歌或宗教诗歌,而非史诗。

事实上,早就有评论家指出了《失乐园》与古英语宗教诗歌《创世记》B文本这两部作品在情节、人物塑造和具体措词上的相似性。19世纪初,亨利·托德(Henry Todd)就评论说,《创世记》这首"开德蒙诗歌"(Caedmonian poem)②是《失乐园》的原始摹本,因为它包含了叛逆天使们的堕落、上帝创世过程、撒旦对夏娃的诱惑,以及亚当和夏娃被逐出伊甸园等《失乐园》中的主要故事情节。麦科利(Grant McColley)在《〈失乐园〉:对于该故事起源与发展的论述》(1940)③一书中进一步指出,弥尔顿在《失乐园》第十一卷和第十二卷中所描述的圣经历史在古英语诗歌《创世记》B文本中的叙述也十分相似。④ 然而由于没有确凿的证据说明弥尔顿熟悉这首英语宗教诗歌,所以这些推测也没有受到重视。1947年,利弗(J. W. Lever)发表了一篇题为"《失

---

① E. M. W. Tillyard. *The English Epic and Its Background*. Oxford:The Clarendon Press, 1966.

② 比德(Venerable Bede)在《英吉利教会史》(*Ecclesiastical History of the English Nation*)一书中讲述了开德蒙这个不识字的放牛娃从天使那儿得到灵感,创作一系列创世记诗歌的故事。所以当荷兰学者朱尼厄斯于1651年初在厄什大主教的图书馆里发现了载有《创世记》、《出埃及记》、《但以理书》、《基督与撒旦》等古英语作品的手抄本时,它们被人们称作"开德蒙诗歌"。但是20世纪古英语学者的研究成果最终推翻了这种说法。

③ Grant McColley. *Paradise Lost:An Account of Its Growth and Major Origins*. Chicago:The University Press, 1940.

④ Ibid., p.4.

乐园》与古英语传统"①的文章,宣称他已经找到了确凿的证据,可以说明弥尔顿与那位发现了古英语"开德蒙诗歌"的荷兰学者弗朗西斯·朱尼厄斯曾经关系相当密切。这显然为我们研究英语文学传统开拓了一个新的视角。

虽然学者们已经做了很多的工作,来探讨弥尔顿在何种程度上受惠于他的英国文学前辈们,但是关于英国文学传统的上述研究似乎具有一个共同的缺陷,就是它们都把批评观点集中于一个特定的文学体裁,以及将其视野集中于某一特定时期或诗人,而没有把从古英语诗歌到文艺复兴时期的英语文学传统看作是一个有机的整体。其结果就是,弥尔顿从英国本土文学传统继承下来的某些重要主题或前后连贯一致的意象没有引起评论家们应有的关注。这种只关注表面文学体裁和形式的差异,而不顾内在主题、意象和精神传承的短视行为显然造成了20世纪后期西方文学评论界主流看法的某种偏颇,即认为古英语文学跟中古英语和现代英语文学有着本质上的不同。身为牛津大学教授和牛津权威文学评论杂志《批评论文》(*Essays in Criticism*)主编的贝特森(F. W. Bateson)在1976年出版的一部英美文学研究权威工具书的前言中对于早期英国文学传统的连贯性提出了如下的质疑:

> 在《贝奥武甫》和《坎特伯雷故事集》之间是否真的有什么联系?除了最表面的层次之外,有关古英语诗歌的知识是否真的能够帮助现代读者更好地欣赏赞美诗、民谣和神迹剧,或甚至《农夫皮尔斯》和《高文爵士与绿衣骑士》?这一点迄今还没被证明过,而且看来以后也不太可能被证明。②

上述论断虽然具有很大的挑战性,但是它同时也为我们进一步深入探讨弥尔顿撒旦背后的那个英国文学传统提供了一个新的契机和起点。因为按照前面所引述过的T.S.艾略特的理论,英国文学传统的影响应该是无处不在和不可割裂的。我们下面所要做的事情就是证明古英语与中古英语文学之间并非像贝特森所认为的那样,是完全风马牛不相及的。换言之,我们需不遗余力地试图揭示在弥尔顿诗歌创作中,尤其是在塑造撒旦这一人物形象

---

① J. W. Lever. "Paradise Lost and the Anglo-Saxon Tradition." *RES*, XXIII, 1947, pp. 97—106.

② F. W. Bateson and H. T. Meserole. *A Guide to English and American Literature*. 3rd ed. London: Longman, 1976, p.12. 然而该书的两位作者在同一本书中不得不承认,在古英语劝诫文和圣徒传记和早期中古英语同类作品之间还是有着某种显而易见的连贯性。

时，所受到的最大影响并非像人们以往所想象的那样是来自某个外来的文学传统，如古典文学、希伯来文学或意大利文学，而是来自于由古英语文学、中古英语文学和文艺复兴时期文学所共同组成的英国本土文学传统。这样，我们便有可能对《失乐园》这部史诗的主题和撒旦这一主要人物的性格刻画提出一种新的阐释。

从某种意义上来说，这也是对于贝特森所提出上述挑战的一种有力回应。

第一章　弥尔顿与英国文学传统

倘若要论证弥尔顿在塑造撒旦这一文学形象时所受英国文学传统的影响,我们就必须首先梳理一下英国文学传统的形成和渊源,并且阐明它是在何种情况下对于弥尔顿的诗歌创作产生实际影响的。为了能够做到这一点,我们将从诗人的成长、所受教育和创作实践着手,着重探讨弥尔顿对英国文学传统的认知和继承,以及他自己所进行的早期英国历史研究,十六七世纪在英国兴起的古英语研究,以及诗人本身参与英国革命的实践经验等综合因素是如何引导弥尔顿最后确立《失乐园》中的史诗主题的。

第一节　英国文学传统的定义和影响

T. S. 艾略特早已指出并阐明了诗人与其前辈们之间的重要关系。然而,他在论述何为这种无处不在的文学影响时却仍然有所语焉不详。因此,本书在详细考察弥尔顿与英国文学传统之间的关系之前,有必要先对所谓的文学传统下一个多少能令人满意的定义。

从最广义的角度看,传统就是指对于过去的思想、行动和行为模式的继承。从狭义角度来说,早期英国文学传统则是泛指弥尔顿之前或同时代用英语写作的各种文学作品,及其主题、体裁、创作手法和其他各种文学惯例。在以下几个章节的内容分析中我们可以看到,弥尔顿的诗歌创作中确实刻意模仿和吸收了前人不少重要的描写手法和惯例。然而我们在审视英国文学传统的这些证据时,应该始终记住下面两点:首先,我们几乎不可能筛选出纯粹"英国"的文学主题和意象;其次,尽管每一个诗人都是从他所处的某一种文学传统作为起点,但他不可避免地会通过某种方式反过来更改或改变这种文学传统,也就是说,他会对这种文学传统做出自己的贡献,以便能使它得到发展。

英国文学发展的本身就是一个不断吸收和融合其他不同文学传统(其

中主要是古典和基督教文学传统)的变化过程,这种文学发展过程的每一阶段都留下了外来影响的显著标志。例如在古英语诗歌中占统治地位的是日耳曼文学的惯例,中古英语文学则受到了法国文学中抒情诗体裁、浪漫传奇和宗教戏剧的重大影响,到了文艺复兴时期,英国文学又受到了意大利文学中但丁宗教史诗、薄伽丘(Giovanni Boccaccio)、阿里奥斯托(Ludovico Ariosto)和塔索的浪漫史诗,以及彼得拉克十四行诗等抒情诗体的影响。因此所谓的英国文学传统影响是一个非常复杂的文学现象。英国文学这种纷繁混杂的本质集中反映在弥尔顿的《失乐园》之中,后者几乎涵盖了诗人广博的阅读经历。然而,尽管有这些外来的刺激物,《失乐园》中的基本文学模式和意象仍然保持了典型的英国特色,而且它们组成了弥尔顿文学成就中最重要的一个部分。鉴于本书的主题是追溯诗人所受英国文学传统的影响,所以我会尽量选取那些英国文学中典型或特有的现象作为范例。

这种文学影响的复杂性可以从弥尔顿史诗的文本中得以体现。众所周知,弥尔顿是一位学问渊博的大诗人。他的史诗经天纬地,气势磅礴,诗中引经据典,更是殚见洽闻,对于作品主题往往有透辟的阐发。尤其令人感兴趣的是诗人在某些段落中对早期英国文学作品频繁而含蓄的引喻,这对于研究英国文学传统与弥尔顿诗歌创作之间的联系具有重要的意义,尽管人们对此至今仍多有忽视。

例如《失乐园》首卷中有一段引人注目的情节描写:叛逆天使的首领撒旦站在地狱深渊的火湖岸边,伤心地环视其手下残兵败将的凄惨情景:

> ...on the beach
> Of that inflamed Sea, he stood and call'd
> His legions, Angel Forms, who lay intrans't
> Thick as Autumnal Leaves that strow the Brooks
> In Vallombrosa, where th' Estrurian shades
> High overarch't imbrow'r; or scatter'd sedge
> Afloat, when with fierce Winds Orion arm'd
> Hath vext theRed-Sea Coast, whose waves o'erthrew
> Busiris and his Memphian Chivalry,
> While with perfidious hatred they pursu'd
> The Sojourners of Goshen, who beheld

From the safe shore thir floating Carcasses
And broken Chariot wheels, so thick bestrown
Abject and lost lay these, covering the Flood,
Under Amazement of thir hideous change. (*P. L.*, I 301—313)

　　……他站在
这片火海的海滩上高声召唤
自己的军团,天使军狼籍横陈,
稠密得像秋天的繁叶,纷纷
落满了华笼柏洛沙的溪流,
那儿沿岸古木参天,枝垭交错;
又像是红海上漂浮的海藻,
当猛烈的罡风袭击海岸时,
涛天海浪卷没了布西利斯
及其孟斐斯骑士,因他们食言,
派兵追赶寄居歌珊的以色列人;
后者从彼岸望见他们漂浮的尸体
和破碎的战车轮。天使军正是这样
密密层层地漂浮在火流之上,
为自己境况的骤变而黯然神伤。(《失乐园》,I 301—313)①

正如评论家们所经常提及的那样,这一段落交错使用《圣经》及古典引喻来渲染叛逆天使堕入地狱后的可怕境地。诗人把这一场景比喻成法老的军队葬身红海,并运用"秋天的繁叶"②这一鲜明意象来烘托气氛。这些都为天国大战中叛军悲惨下场的生动画面定了格——"漂浮的尸体"、"破碎的战车轮",以及"撒拉弗和基路伯在洪流中挣扎,/随处可见丢弃的兵器和旗帜"(《失乐园》,I 324—325)。

应该指出,这一段场景描写,尤其是弥尔顿富有想象力地把法老军队与叛逆天使联系起来的做法,其文学背景远远超出了《圣经》和古典引喻,以及普通基督教象征论的范围。

---

① 本书中关于《失乐园》的译文曾经分别参考了朱维之和金发燊的译文,但均有改动。
② 但丁在《神曲:地狱篇》(III 112—114)中把地狱里的无数幽灵比作"秋天的繁叶"。荷马、维吉尔和塔索的诗歌中也都采用过同样的意象。

在《失乐园》中，弥尔顿曾多次引用了《出埃及记》(*Exodus*)的引喻，[①]每一次都刻意将撒旦的"那些恶天使"与"邪恶法老"的军队混为一谈(《失乐园》,I 342—344)[②]。上面所引段落中的具体细节更加证实诗人在想象中一直将叛逆天使与异教武士相提并论，而这种默契的认同对于《失乐园》的前两卷来说是至关重要的。

尽管弥尔顿对撒旦麾下残兵败将的描写属于《圣经》引喻，但其栩栩如生的细节刻画却并非直接来自《旧约》。后者的叙述与弥尔顿笔力千钧的壮观场面相比，未免显得过于平淡无奇。[③] 然而浮尸逐波，血流漂杵的鲜明意象在早期英国文学作品中却屡见不鲜，例如在描写同一题材的古英语宗教诗歌《出埃及记》中，我们就发现有一个极为相似的戏剧性场面：

> Randbyrig wæron rofene, rodor switode
> meredeaða mæst, modige swulton,
> cyningas on corðre, cyre swiðrode
> sæs æt ende. Wigbord scion
> heah ofer hæleðum. Mægen wæs on cwealme
> fæste gefeterod, forðganges weg
> searwum æsæled, sand basnodon,
> witodre fyrde, hwonne waðema stream,
> sincalda sæ, sealtum yðum
> æflastum gewuna ece staðulas,
> nacud nydbada, neosan come,
> fah feðegast, se ðe feondum geneot. (*Junius* 11: *Exodus* 464—476)
> 盾牌壁垒被冲垮了。无坚不摧的
> 死亡之海怒冲云霄，海浪吞没剽悍勇士
> 和戎装的君王之后终于落了下来。

---

① 参阅《失乐园》I, 301—313; 338—350; XII, 161—163。
② John Milton. *Paradise Lost*, I 339—344: "As when the potent Rod / Of Amram's Son in Egypt's evil day / Wav'd round the Coast, up call'd a pitchy cloud / Of Locusts, warping on the Eastern Wind, / That o'er the Realm of impious Pharaoh hung / So numberless were those bad Angels seen …"
③ 《旧约·出埃及记》,14:17—30:"耶和华把他们推翻在海中，水就回流，淹没了车辆和人马，那些跟着以色列人下海的法老军队一个也没有剩下，以色列人看见埃及人的尸体都在海边了。"

人头的上面,盾牌闪闪发光;
大海陡立,凶险的旋涡居高临下,
设陷阱将人拖入死亡;泥沙阻塞了
前进通道,全副武装的军队寸步难移,
咆哮大海卷冰冷咸浪,压将下来,
试图回复其惯常状态和永恒基础——
这赤裸裸的灾星和敌意的漂泊者
将侵略者逼入了险恶的困境。(《朱尼厄斯手稿11:出埃及记》,464—476)

这段精彩描写也着重渲染了海面上漂浮的尸体和被丢弃的武器装备,以酿成一种恶战方休的严酷情调。但是更发人深省,并足以使人产生联想的一个细节是诗人在描绘法老军队在巨浪尖垂死挣扎时,几乎令人难以察觉地将笔峰转到了撒旦身上:

     He onfond hraðe,
siððan grund gestah godes andsaca,
ðæt wæs mihtigra mereflodes weard;
wolde heorufæðmum hilde gesceadan,
yrre and egesfull. (502—506)
    上帝的死敌在跌入
深渊时意识到大海守护者的力量
更为强大。他尽管穷凶极恶,
张牙舞爪地想依靠武力取胜,
结果却让埃及人蒙灾。(502—506)

这段插叙诉诸于英国早期文学作品中对于这一历史事件的独特讽喻阐释,即把异教武士等同于撒旦手下的叛逆天使。弥尔顿在《失乐园》中显然也采纳了这同一观点。由此看来,诗人的《出埃及记》引喻与古英语诗歌中的对应描写已经超出了个别细节的偶合和表面词句的相似。这个隐喻还指出了一个事实,即在诗人的心目中,叛逆天使们就像法老的军队那样,是一种罪恶力量的象征。

  上面所引弥尔顿《失乐园》中散漫芜杂的诗歌段落经常被人引作他拉丁化句法的例子。然而这儿所涉及的平行句子结构(th' Etrurian shades / High overarch't imbow'r; or scatter'd sedge / Afloat...)和句子中众多的从句也是古英语诗歌和弥尔顿之前许多其他英语诗歌的特点。它们帮助建立了一种冗长但控制非常精巧的机制,以变化多端的方式来表达一个简单的想法或场景。我们在诗中所看见的并非是旧约故事中的简洁风格,而是从不同角度所攫取的各种具体细节。这种短暂而随意的序列刻意烘托出一种令人印象深刻,既有深度,又有即时性的效果。频频出现的协调连接词这一现象使得弥尔顿的句子结构具有并列结构的特点,而这显然也是古英语和中古英语诗歌的特点。

从以上这些例子中,我们可以管窥弥尔顿在史诗中是如何通过改编和改造各种文学惯例的做法把英国文学传统吸收到自己作品中去的。《失乐园》中的圣经隐喻经过了精湛艺术技巧和诗意想象的处理,那些引人入胜的意象都是有作用的,而非只是装饰性的。它们造成了大胆视觉感知与暗示的传统意义相辅相成,融为一体。

第二节　弥尔顿对于英国文学传统的认知和继承

然而,对于弥尔顿主要散文作品的初步调查却令我们感到颇为失望。在《教会政府的理由》(*The Reason of Church Government*, 1642)第二卷的前言中,弥尔顿公开谈论了他心目中可以作为理想摹本的文学作品,但他所提及的那些作品几乎都是古典时期或欧洲大陆作家的作品。尤其重要的是他所提及可作为史诗摹本的作品:

> ……至于史诗的形式,荷马的两首诗歌,以及维吉尔与塔索的那两首诗歌可以作为长篇史诗的摹本,而《约伯记》则可成为中短篇史诗的摹本;……[①]

诗人的这些公开的言论反映出文艺复兴时期人们一种普遍的心态,它似乎可以直接排除英国文学传统对于弥尔顿的史诗产生过任何影响的可能性。这种印象在我们读到弥尔顿写给教育改革家哈特利布(Samuel Hartlib)的一封题为"论教育"(*On Education*, 1644)的信札时进一步得到了加强。在那篇文章中,诗人弥尔顿详细勾画出了训练一位学术上得到全面发展博雅

[①] M. H. Hughes, ed. *John Milton: Complete Poems and Major Prose*. New York: Macmillan Publishing Company, 1985, p.668.

第一章　弥尔顿与英国文学传统

绅士的教育计划。作为一个富有经验的教师，①弥尔顿提出了许多跟当时教育制度相抵触的原创性见解。然而，他心目中理想的教育方法仍然是最终建立在那些"古老而著名的作家"身上的。正如他说明的那样，这些作家中主要包括古希腊和古罗马时期的作家，还有一些意大利语、希伯来语，或甚至古叙利亚语的作家——但是却没有任何一个英国作家！② 所有这些都似乎暗示弥尔顿对于英国文学传统并没有留下多么深刻的印象。

　　这样，从历史的角度上来讲，我们不得不采用一种更为艰难和曲折的方法建立和证明弥尔顿与英国文学传统之间所假定存在的关系。在17世纪的英国，人们对于英国本土文学传统的存在确实有过一些误解。因为在当时的语法学校中，英语并没有成为一门正式的课程，用英语写作的文学作品因而也不能够真正获得像那些古典语言作品，或甚至法语和意大利语作品那样的地位。世界著名的牛津大学博德利图书馆创始人托马斯·博德利（Thomas Bodley）一直拿不定主意，是否要在自己的图书馆中收藏英语书籍。根据一个广为流传的说法，他从图书馆的书架上撤下了莎士比亚的第一对折本，后来又将其废弃，为的就是要为不断增加的拉丁语书籍腾出空间来。③ 当时包括弥尔顿在内的许多其他英国人显然也持同样的观点，他们有时宁愿用拉丁语或希腊语等古典语言写作，而不是用作为他们自己母语的英语。弗朗西斯·培根（Francis Bacon）的代表作《科学的推进》（*De Augmentis Scientiarum*，1623）就是用拉丁语撰写的，其理由就是："我认为这是一部将会流芳百世，并使我成为世界公民的书，而英语书籍则做不到这一点。"④ 按照英国文学史家道格拉斯·布什（Douglas Bush）的统计，在1605年英国出版的6,000部书籍中，大约只有36部是用英语写作的，而其中只有

---

① 自从1639年从意大利归来，直至1649年他被聘为英联邦政府的拉丁语秘书，弥尔顿在家里办了一所私立的学校。他的学生中包括他的两位侄子"和他一些密友的儿子们"（Helen Darbishire, ed. *The Early Lives of Milton*. London: Constable and Co. Ltd., 1932, p.67）。

② M. H. Hughes, ed. *John Milton*: *Complete Poems and Major Prose*. New York: Macmillan Publishing Company, 1985, pp.630—639.

③ 我是在1988年牛津大学米迦勒节学期刚开学时博德利图书馆资深馆员向新生介绍该图书馆历史的讲座中听说这一轶事的。所谓莎士比亚第一对折本，是指1623年最早出版的《莎士比亚全集》首版本，如今该书已存世甚少，价值连城。

④ 转引自Ian Philip. *The Bodleian Library in the 17th and 18th Centuries*. Oxford: The Clarendon Press, 1983, p.32.

3部是文学作品。① 这儿我们就不得不面对一个严肃的问题：弥尔顿是否熟悉英国文学传统，或他是否真正看重这一文学传统？

实际上，在中古英语时期，有关英国文学传统的意识确实是十分淡薄的。当时的英国处于诺曼征服者的统治之下，而且法语是英国上流社会中唯一可以被接受的通用语言。早期的中古英语作家都严重依赖于法语。许多诗人是直接用法语来写作典雅爱情诗的。尽管也有人继续在用英语创作诗歌，但是这些诗人一般都居住在穷乡僻壤，肯定得不到上流社会的赏识。② 甚至连理查二世统治时期（1377—1399）最著名的诗人，乔叟和约翰·高尔（John Gower），也受到了法国文学的巨大影响。具有讽刺意义的是，有一位名叫德尚（Eustache Deschamps）的同时代法国诗人在一首称赞乔叟的谣曲（能得到一位外国诗人的称赞，在当时的英国诗人中几乎绝无仅有）中，仅把这位"英语诗歌之父"誉为"伟大的翻译家"，因为乔叟曾将法国长诗《玫瑰之歌》（*Roman de la Rose*）译成了英语。③ 然而自从英格兰的约翰王（King John）于1204年失去诺曼底这块领地之后，英国便开始逐渐摆脱法国影响的阴影。1362年10月，英国议会通过了《诉讼程序法令》（Statute of Pleading），规定此后法院内所有的官司都要用英语来进行。尤其是在"百年战争"（The Hundred Years' War, 1337—1453）结束时，英语已经恢复了它原有的国语地位。它不再仅仅是在下层社会中流行的口语，而且还是宫廷和政府机构所采用的官方语言。我们知道在15世纪的英格兰和苏格兰，有一批刻意模仿乔叟的诗歌风格，并且用英语来创作诗歌作品的诗人，后者被文学史家们称作"乔叟派诗人"（Chaucerian poets）。④

但是对于民族文学的意识是在英国16世纪后半期，即所谓的伊丽莎白时期（the Elizabethan Age）才真正开始萌芽的。这个英国历史上的黄金时代是以英国文学和语言的蓬勃发展，以及文学批评的发端为标志的。马尔

---

① Douglas Bush. *English Literature in the Early Seventeenth Century*. Oxford: The Clarendon Press, 1979, p. 33.

② 在12世纪中仍然用英语写作并传世的诗作有莱阿门的《布鲁特》（*Layamon's Brut*, c. 1200）和匿名诗人的《猫头鹰与夜莺》（*The Owl and the Nightingale*, c. 1200）。

③ J. A. Burrow. *Medieval Writers and Their Work*. Oxford: The University Press, 1982, p. 7.

④ A. C. Baugh. *Literary History of England*. Vol. I. London: Routledge & Kegan Paul, 1985, p. 291 ff. 最著名的"乔叟派诗人"包括利德盖特（John Lydgate, 1370—1450）、霍克利夫（Thomas Hoccleve, 1368/9—1450?）和亨利森（Robert Henryson, 1424—1506?）。

卡斯特(Richard Mulcaster,1530?—1611)这位文艺复兴时期思想的代言人和圣保罗学校(弥尔顿后来就是在这个学校接受了启蒙教育)前校长竭力推崇英语作为国语的重要性。他的一句名言是:"我敬重拉丁语,但我推崇英语。"① 伊丽莎白时期一位神秘的文学批评家 E.K.②在作为斯宾塞《牧羊人日历》(The Shepherd's Calendar, 1579)的序言中对乔叟给予了极高的评价:

> 旧时著名的诗人乔叟曾自嘲"默默无闻,无人亲吻",然而他一位才高八斗的弟子利德盖特却由于乔叟卓越的创作才能和写作技巧而把他誉为"英语文学中一颗璀璨的北斗星";我们的科林·克劳特(Colin Clout)③在其田园诗中也称其为牧羊人之神泰蒂鲁斯(Tityrus),即将他与古罗马的泰蒂鲁斯神维吉尔相提并论。④

伊丽莎白时期的其他英国文学评论家们也争先恐后地称誉英国本土的文学传统。锡德尼(Philip Sidney, 1554—1586)在《为诗一辩》(An Apology for Poetry, 1583)中骄傲地宣称,正如意大利文学被但丁、薄伽丘和彼得拉克等伟人所统治,"我们英语诗歌中也有高尔和乔叟"。⑤ 在另一篇题为"论英国诗歌"("Of English Poetry," 1586)的文章中,韦布(William Webbe)同样赞誉了乔叟、高尔、利德盖特和《农夫皮尔斯》。⑥ 纳什(Thomas Nashe, 1567—1601?)在《奇怪的新闻,驳斥四封来信》("Strange News, or Four Letters Confuted," 1592)一文中也同样骄傲地将他的两位英国同胞比作了

---

① Frank Kermode et al., eds. *The Oxford Anthology of English Literature*. Vol. I. New York: Oxford University Press, 1973, p.552.

② 大多数评论家们认为 E.K. 也许是指斯宾塞(Edmund Spenser)在剑桥的同学柯克(Edward Kirke)。他写给哈维(Gabriel Harvey)的一封信被当作斯宾塞《牧羊人日历》这首长诗的序言,由伦敦信条巷的休·辛格尔顿(Hugh Singleton of Creed Lane)于 1579 年刊印了出来。但是另一位评论家海伦娜·希雷(Helena Shire)提出,"E.K."也许是拉丁语"Edmundus Kalendarius"的缩写。这句拉丁语的意思就是"日历制作者斯宾塞"(*A Preface to Spenser*. London: Longman Group, Ltd., 1978, p.104)。

③ 科林·克劳特(Colin Clout)是斯克尔顿(John Skelton, 1460—1529)在其诗歌作品中最早塑造的一位人物。斯宾塞将这位人物当作他《牧羊人日历》这组田园诗中的主人公。

④ Ernest de Sélincourt, ed. *Spenser's Minor Poems*. Oxford: The Clarendon Press, 1966, p.3.

⑤ G. G. Smith, ed. *Elizabethan Critical Essays*. Vol. I. Oxford: The Clarendon Press, 1904, p.152.

⑥ Ibid., pp.241—242.

古典文学中的两位文豪:"乔叟和高尔,英格兰的荷马和维吉尔。"①哈维(Gabriel Harvey)在写给朋友的一封信中特别提到了锡德尼的《阿卡迪亚》(Arcadia)和斯宾塞的《仙后》。② 卡鲁(Richard Carew,1555—1620)也在另一篇文章《英语的优点》("The Excellency of English," 1595/6)中把莎士比亚和马娄分别比作了古罗马诗人卡图卢斯(Catallus,84BC—54BC),将丹尼尔(Samuel Daniel,1562?—1619)比作古罗马诗人奥维德,以及将斯宾塞比作古罗马诗人卢卡(Lucan,39—65)。③

然而,普登汉姆(George Puttenham,1529—1590)在《英国诗歌艺术》(Art of English Poesie,1589)这篇长文中提供了当时对于英国文学传统最为准确和最具系统性的描述。他毋容置疑地指出,英国诗歌扎根于英格兰本土的土壤。在简略地解释了他为何对于"爱德华三世和理查二世时期之前"的文学作品不加讨论的理由之后,普登汉姆开门见山地提出:

> 属于第一时期的代表人物是乔叟和高尔,据我所知,他俩都是骑士。在其之后还有贝里的僧侣利德盖特,以及那位创作了讽刺诗《农夫皮尔斯》的匿名诗人。④

在这四位中世纪英国文学中的主要人物之后,普登汉姆还提到了其他"最经常被评论的作家",如哈丁(John Hardyng,1378—1465)、斯克尔顿、怀特(Thomas Wyatt,1503—1542)和萨里伯爵(Earl of Surrey,1517—1547)。

作为文艺复兴时期英国一名自觉意识强烈和博闻强记的学者,弥尔顿对于上述英国文学传统其实也是了如指掌和获益匪浅的,尽管他并没有总是试图在公众面前宣扬这一个事实,而只是私下曾告诉过德莱顿,说斯宾塞是他所模仿的榜样。⑤ 在这一点上,他与著名中国现代作家鲁迅有着某些相

---

① G. G. Smith, ed. *Elizabethan Critical Essays*. Vol. I. Oxford: The Clarendon Press, 1904, p. 240.

② Ibid., p. 231.

③ Ibid., p. 293.

④ Ibid., p. 62.

⑤ John Dryden. "Preface to Fables, Ancient and Modern." *The Great Critics: An Anthology of Literary Criticism*. Eds. J. H. Smith and E. W. Parks. 3rd ed. New York: W. W. Norton & Company, Inc., 1967, p. 362: "Milton was the poetical son of Spenser, … Milton has acknowledged to me, that Spenser was his original; …"

似之处,后者尽管深深地浸润于传统中国文学传统之中,但却建议青年学生们尽量少读中国的典籍,甚至完全不读。评论家们普遍公认,弥尔顿的脑子里装满了前人的作品,包括那些英语前辈和同辈们的文学作品。我们可以从他《再为英国人民声辩》(*Defensio second a pro populo Anglicano*,1654)一文自传性的内容中了解一些诗人的阅读习惯:

> 我父亲从小就培养我研究文学,我对此也是兴趣盎然,从十二岁开始起,我几乎没有一天不是看书直到半夜之后才上床睡觉的。①

这种酷爱读书的习惯诗人保持了终生,甚至就连他于中年双目失明之后,弥尔顿仍坚持让别人将各种不同的书籍读给他听。下面这段描述是一位匿名传记作者的证词:

> ……他每天一早醒来(就像有节制的人所做的那样)一般都准备好了大段诗句的腹稿,随时等候誊写员的到来……晚上他会请人朗诵他最喜欢的一些诗人的作品,以调剂一天的辛勤劳动,并且理清想象力的头绪,为第二天的口述工作做好准备。②

弥尔顿最喜欢的那些诗人究竟是谁呢?这个问题在弥尔顿研究领域中一再地被人提起,已经有众多的论文和专著问世,以探究这些曾作为弥尔顿文学创作原型的诗人身份。但由于诗人的阅读面如此之广,潜在候选人的数量是如此之多,以至于几乎不可能确定他"最喜欢的"这些诗人的身份。然而从残留的弥尔顿私人藏书和他于17世纪三四十年代所做的零星读书笔记中,我们还是能够大致推测出,在弥尔顿"最喜欢的"诗人中有不少是古典和意大利诗人。但是在弥尔顿仅存的一本《摘录簿》(*Commonplace Book*)记载中,经常出现的诗人名字有乔叟、高尔、利德盖特、斯宾塞、哈丁等。在弥尔顿的诗歌作品中,我们也经常可以发现这些英国前辈或同时代诗人的名字。借用道格拉斯·布什这位17世纪英国文学权威的话来说,除了约翰·多恩(John Donne)之外,"几乎没有哪一位前伊丽莎白时代和詹姆斯时代的诗人

---

① M. H. Hughes, ed. *John Milton: Complete Poems and Major Prose*. New York: Macmillan Publishing Company, 1985, p.828.

② J. H. Hanford and J. G. Taaffe, eds. *A Milton Handbook*, 5th ed. New York: Meredith Corporation, 1970, p.48. 评论家们推测这位匿名的弥尔顿传记作者也许是诗人私下教过的一位学生,希利亚克·斯金纳(Cyriac Skinner)。

不出现在对于弥尔顿早期诗歌创作的评论之中,而且还经常出现在对于他后期诗歌创作的评论之中"①。

"英语诗歌之父"乔叟理所当然地成为了弥尔顿最喜欢的诗人之一。在《沉思的人》(Il Penseroso,1631)这首早期诗歌作品中,他含蓄地引喻了《坎特伯雷故事集》中尚未完成的《扈从的故事》(Squire's Tale),故事中的鞑靼王坎比乌斯凯、神奇的铜马礼物,以及具有幻觉之象征力量的戒指,都使得这位年轻诗人充满了灵感(110—115 行)。弥尔顿在田园挽诗《利西达斯》(Lycidas,1637)和反英国国教的小册子中对于教会腐败的尖锐攻击显然把他跟《坎特伯雷故事集》中对于游乞僧的讽刺和谴责联系在一起。从弥尔顿《摘录簿》中所记载有关乔叟的四个条目中,我们得知他在 1640 至 1642 年间还曾经读过《商人的故事》(The Merchant's Tale)、《巴斯妇的故事》(The Wife of Bath's Tale)、《医生的故事》(The Doctor's Tale)和《玫瑰浪漫传奇》(The Romaunt of Rose)等乔叟的作品。② 这位初出茅庐的 17 世纪英国诗人有意无意地把自己视为是那位 14 世纪的文学大师的门徒或追随者。就这样,在《曼索斯》(Mansus)这首致意大利诗人塔索之文学庇护人曼索斯(Giovanni Battista Manso)的拉丁语诗歌中,弥尔顿在表达访问意大利的激动心情之余,很自然地回忆起了自己的前辈诗人乔叟,而且明白无误地提及了本土的英国文学传统:

> Nos etiem in nostro modulantes flumine cygnos
> Credimus obscuras noctis sensisse per umbras,
> Qua Thamesis late puris argemteus urnis
> Oceani glaucos perfundit gurgite crines,
> Quin et in has quondam pervenit Tityrus oras. (30—34)③
> 我仿佛见到了英国河流上的天鹅,
> 它们在茫茫夜色中纵情地歌唱,

---

① Douglas Bush. *Mythology and the Romantic Tradition in English Poetry*. Minneapolis: The University of Minnesota Press, 1932, p. 254.

② Douglas Bush et al., eds. *Complete Prose Works of John Milton*. Vol. I. New Haven: Yale University Press, 1953, p. 402, 406, 416, 472.

③ John Carey and Alastair Fowler, eds. *The Poems of John Milton*. London: Longman, 1980, p. 266.

第一章 弥尔顿与英国文学传统

泰晤士河从银色瓮顶上倾泻下来,
将头发散在海洋湍急的漩涡之中,
我们的泰蒂鲁斯①也曾到过你们国家。(30—34)

在他的散文小册子中,弥尔顿也曾数次提及了"我们声名远扬的乔叟"和"我们博学的乔叟"。②

《农夫皮尔斯》也是弥尔顿所喜欢的诗歌之一,因为它对于英国教会的腐败提出了尖锐的批判。在《为反驳一份小册子而作的辩护》(An Apology against a Pamphlet, 1642)中,弥尔顿直接提到了《农夫皮尔斯的幻觉和信条》(The Vision and Creed of Piers Plowman)这部作品。③ 在另一本题为"关于宗教改革"(Of Reformation)的小册子中,弥尔顿甚至还大段引用了上述作品。弥尔顿继承了由兰格伦的头韵宗教长诗《农夫皮尔斯》传承下来的某些古英语文学惯例。《失乐园》中的撒旦身上就有兰格伦笔下撒旦的某些特征。关于这一点,我们将在第三章中进行更为详细的介绍和分析。

普登汉姆关于英国文学传统的概念算不上很完整,虽然他在书中提到了怀特(Thomas Wyatt)和萨里伯爵(Earl of Surrey),"……这两位曾经在意大利旅行过,并且在那儿品尝过意大利诗歌甜蜜而庄严的韵律和风格的领军人物……堪称是对我们英语诗歌韵律和风格进行改造的第一代改革家。"④但是他并没有提及伊丽莎白时代和詹姆斯时代的其他重要诗人,如斯宾塞和莎士比亚。在这个方面,生活在17世纪的弥尔顿占据了一个更为有利的制高点,因为文艺复兴时期的英国文学大大地超越了中世纪诗人的成就,而且新流派的作家和诗人对于他们的文学后代们的影响要比以前大得多了。塞缪尔·约翰逊以充满赞赏的口吻总结了伊丽莎白时期对于英国文学所产生的深远影响:

从伊丽莎白时期涌现的作者中,也许可以形成一种适合于各种用

---

① 斯宾塞的《牧羊人日历》(Shepherdes Calendar)曾多次用泰蒂鲁斯(Tityrus)这个名字来指称乔叟。
② Douglas Bush et al., eds. Complete Prose Works of John Milton. Vol. III. New Haven: Yale University Press, 1962, p.59, 111.
③ Ibid., pp. 579—580.
④ G. Gregory Smith, ed. Elizabethan Critical Essays. Vol. II. Oxford: The Clarendon Press, 1904, pp. 62—63.

途的典雅语言。假如说神学的语言来自胡克（Richard Hooker, 1553/4—1600）和圣经的译文,自然知识的术语来自培根,政策、战争和航行的词组来自雷利（Sir Walter Raleigh, 1554—1618）,诗歌和小说的方言来自斯宾塞和锡德尼,普通生活用词来自莎士比亚,人类的思想已几乎不会因缺乏可用来表达这些概念的英语词汇而最终丧失。①

莎士比亚对于弥尔顿早期创作的影响几乎是不言而喻的。莎士比亚第二对折本(1632)中就含有年轻的弥尔顿所写的一首16行短诗,题为"论令人钦佩的戏剧诗人莎士比亚的一首墓志铭"(*An Epitaph on the Admirable Dramatic Poet W. Shakespeare*)。这首短诗以真挚的感情和大胆的夸张,表达了作者对于剧作家那些"优美的韵律"和"雄浑的诗句"的赞叹不已。在1645年出版的短诗集中,弥尔顿将这首诗的创作日期定于1630年,这就说明他写这首诗时,自己还在剑桥大学读书。一年以后,他又在另一首题为"愉悦的人"(*L'Allegro*)的长诗中再次提到了莎士比亚和本·琼生,并揭示出了下列事实,即年轻的弥尔顿不仅是莎士比亚剧作的热心读者,而且还经常去剧院看戏剧的演出:

> There let Hymen② oft appear
> In Saffron robe, with Taper clear,
> And pomp, and feast, and revelry,
> With mask, and antique Pageantry—
> Such sights as youthful Poets dream
> On Summer eves by haunted stream.
> Then to the well-trod stage anon,
> If Jonson's learned sock be on,
> Or sweetest Shakespeare, fancy's child,
> Warble his native Wood-notes wild. (125—133)

婚姻之神许门经常现身,

---

① Cited in *The Story of English*. R. McCrum et al., eds. London: Penguin Books, 1987, p. 91.

② Hymen, the god of marriage, appears in both Shakespeare's *As You Like It* and Ben Jonson's *Masque of Hymen*. For another reference to Milton's theater-going, see his *Elegia Prima*, pp. 27—47.

第一章　弥尔顿与英国文学传统

　　身穿红袍,手持明亮蜡烛;
　　还有游行、宴会和狂欢,
　　假面舞,以及盛大的庆典——
　　正如年轻诗人在盛夏夜
　　河畔的梦境中所见幻觉。
　　于是便前往熟悉的剧院,
　　去观看本·琼生的幽默喜剧,
　　或聆听想象之子,甜蜜的莎士比亚,
　　唱出那云雀般的天籁之音。(125—133)

弥尔顿自己也曾经尝试写过剧本,在幸存的"剑桥手抄本"(1640—1642)中还保存有他将《失乐园》和《逐出乐园的亚当》(*Adam Unparadised*)最初构思为剧本的手稿。然而当弥尔顿写作他的假面舞剧本《科马斯》(*Comus*, 1634)时,他显然是受到了文艺复兴时期英国剧作家们,尤其是莎士比亚和本·琼生的影响。甚至就在创作他的史诗杰作时,弥尔顿依旧一而再,再而三地在作品中运用伊丽莎白时代剧本中众多的戏剧手法,以求继承那些戏剧大师们丰富的传统。实际上,弥尔顿当时就已明白无误地断言,他的那些英国戏剧界前辈们绝不逊色于欧洲大陆的同时代剧作家;因为在长篇史诗《失乐园》的序言中,他骄傲地宣称自己的这部史诗属于"英国的英雄史诗",并将"我们最好的英国悲剧"并列于"第一流的意大利和西班牙诗人作品"。[①]汉福德、塞勒和泰勒等评论家们曾经仔细地检查过弥尔顿诗歌作品中的选词用语,并发现弥尔顿从莎士比亚的作品中借用了大量的短语,甚至成段的诗句。[②]下面这一段是弥尔顿对于亚当堕落之后复杂心情的描述:

　　　　How glad would I meet
　　Morality my sentence, and be Earth
　　Insensible, how glad would lay me down
　　As in my Mother's lap! There I should rest

[①] M. H. Hughes, ed. *John Milton: Complete Poems and Major Prose*. New York: Macmillan Publishing Company, 1985, p. 210.

[②] J. H. Hanford. "The Dramatic Element in *P. L.*" *SP*, XIV, 1917, pp. 178—195; Alwin Thaler. "The Shakespearian Element in Milton." *PMLA*, XL, 1925, pp. 645—691; G. C. Taylor. "Shakespeare and Milton Again." *SP*, XXIII, 1926, pp. 189—199.

> And sleep secure; …
> … Yet one doubt
> Pursues me still, lest all I cannot die,
> Lest that pure breath of Life, the Spirit of Man
> … cannot together perish
> With this corporeal Clod; then in the Grave,
> Or in some other dismal place, who knows
> But I shall die a living Death?（P. L., X 775—788）

> 我将乐于服从
> 道德给我的判刑, 作为无知觉的尘土,
> 我将乐于复归尘土, 就像躺倒在
> 母亲的膝头！在那儿我可歇息,
> 并睡得很香；……
> ……然而有一个疑问
> 还在我心中徘徊, 要是我死不了,
> 要是那生命的纯净气息, 人的灵魂
> ……不能够与
> 这尘土的躯体一同消亡, 在坟墓中,
> 或在其他凄凉黑暗的地方, 谁知道
> 我将会如何苟延残喘, 生不如死？（《失乐园》, X 775—788）

上述段落中一些熟悉的短语, 如"无知觉的尘土"（Earth insensible）和"这尘土的躯体"（this corporeal Clod）, 以及这一段落所暗示的死亡哲学, 都使我们回想起莎士比亚《请君入瓮》（Measure for Measure）中那位经过乔装打扮的公爵在监牢中对行刑前痛哭流涕的克劳迪欧（Claudio）进行劝说的场景；而在面临死亡时典型的心情转变和延宕则使我们的耳边又回响起哈姆莱特著名的内心独白："……死亡, 从此一觉不醒！／一觉不醒？要是做噩梦该怎么办！"（Hamlet III i 63—64）。

在弥尔顿的整个诗歌创作过程之中, 莎士比亚无疑提供了一个最好的榜样, 用诗人自己的话语来说, 就是竖起了一座"鲜活的纪念碑"（《论莎士比亚》, 第8行）。然而另一个比莎士比亚影响更大, 并在弥尔顿几乎所有的英语诗歌都留下了明显痕迹的重要人物是斯宾塞。作为一个典型的文艺复兴

时期英国诗人,斯宾塞是古典文学影响与本土文学传统的一种独特组合。《仙后》原来打算要写的那十二卷就是为了宣扬古典时期的十二种公认的美德,而他最直接的文学摹本据说就是维吉尔的《埃涅阿斯纪》(Aeneid),以及阿里奥斯托(Ludovico Ariosto,1474—1553)和塔索的意大利浪漫主义史诗。① 另一方面,他特别注意继承英国的文学传统,并且试图发起一个雄心勃勃的运动,来恢复使用源自古英语的古僻词汇。正如他的朋友 E. K. 所指出的那样:

> ……他竭力想要恢复那些源于本国传统的,有表现力和自然的英语词汇,后者因长期不被使用而几乎失传。②

弥尔顿最早接触到斯宾塞的诗歌作品应该是在他的童年,即当他在私人教师的辅导下刚刚学会阅读时,或者是当他进圣保罗学校读书时,因为在这个学校里,斯宾塞的诗歌和其他英国文学作品经常被用于翻译练习的素材。具有权威性的弥尔顿现代传记作家帕克(W. R. Parker)曾经指出,斯宾塞对于弥尔顿的影响可以追溯到后者诗歌创作之初,即弥尔顿还是一个十几岁孩子的时候:

> 斯宾塞的诗歌技巧早在弥尔顿那首《致纯洁的婴孩》(Fair Infant)的挽诗中就已经初见端倪,在《圣诞晨赞》(Nativity Ode)、《耶稣受难》(Passion)等作品中又重新出现。而斯宾塞创作题材和思想的影响直到弥尔顿创作《科马斯》(Comus)的时候才显现出来。③

1634 年在拉德洛城堡上演的上述假面舞剧《科马斯》承袭了斯宾塞《仙后》的传统,是对于节制和贞洁的清教徒美德与文艺复兴时期伦理道德之完美结合的一种诗意赞颂。弥尔顿在剧中改编了神话和讽喻传说,以便对哲学和伦理问题进行浪漫主义的探索,这标志着他诗歌创作的一个新阶段。他学会了

---

① 参见斯宾塞写给沃尔特·雷利的信札。他选择美德的基础就是根据文艺复兴和宗教改革的要求而进行过改造的亚里士多德哲学。十二美德分别为:红十字骑士(Redcrosse)所代表的神圣、盖恩(Guyon)所象征的节制、布里托马特(Britomart)所代表的贞洁、阿特高尔(Artegall)所代表的正义、卡利多拉(Calidore)所象征的礼貌、塞雷尼(Screne)所代表的安详、卡利皮纳(Calepine)所象征的温和、尤娜(Una)所代表的真理、弗罗里美尔(Florimell)所代表的美丽、马里内尔(Marinell)所代表的丰产、阿莫里特(Amoret)所代表的女性气质,以及斯库德莫(Scudmour)所象征的情爱。
② Ernest de Sélincourt, ed. *Spenser's Minor Poems*. Oxford: The Clarendon Press, 1966, p. 5.
③ W. R. Parker. *Milton: A Biography*. Vol. I. Oxford: The University Press, 1968, p. 76.

将道德教诲蕴含于美妙而富有想象力的诗歌段落或生动活泼的戏剧场面之中,并非从经院哲学的概念出发,而是从一个象征性人物的具体情节和行为中提炼自己的哲学思想。这正是他后来在《失乐园》这部史诗中所做的。

更值得注意的是,弥尔顿并没有把斯宾塞简单地视为一位文学前辈,而是公开承认他是自己的精神导师。当他积极投身于宗教和政治的辩论时,以及当他担负起进行革命宣传的重任时,他不断地从斯宾塞这位文学先师作品的军火库中获得武器和弹药。他在《为反驳一份小册子而作的辩护》中回顾自己个人理想的发展时,还专门提到了《仙后》中描述骑士浪漫传奇的大段寓言性庄严诗节是如何给予他有关贞洁美德之启迪的:

> 其次(读者请耐心听我讲完),我可以告诉你们自己年轻的时候是怎么走过来的。当时我沉醉于阅读了崇高的寓言和浪漫传奇,后者以庄严的诗节讲述了我们的常胜国王们如何创建了骑士精神,并以卓著的武功将这种精神从英国传遍了整个基督教世界。在那些作品中,我读到了每一位骑士的誓言,即发誓假如有必要的话,将用鲜血或生命来保卫少女或仕女的荣誉和贞洁。从这些作品中我也了解到,贞洁的崇高美德确实值得用生命来捍卫,有多少英雄为了遵守他们的誓言而历经艰辛。①

在雄辩地论证出版自由的《阿留帕几底卡》(Areopagitica)这部小册子中,弥尔顿慷慨激昂地论证了在一个善与恶同生共长,难以分离的社会里获取书本知识和实践经验的必要性。他所得出的结论就是,抵御邪恶影响的唯一方法在于培养自律和理性选择的能力。弥尔顿特意选择了斯宾塞《仙后》中的一位人物来作为他理想中的榜样:

> ……这就是为什么斯宾塞(我斗胆认为他是比斯科特斯②和阿奎那③更好的教师)借用盖恩(Guyon)这个人物来描述真正的节制,并使后者在香客的陪伴下历经玛门洞穴(the cave of Mammon)和香艳闺房(the bower

---

① Douglas Bush et al., eds. *Complete Prose Works of John Milton*. Vol. I. New Haven: Yale University Press, 1953, pp. 890—891.

② 斯科特斯(John Duns Scotus, 1265?—1308)是一位著名的中世纪经院哲学家,他曾经在巴黎大学和牛津大学任教,属于圣方济各会的成员,其学说与阿奎那的神学理论相对立。

③ 阿奎那(St. Thomas Aquinas, 1225?—1274)也是一位著名的中世纪经院哲学家,比斯科特斯要更早一些,属于多明我会的成员。他的《神学大全》(*Summa Theologica*)被公认为是中世纪哲学的集大成之作。

of earthly blisse),以便他能够亲眼目睹和亲身体验,并且仍然能够自我克制。①

在斯宾塞的盖恩身上,弥尔顿找到了有关"基督教英雄模式"的具体验证——这正是他长期以来计划要写的民族史诗的题材。弥尔顿在《阿留帕几底卡》中称盖恩为"善战基督徒"(warfaring Christian),同样的例子还有斯宾塞在《仙后》第一卷中所塑造的红十字骑士(Redcrosse)。他们后来为《失乐园》中的圣子形象提供了一个可模仿的榜样,因为后者除了作为圣父理性而顺从的侍者之外,同时还是一个积极和百折不挠的斗士。②

所有这一切都在德莱顿的《寓言集序言》(Preface to the Fables)中得到了证实,他这样告诉我们:"弥尔顿已经向我承认,斯宾塞是他模仿的对象。"③专攻斯宾塞和弥尔顿的评论家埃德温·格林劳对此作了以下这些重要的评论:

> 当我们没有关于德莱顿与弥尔顿之间会话,即弥尔顿承认斯宾塞是他"模仿对象"的完整文本时,我们知道在发生这类聚会时,德莱顿试图寻求弥尔顿的允许,以便自己能引用那部伟大的史诗,作为他《无辜的状态》(State of Innocence)这部作品的基础;以及弥尔顿授权他为每一部诗歌作品贴上标签。因此,我们有很多理由来假定,弥尔顿在讲这句话与一次关于《失乐园》的讨论相关。这样,"模仿对象"这个词并非一句意义含糊不清的恭维,而是一个具有明确含义的措辞。④

正如我们在随后的章节中将要见到的那样,在《失乐园》与《仙后》之间有着众多平行的描写,尽管这两首诗在情节、结构,以及诗歌风格上很不相同。这两部作品之间许多细节和词组的相似性已经被一些弥尔顿评论家们所指出。例如斯宾塞对于神秘的阿多尼斯花园的描写为弥尔顿笔下茂盛的伊甸

---

① M. H. Hughes, ed. *John Milton: Complete Poems and Major Prose*. New York: Macmillan Publishing Company, 1985, pp. 728—729.

② 关于这一点,本书第三章还会有更加详尽的论述。根据《摘录簿》中的记载,弥尔顿另一个关于"基督教英雄模式"的榜样是古英语时期的阿尔弗雷德大帝。

③ John Dryden. "Preface to Fables, Ancient and Modern." *The Great Critics: An Anthology of Literary Criticism*. Eds. J. H. Smith and E. W. Parks. 3rd ed. New York: W. W. Norton & Company, Inc., 1967, p. 362.

④ Edwin Greenlaw. "A Better Teacher than Aquinas." *SP*, VIV, 1917, pp. 192—217.

园奠定了基石。斯宾塞将混沌的意象描述为子宫的形状,而且将宇宙设想成为一座坟墓;还有他把德谟高艮(Demogorgon)和"夜晚"作为地狱深渊象征的拟人化描写等等,全都可以在弥尔顿的《失乐园》中找到类似的描写。斯宾塞有关"反复无常"(Mutabilitie)试图篡夺天国宝座的描写与弥尔顿描写撒旦从地狱中逃出来的细节也给人以异曲同工的感觉。① 本书中我最感兴趣的,同时也许是大多数其他评论家所忽视的,就是《失乐园》中的撒旦形象与《仙后》中各位反面人物形象之间的相似性。有趣的是,将《仙后》中各位反面人物的形象重叠起来就是一个活脱脱的撒旦形象。弥尔顿的伟大史诗中到处都弥漫着斯宾塞的影响。无怪乎评论家蒂利亚德在其一本论著中推测说,弥尔顿几乎可以肯定能将斯宾塞的诗歌作品倒背如流。②

斯宾塞对于弥尔顿的这种影响因后者对于17世纪斯宾塞派诗人,尤其是贾尔斯·弗莱彻(Giles Fletcher,1585？—1611)和菲尼亚斯·弗莱彻(Phineas Fletcher,1582—1650)这两兄弟作品的熟悉程度而得到了加强。这两位诗人都曾经写过题材跟弥尔顿宗教史诗十分相近的长篇诗作。贾尔斯·弗莱彻的代表作《基督在天国与人间的辉煌胜利》(*Christ's Victorie and Triumph in Heaven and Earth*,1610)所描写的内容与弥尔顿《失乐园》第三卷的内容十分相近,都是有关圣父与圣子之间的对话和辩论,唯一不同的是贾尔斯·弗莱彻保留了上帝四个女儿的传统讽喻。在菲尼亚斯·弗莱彻的《紫色的岛屿》(*The Purple Island*,1633)和《地狱魔王》(*Apollyonists*,1627)中,我们还可以发现弥尔顿笔下"罪孽"的雏形,以及天国之战中发射大炮等细节描写。这些诗歌作品中与弥尔顿《失乐园》平行对应的诗句和描写使我们再次强烈意识到英国文学传统的实际存在。我们可以将下面这两个由贾尔斯·弗莱彻作品校勘者格罗萨特(Alexander B. Grosart)所提供的例子作一个比较:③

Heaven awakened all his eyes

---

① J. H. Hanford and J. G. Taaffe, eds. *A Milton Handbook*, 1970, pp. 215—217; Douglas Brooks-Davis. *Spenser's Faerie Queene*: *A Critical Commentary on Books I and II*. Manchester: Manchester University Press, 1977, pp. 22—85; J. R. Brow. "Some Notes on the Native Elements in the Diction of *P. L.*" *N & Q*, No. 196, 1951, pp. 424—428.

② E. M. W. Tillyard. *Milton*. London: Chatto & Windus, 1956, p. 389.

③ Alexander B. Grosart, ed. *The Complete Poems of Giles Fletcher*, B. D. London: Chatto and Windus, 1876, pp. 85—86.

To see another sunne at midnight rise. (*Christ's Triumph*, 78—79)
天空醒来,惊讶地睁大眼睛
只见另一个太阳在半夜冉冉升起。(《基督的胜利》,78—79)

Heav'n wakes with all his eyes
Whom to behold but thee, Nature's desire. (*P.L.*, V 44—45)
天空醒来,惊讶地睁大眼睛
只见自然中最值得迷恋的你。(《失乐园》,V 44—45)

从以上的讨论和从早期英国文学作品所收集的范例中,我们可以看到英国文学传统对于弥尔顿诗歌创作的影响实际上并不像我们最初所想象的那么虚无缥缈和不着边际。

第三节 英国文学传统植根于弥尔顿所受教育之中

弥尔顿对于本土的英国文学传统如此熟悉和运用这些传统的表现手法如此得心应手,这一现象绝非是偶然的。利用散见于他散文和诗歌作品中的自传性描述、别人写弥尔顿的传记,以及针对他一生中不同阶段创作的文学作品所作的大量现代学术研究成果,我们可以对于这位诗人的早期家庭教育、此后在学校所受的正式教育、他所能接触到的书籍,以及他在1630—1640年代中对于古英语时期英国历史的研究等重新勾勒出一个相对比较清晰的图景,所有这一切因素结合在一起,便构成了弥尔顿之所以能成为一名伟大英国诗人的必要条件。

在这方面,我们应该说是非常幸运的。因为弥尔顿在生前是一个公众人物,他的传记材料要比18世纪之前任何其他一位有影响的英国诗人都更加完备。仅在17世纪就出现了至少四部有关弥尔顿的传记作品。其中最早的一篇传记作者是英国文物学家约翰·奥布里(John Aubrey,1626—1697)。最完备的传记出自于诗人的亲侄子爱德华·菲利普斯(Edward Phillips)之手,以作为弥尔顿《国务信札》(*State Letters*,1694)的引言。在安东尼·伍德(Anthony Wood)未经出版的《牛津大学注册名录》(*Fasti Oxonienses*,1691—1692)手稿中夹有一篇匿名的弥尔顿传记。最后一篇17世纪的弥尔顿传记作者是英国自由思想家托兰德(John Toland,1670—1722),他那部曾经引起争议的《弥尔顿传》出版于 1698 年。①

在 19 世纪中,爱丁堡大学的首位英国文学教授戴维·马森(David Masson,1922—1907)完成了一部纪念碑式的六卷本巨著《约翰·弥尔顿传记》(Life of John Milton,1859—1880),其中收集了极为丰富的弥尔顿传记素材、文学评论和相关的历史背景。尽管时光已经流逝了近一个半世纪,但这部传记并没有过时,依然是一部标准的诗人传记,而且从某些方面来看,依然是最好的一部弥尔顿传记。另有三部弥尔顿的传记巨著出现在 20 世纪中期的英国。其中弗伦奇(J. Milton French)的五卷本《约翰·弥尔顿生平记载》(The Life Records of John Milton,1949—1958)更新了马森在他那部传记中收集的传记材料;弗莱彻的两卷本《约翰·弥尔顿的思想发展》虽然因书中某些大胆猜测而臭名昭著,但仍然是对这一专门领域最为彻底的研究。另一位传记作家帕克的两卷本《弥尔顿传》(Milton: A Biography,1968)从对于弥尔顿文学作品的分析和考察这一新的角度出发,对于弥尔顿生平传记中的一些疑难问题提出了一些新的看法。

牛津学者希尔于 1979 年出版的《弥尔顿与英国革命》是弥尔顿传记研究领域中一个新的里程碑。他运用马克思主义的历史唯物观点分析了弥尔顿的文学创作与他所处的英国革命历史时代背景之间的关系,对于如何解读诗人最重要的史诗《失乐园》提供了一个崭新的视角。英国著名传记作家威尔逊(A. N. Wilson)于 1984 年出版了一部堪称通俗版的《弥尔顿传》(Life of John Milton),在市场上销量一直不错。进入 21 世纪之后,曾任美国弥尔顿学会会长的哈佛大学女教授芭芭拉·莱瓦尔斯基(Barbara Lewalski)又隆重推出了一部学术版的同名传记《弥尔顿传》(Life of John Milton,2000)。她发挥了自己长期从事弥尔顿研究和教学的优势,在追溯诗人思想和艺术发展的同时,深入分析了弥尔顿的散文和诗歌作品文本,从而为这部传记提供许多笔法细腻和可读性很强的细节描写。

弥尔顿现存最早的英语诗歌作品是对于《旧约·诗篇》第 114 首(Psalm CXIV)的意译和对于《旧约·诗篇》第 136 首(Psalm CXXXVI)的翻译,这两首作品都写作于 1624 年,当时他还只是圣保罗学校的一名十五岁男学生。虽然不能够跟他成熟时期的十四行诗或炉火纯青的史诗相比拟,但是这两

---

① Helen Darbishire, ed. *The Early Lives of Milton*. London: Constable and Co. Ltd., 1932.

首作为学校作业或个人爱好而完成的作品具有生动而简洁的风格,用词明快而清晰,甚至称得上很美。然而比这两首诗歌本身更令人感兴趣的问题是:在17世纪的英国文法学校的课程表上根本就找不到英语这门课程,那么这位男孩又是如何掌握英语这门本国语,并用它来进行写作的？H. F. 弗莱彻为我们提供了如下的解释:

> ……孩子从小就被要求背诵一些东西,无论是祷告词、基督教信条,或是各种简单的作品,最初都是用英语。当背诵还在继续的时候,阅读就开始了,通常是对拉丁语最基本要素的启蒙教育。当这种转变开始的时候,是以英语为基础的,所有要学的拉丁语材料都是先用英语来呈现的,而学生用英语背诵的材料也都是为学习同样内容的拉丁语材料打基础的。当学生开始学习语法的时候,课文是用英语写的。细枝末节的东西现在不再重要了,拉丁语语言已经开始成为了学习的重点,但是英语仍然存在。学生要按照严格的规则来做从英语到拉丁语,再回到英语的双重词形变化练习和翻译。这一系统的应用范围之广,到后来一句熟悉和牢记在心的话,无论是言简意赅的、宗教的,或仅仅是修辞性的,学生都分不清它原来究竟是拉丁语的,还是英语的。很快老师就会鼓励学生用拉丁语来表达思想和概念,但只是在他首先试着用最好的英语方式表达它们之后才这样做。①

这就是弥尔顿如何跟同时代的其他孩子那样学会用英语阅读和写作的。幼年的弥尔顿在父亲和私人教师托马斯·扬的鼓励下,很早成为了一名勤奋的学生和贪婪的读者。在一首用拉丁语写成的长诗《致父亲》(*Ad Patrem*,1637)中,弥尔顿怀着爱和感激的心情,回忆起他的父亲是如何把他的爱好引向了对于古典和现代语言的学习:

> Tuo, pate optime, sumptu
> Cum mihi Romuleae patuit facundia linguae,
> Et Latii veneres, et quae lovis ora decebant
> Grandia magniloquis elata vocabula Graiis,
> Addere suasisti quo iactat Galliaflores,

---

① H. F. Fletcher. *The Intellectual Development of John Milton*, I. Urbana: University of Illinois Press, 1961, pp. 182—183.

Et quam degeneri novus Italus ore loquelam

Fundit,…

Per te nosse licet, pe te, si nosse libebit. (78—89)①

　　　亲爱的父亲，凭您资助，

在我掌握了罗慕路斯的雄辩语言，

即拉丁语的优雅，及学会了自负希腊人

高贵得足以与朱庇特嘴唇相配的语言后，

您又说服我增添令法国人夸耀的花朵

和从意大利人颓废的嘴里滔滔不绝

流出的雄辩。……

您知道吗？您的仁慈提供了这一切。(78—89)

培养学习外语的兴趣并没有减弱弥尔顿对于英语的尊崇。正相反，单调的(有时甚至是空洞的)拉丁语修辞学和经院哲学的练习经常会因偶尔用英语写诗和讲演而气氛变得活跃，而且通过不同语言之间的比较和转换翻译练习，弥尔顿对于英语的掌握也与日俱进，不断得到完善。夹杂在他拉丁语演说词中的一篇英语演说词表达了弥尔顿对英语这种母语天赋所怀有的深厚感情：

Hail native language, that by sinews weak

Didst move my first endeavouring tongue to speak,

And mad'st imperfect words with childish trips,

Half unpronounc'd slide through my infant lips,

Driving dumb silence from the portal door,

Where he had mutely sat two years before:

…

I pray thee then deny me not thy aid

For this small neglect that I have made:

But haste thee straight to do me once a Pleasure,

And from thy wardrobe bring thy chiefest treasure …

---

① M. Y. Hughes, ed. *John Milton: Complete Poems and Major Prose*. New York: Macmillan Publishing Company, 1985, pp. 84—85.

(*At a Vacation Exercise*, 1—18)
欢迎,母语,你曾用羸弱的肌肉
最早驱动我的舌头,牙牙学语,
用幼稚的方法来编造新的单词,
从婴儿的嘴唇吐出含混的发音,
将哑巴的沉寂驱出口腔的大门,
而两年前婴儿还不会开口说话:
……
我请求你别因我犯下的小疏忽
而拒绝向我提供必要的帮助:
而且还要恳请你再帮我一个忙,
从你柜子里取出最珍贵的财宝…… (《假期作业》,1—18)①

弥尔顿对英语的吁请并非是空洞的说法。他的语言表达和明昂的文学才能很早就被他的父母、朋友和老师们所认识到了。这种认识所带来的通常是更多的写作和阅读的作用。弥尔顿所有的早期阅读练习都伴随着模仿性的写作练习,其中大部分是英语的。按照 H. F. 弗莱彻的说法,到了上学的时候,弥尔顿已经熟悉了大量英语文学作品。然而这并没有阻止他从母语这个柜子里获取更多的珍宝。

正好在弥尔顿求学的伦敦圣保罗学校有一个传统,即特别重视阅读英语书籍。在 1596—1608 年间曾经担任圣保罗学校校长的马尔卡斯特(Richard Mulcaster, 1530？—1611)是文艺复兴时期英国最著名的人文主义者之一。他竭力推崇英语语言和文学的民族重要性,而且堪称是全英国当时最著名的教育家。在牛津大学接受了教育之后,他于 1561 年成为了麦钱德·泰勒斯学校(Merchant Taylors School)的首任校长,并在那儿任职 35 年之后才来到了圣保罗学校。在此时期,他的学校培养了像埃德蒙·斯宾塞这样杰出的英国诗人。在他出版的两部英语论著中,《初等教育》(*The Elementarie*, 1582)就是专门讲述如何用正确的英语来进行写作的。他所推出的系统教学方法直接推动了不久之后在英国发生的教育改革。他的教

---

① M. Y. Hughes, ed. *John Milton: Complete Poems and Major Prose*. New York: Macmillan Publishing Company, 1985, p. 30.

育思想在他成为圣保罗学校校长之后也有新的发展,并且直接影响了他的后继者,即弥尔顿就读该校时的校长亚历山大·吉尔(Alexander Gill)。

跟马尔卡斯特一样,亚历山大·吉尔也是一位英语的热情推崇者,而且对于当时刚刚兴起的古英语研究有着特别的兴趣。在《英语研究》(Logonomia Anglica,1619)这部用拉丁语写成的英语论著中,他引用了几行埃尔弗里克(Aelfric)写给西格弗斯(Sigeferth)的一封信中几行古英语原文,并且逐行提供了译文,而且按照 H. F. 弗莱彻的说法,这些译文是出自吉尔本人之手。① 吉尔对于英语旧拼写形式的爱好有些极端,因为他严厉地批评乔叟,说后者采纳了太多的法语和拉丁语词汇。

吉尔的《英语研究》一书反映出了他对于研究本国语言、文学和早期历史的强烈兴趣。② 作为语言学方面的参考书,吉尔列出或引用了以下书籍:埃尔弗里克的作品、巴雷特(Baret)的《辞典》(Dictionary)、布罗卡(John Bullokar)的《英语阐释者》(An English Expositor,1610)、赫洛特(Richard Huloet)的《英—拉初级读物》(Abecedarium Anglo-Latinum,1552)、米舍(Misheu)的《先例》(Ductor)、马尔卡斯特的教育学著作、斯佩尔曼(Henry Spelman,1564?—1641)的《词汇表》(Glossarium),以及第一个使用北欧古文字字体铅字的印刷商温肯·德沃德(Winken de Woed)。关于文学方面的参考书就更多了,其中包括巴斯塔德(Thomas Bastard)的作品、坎皮恩(Thomas Campion,1567—1620)的《诗集》(Poems,1595)、乔叟的作品、丹尼尔(Samuel Daniel,1562?—1619)的《迪莉娅》(Delia,1592)、赫里福德的约翰·戴维斯(John Davies of Hereford)、弗朗西斯·戴维森(Francis Davison)、爱德华·戴尔(Edward Dyer)、翻译了奥维德《变形记》的阿瑟·戈尔丁(Arthur Golding,1536—1605)、哈林顿(Sir John Harington,1561—1612)的《格言》(Epigrams)、本·琼生的诗歌、格洛斯特的罗伯特(Robert of

---

① H.F. Fletcher. The Intellectual Development of John Milton, I. Urbana: University of Illinois Press, 1961, p.185. 吉尔用罗马字体刊印了埃尔弗里克的信札,而不是用约翰·戴(John Day)刻制的所谓撒克逊字体。由于该书中提供的译文跟《古文物见证》(A Testimonie of Antiquie,1567)一书中的译文不同,所以弗莱彻认为它应该是吉尔自己的译文。而且他从这段译文和书中一些其他证据出发,进一步推测吉尔对于古英语研究有特殊的兴趣。

② 该书引用的众多作品可以被分为三种类型:语言学、文学和历史。第三类作品中包括卡姆登(William Camden,1551—1623)的《不列颠志》(Britannia,1586)和弗斯蒂根(Richard Verstgan,1548—1640)的《重振颓废的智力》(A Restitution of Decayed Intelligence,1906)。卡姆登和弗斯蒂根都是古英语研究的先驱。

Gloucester)、锡德尼的《阿卡迪亚》(Arcadia,1581)和诗篇译文、斯坦尼赫斯特(Richard Stanihurst,1547—1618)翻译的《埃涅阿斯纪》(Aeneis,1582)、《特里斯特拉姆》(Tristram)、费尔(Thomas Phaer)翻译的《埃涅阿斯纪》(Aeneid,1558)、乔治·威瑟(George Wither)等等。然而作者在该书中所引用的绝大多数段落都是来自"我们的荷马"(Homerus Noster)斯宾塞的《仙后》。①

关于亚历山大·吉尔是否将《英语研究》这本书作为圣保罗学校的教科书这一问题,评论家们仍存在着争议。H. F. 弗莱彻倾向于认为吉尔把它用作了教科书,但是 D. L. 克拉克和其他人则不同意这种说法。弥尔顿也从未提及过这位老校长或圣保罗学校。然而有一件事是明白无误地:弥尔顿于 1620—1625 年间在圣保罗学校念书的时候,亚历山大·吉尔仍然还是那儿的校长。我们的这位诗人是由吉尔用这种对应翻译的教学方法训练出来的,这种教法对于英语的要求很高。我们有理由相信,这位老校长在学生的心目中肯定会留下印象的。吉尔对于英语的态度也许会影响弥尔顿采用英语来进行诗歌创作的决定,正如《假期作业》、《曼索斯》和《教会政府的理由》(The Reason of Church Government)等作品所记录的那样。

对于弥尔顿产生的一个特定影响是吉尔在《英语研究》一书中所显示的英语拼写系统。如前所述,吉尔对于英语词汇的纯洁性非常挑剔。他在"致读者"("Praefatio ad Lectorum")的序言部分争辩说,甚至在丹麦人入侵和诺曼人入侵之后,不列颠的古英语仍然保持着它的纯洁性。可是后来,

> ... circa annum 1400, Galfridus Chaucerus, infausto omine, vocabulis Gallicis, & Latinis poesin suam famosam reddidit. Hic enim vulgi indocti stupor est, vt illa maxime quae non intellidit admiretur. ... o dura ra! Communiter audio komon, vises, envi, malis, etiam virtv, studi, ustis, piti, mersi, kompassion, profit, komoditi, kulor, gras, favor, akseptans, Etc. At vero quo gentium eiecistis illa vocabula, quae pro his adulterinis maiores nostri vsurparunt? vt voces cius exulent? vt noua barbaries vniuersam

---

① Cf. H. F. Fletcher. *The Intellectual Development of John Milton*, I. Urbana: University of Illinois Press, 1961, pp. 185—186.

linguam Anglica extirpet. o vos Anglos! vos (inqua) appello quibus sanguis ille patrius palpita in venis; retinete, retinete quae adhuc supersunt reliquiae sermonis natiui; & quae mariorum vestigia apparent illis insistite.①

……大约在1400年，杰弗里·乔叟因在诗歌作品中采用了法语和拉丁语词汇而闻名遐迩，这是一个不祥的征兆。由此便在我们的口语和书面语中流传下来这种新的疥癣……啊，刺耳的声音！我现在到处都能听到像common, vices, envy, malice；甚至virtue, study, justice, pity, mercy, compassion, profit, commodity, colour, grace, favour, acceptance这样的词汇。但是我们祖先所使用的，能够取代这些时髦玩意儿的那些词汇又被你们驱逐到了世界的哪个角落去了呢？难道这又是一次野蛮人的入侵，以求灭绝英语吗？啊，你们这些血管里还流淌着热血的英国人，我号召你们尽力保存残存的母语，凡是我们祖先残留下来的遗产，你们千万都要努力继承啊。

老校长的这一号召在弥尔顿的一些早期作品中果然得到了积极的回应。除了前面所引用过的《假期作业》之外，弥尔顿在《教会政府的理由》第二卷序言中再次重申，他为了实现这一理想而做出了极大的努力：

……我身体力行……为能给我的母语添砖加瓦而使出了浑身解数，目的并不是想要语出惊人，这纯属于虚荣心作怪，而是要用母语来翻译和转述住在这个岛屿上所有英国公民中最好和最明智的东西。正如雅典、罗马和现代意大利最伟大和百里挑一的精英，以及古代那些希伯来人，为自己祖国所做的贡献那样，我也要尽自己的一份力量来报效祖国，尤其是作为一名基督徒；……②

虽然他把"语出惊人"视为"纯属于虚荣心作怪"，但弥尔顿依然竭尽全力，试图吸收英国文学传统的精髓，对于文字的完美精益求精。在这一方面，他曾

---

① Alexander Gill. *Liogonomia Anglica*. Ed. Otto L. Jiriczek. Strassburg: Karl J. Trubner, 1903, p. 10.

② M. Y. Hughes, ed. *John Milton: Complete Poems and Major Prose*. New York: Macmillan Publishing Company, 1985, p. 668.

经受到过许多误解。他的英语经常被批评为过于拉丁化,①而且评论家们还在弥尔顿诗歌的风格中发现了希腊语、希伯来语,以及意大利语的许多特征。考虑到弥尔顿在学习这些语言时所花费的精力,他的英语中包含了这些因素也是相当自然的,它们揭示出了诗人对于其他语言和文学的渊博知识。但弥尔顿毕竟首先还是一位英国诗人——"Ioannis Miltoni Angli"(英国人约翰·弥尔顿),他词汇中的绝大多数还是英语词,而非任何其他语言的词汇。在《关于〈失乐园〉用词中本土因素的札记》一文中,布劳(J. R. Brow)特意从弥尔顿的史诗中挑选出了许多完全源自本土的词汇,例如"sun-bright"(VI 100)、"madding"(VI 210)、"to girdle"(VI 329)、"foughten-field"(VI 410)、"arrede"、"avant"(IV 962)、"brand"(XII 643)、"behest"(XI 251)、"buxom air"(II 450)、"fierce grass"(IX 450)等。② 这恰好符合了后来著名朗文版弥尔顿详注本编辑和爱丁堡大学教授阿拉斯泰尔·福勒(Alastair Fowler)在《失乐园》引言中的看法,即弥尔顿诗歌风格的一个重要特征就是源自罗曼语和古英语的词汇在作品文本中相互交织。③

更有趣的是弥尔顿对于英语单词的拼写方法。海伦·达比希尔(Helen Darbishire)在校勘《失乐园》的手稿时注意到,诗人在手稿中对于一些单词的拼写方式进行了修改,如把"roleing"改成了"rowling","shepheard"改成了"shepherd","rhime"改成了"rime","higth"改成了"highth","tymes"改成

---

① 认为弥尔顿《失乐园》中语言特征过于拉丁化的一位 18 世纪评论家是乔纳森·理查森(Jonathan Richardson)。在他为诗人写的传记中,他指出:"弥尔顿的语言是英语,但它是弥尔顿的英语;它是拉丁化和希腊化的英语;不仅是在词汇、词组、换置,而且他的作品中随处可见古代的短语,所以一位博学的外国人会认为弥尔顿在所有英语作家中是容易理解的。"(Darbishire, Helen ed. *The Early Lives of Milton*. London: Constable and Co. Ltd., 1932, p.313.)这一评论后来得到了渲染和夸张。《失乐园》开头的第一句("Of man's first disobedience, and the fruit / Of that forbidden tree...")经常被引用为例子,以说明这个长句子中的拉丁化句法。但这些所谓的"拉丁化"特征在古英语诗歌中则是十分自然的。我们可以轻易地在古英语作品中找到跟《失乐园》中长句相类似的句子结构,例如古英语诗歌《浪游者》(*The Wanderer*, 17—29; 37—44)和《航海者》(*The Seafarer*, 8—19; 33—43)。普林斯(F. T. Prince)的《弥尔顿诗歌中的意大利因素》(*The Italian Element in Milton's Verse*, 1954)中指出了弥尔顿英语中的不少意大利因素,例如"sad task and hard"(*P. L.*, V 564)这个词组中"形容词 + 名词 + and + 形容词"的句型。但是这种形容词的换置正好也是古英语诗歌中的一个特征。所以这种说法也是难以站住脚的。

② J.R. Brow. "Some Notes on the Native Elements in the Diction of *Paradise Lost*." *N&Q*, No. 196, 1951, pp. 424—428.

③ John Carey and Alastair Fowler, eds. *The Poems of John Milton*. London: Longman Group Ltd., 1980, p. 433.

了"times","firry"改成了"fiery","wrath"改成了"wrauth"等等。通过比较，达比希尔得出了这么一个结论：

> 我已经确信在大量的(我不说所有)此类修改背后，有一个单独的主见在起作用，那就是弥尔顿的主见。……我想象他是请抄写员或朋友纠错者把那些他们吃不太准的单词大声念给他听，然后再把他所希望的拼写形式请对方记下来；对于标点符号他也采取了同样的方法。①

弥尔顿拼写单词的特殊性导致达比希尔相信，是亚历山大·吉尔首先使他这位才华出众的学生对于正字法发生兴趣的，因为这位圣保罗学校老校长曾经于1621年，即弥尔顿入学的第二年，出版过《英语研究》的一个修订版。吉尔所倡导的英语单词拼写系统与弥尔顿自己所采纳的拼写系统有诸多相似之处：如将当时流行的"sutle"拼作"subtle"，将"prizner"拼作"prisoner"，将"biznes"拼作"business"，以及将"fjer"拼作"fiery"等等。②

第四节　弥尔顿的早期诗歌创作

无论老亚历山大·吉尔学识有多么的渊博，或在17世纪英国的名声又多么的大，但弥尔顿在其诗歌和散文作品中却从没提及过他的名字。倒是小亚历山大·吉尔③于1621年成为弥尔顿的教师之后，在此后的近二十年中对于这位学生的文学创作活动产生了明显可见的影响，因为自从弥尔顿毕业和上了剑桥大学之后，直到1640年从意大利旅行归来，这对师生一直保持了通信联系。弥尔顿经常把他用拉丁语或希腊语写的诗歌习作寄给这位昔日的老师，请他评论或修改。后者也同样将自己的拉丁语诗作寄给这位昔日的高足。从下面这封于1628年7月2日用拉丁语写给小吉尔的信中，我们可以看到，弥尔顿对这位老师的崇敬之情跃然纸上：

---

① Helen Darbishire. *The Manuscript of Milton's Paradise Lost*. Oxford: The Clarendon Press, 1931, p. xxii.

② Ibid., p. xxxiii ff.

③ 小亚历山大·吉尔(Alexander Gill, Jr., 1596? —1644)是老吉尔的儿子，他于1612—1619年间在牛津大学接受教育之后，便从1621年起开始在圣保罗学校任教。他教过弥尔顿，并一直跟自己的学生保持了通信联系。1637年，他又回到牛津大学去读了一个博士学位。在他父亲退休之后，他又继任了圣保罗学校的校长。

说真的,我经常回想起您时常跟我在一起的交谈(在这个大学圣殿里,我非常怀念这样的交谈),我马上就会悲伤地意识到,自己有多少益处因远离你这一事实而被剥夺了。但每一次离开你,都会使我感触良多,诗心大发,就像是我曾到过某个学术的殿堂。①

弥尔顿于1625年进入剑桥大学基督学院学习,并且在那儿一直呆了几乎有七年。1629年,他从那儿获得了学士学位,1632年又获得了硕士学位。在这座典型的中世纪大学里,学生要花前四年来学习修辞学、逻辑学和哲学这三门本科生课程;另外还要花三年的时间来学习算术、几何、天文学和音乐这四门研究生课程,才能够得到硕士学位。1560年颁布的一个伊丽莎白时代法令这样描述了剑桥大学的七年制学习课程:

1. 本科生的四年制学习课程:第一年,修辞学;第二、三年,逻辑学;第四年,哲学。这些课程必须在学院里完成,同时还须去听由大学安排的讲座(domi forisque)。学生的成绩优劣将经过在大学公共学院安排的两次口头辩论和在学生自己学院安排的两次初试的考试而决定。

2. 研究生的三年制学习课程:像以前一样在三年期间要一直去听哲学的公共讲座,还要去听天文学、透视图和古希腊语的讲座,以及继续个人或学院的研究,以便完成已经开始的研究项目。此外,要定期去听硕士们在大学公共学院的所有辩论,以求自身的进步,参加在公共学院举行的三次个人考试,与一名硕士进行辩论,两次由学院举行的同样性质的考试,以及一次在学院举行的演说。②

所有这些课程当然都是用拉丁语作为教学语言的,有的甚至是用希腊语和希伯来语。从理论上来说,在大学各学院的围墙之内,英语是严格禁止说的,尽管从现存的传记和自传资料来看,我们得知乔叟、斯宾塞和莎士比亚

---

① J. M. French. *The Life Records of John Milton*, I. New Brunswick, New Jersey: Rutagers University Press, 1949, p. 271.

② *Statutes*, VI, VII, "Dyer's Privileges." I, p. 164. Cited in David Masson's *The Life of John Milton*. Vol. I. Rptd. Gloucester, Mass.: Peter Smith, 1965, p. 260.

的文学作品仍然还是在流通的。① 在牛津和剑桥的大学生中,用英语写诗是相当普遍的。有一些学生甚至还在写剧本;所谓的"大学才子们"②创作剧本时用的都是他们自己的母语,即英语。

在学业上,弥尔顿被公认是一个非常出色的学生。约翰·奥布里告诉我们,这位诗人"是大学里一名非常勤奋的学生,他的演说和辩论受到了人们高度的赞誉"③。爱德华·菲利普斯对于弥尔顿的学生生活也作了类似的描述:"在剑桥大学基督学院……他学习了七年……他在获得学位所必须经过的辩论和演说中表现出异乎寻常的机智和渊博。……他获得了大学内所有人的热爱和欣赏,尤其是他自己学院里的那些老师和最聪明的学生。"④这些介绍正好跟弥尔顿1652年回答有关他曾被剑桥大学开除的诽谤时所作的陈述相吻合:"……在整整七年的时间里,我投身于学习传统学科和文科的知识,行为举止无可指责,直到我以优良成绩获得了硕士学位。接着,我并没有像那个肮脏的家伙[Du Moulin]所攻击的那样逃往意大利,而是自愿地回到了父亲的家里,学院的大多数老师都为此表示遗憾,他们给予了我很大的友谊和尊敬。"⑤正是在大学生活期间,弥尔顿用拉丁语写了许多诗歌和信件,此外还有大量作为指定练习的演说和辩论词。弥尔顿的拉丁语在很大程度上就是在这段时期得以完善的,在以后的生涯中,拉丁语成为了他参加思想和政治斗争的一件武器,并且因为他分别用拉丁语写了两篇反驳萨尔马修斯(Claudius Salmasius, 1588—1653)和莫尔(Alexander More, 1616—1670)诽谤的《为英国人民辩护》而为他赢得了崇高的国际声誉。在综合研

---

① 剑桥大学基督学院的老师米德(Joseph Meade)在一封信中写道,他于1626/7年1月10日派人将一本"古老的杰弗里·乔叟作品集"交给了马丁爵士。(Masson, *Life*, I 180)1618—1619年间在剑桥大学读书的德威斯(Simonds D'Ewes)也在自传中写道:"晚上的时候,我就阅读自己喜欢的书,如斯蒂芬的《为希罗多德辩护》和斯宾塞的《仙后》,这两部都是英语书。"(Masson, *Life*, I 263)弥尔顿在大学写的论莎士比亚的诗也可视为是一个证据。

② "大学才子们"(University Wits)是指1580年之后活跃在英国各剧院的一批职业剧作家,其代表人物有基德(Thomas Kyd)、马洛(Christopher Marlowe)、纳什(Thomas Nashe)、格林(Robert Greene)、黎里(John Lyly)和皮尔(George Peele)。他们都是毕业于牛津大学或剑桥大学。

③ Helen Darbishire, ed. *The Early Lives of Milton*. London: Constable and Co. Ltd., 1932, p. 10.

④ Ibid., p. 54.

⑤ John Milton. *Second Defense of the English People*. Cited in M. Y. Hughes, ed. *John Milton: Complete Poems and Major Prose*. New York: Macmillan Publishing Company, 1985, p. 828.

究了弥尔顿的生平和作品之后,传记作家马森表示"在整个剑桥大学里找不到……一个比弥尔顿更有文化素养,或拉丁语水平更高的学者,无论是指散文还是指诗歌"①。

然而,弥尔顿对于他在剑桥大学所接受的正规教育并不是感到很高兴。在1644年以一封致哈特利布(Samuel Hartlib)之信的形式而写成的《论教育》这部小册子中,他严厉地批评了牛津大学和剑桥大学教授经院哲学的方法:

> 至于通常的文科教学方法,我认为大学至今还没有从野蛮时代经院哲学的粗俗做法恢复过来,这个旧错误就是文科教育并不是从最容易的内容开始——即那些对于感官来说最明显的——他们让那些乳毛未褪的新生去学逻辑学和形而上学中最深奥和抽象的东西。这就是那些刚刚学了一点语法皮毛,句子还写不端正的小毛孩们现在突然被置于另一个环境之中,用他们尚不完善的心智去经受各种严酷的考验和探索深不可测和危机四伏的辩论深渊。这些人中大多数都会变得仇恨和蔑视学问,因为在校期间他们受尽了讥讽和欺骗,而他们原本期望能在这儿学到有价值和令人愉快的知识……②

弥尔顿本人就曾经公开跟"野蛮时代经院哲学的粗俗做法"产生过冲突。按照奥布里《弥尔顿传》中一条未经说明的记载,我们得知弥尔顿在进入基督学院的头一年里,曾经跟他的导师查普尔(William Chappell)私下产生过矛盾。③ 从弥尔顿本人在一首作为致同学迪奥达蒂(Charles Diodati)书信的拉丁语挽诗中,我们进一步了解到,弥尔顿不仅曾跟导师闹翻,而且也许还曾接受过惩罚,并且离开了剑桥大学一段时间。弥尔顿在这首挽诗中的自我描述如下:

---

① David Masson. *The Life of John Milton*, I. Rptd. Gloucester, Mass.: Peter Smith, 1961, p. 268.

② M. Y. Hughes, ed. *John Milton: Complete Poems and Major Prose*. New York: Macmillan Publishing Company, 1985, p. 632.

③ Helen Darbishire. *Early Lives of John Milton*, 1932, p. 10. [Aubrey]: "His first tutor there was Mr Chappell, from whom receiving some unkindness (whip't him), he was (though it seemed contrary to the rules of the College) transferred to the tuition of one Mr Tovell, who died parson of Lutterworth."

> Me tenet urhs reflus quam Thamesis alluit unda,
>   Meque nec invitum patria dulcis habet.
> Iam nec arundiferum mihi cura revisere Camum,
>   Nec dudum vetiti me laris angit amor.
> Nuda nec arva placent, umbrasque negantia molles,
>   Quam male Phoebiscolis con venit ille locus! (*Elegia Prima*, 9—14)
>
> 我仍滞留在受到泰晤士河冲刷的城市,
> 即我出生的那个令人满心欢喜的地方。
> 现在我并不急于重访长满芦苇的剑河,
> 也未因思念被剥夺的宿舍而终日垂泪。
> 没有树阴的田野在我眼中缺乏吸引力,
> 那样的地方怎能适合于太阳神的信徒!(《哀诗之一》,9—14)

这一段描述很有趣,因为它给我们传达了两个信息:除了涉及前面提到过的与导师争吵和受惩罚之外,弥尔顿还明白无误地把自己归属于"太阳神的信徒",而旨在训练教士和律师的剑桥教育并不是十分适合于一位未来的诗人。为了达到其终生的目标,弥尔顿不得不去寻找能获得灵感的手段,即去阅读更多有趣的书籍,去欣赏激动人心的戏剧演出,更重要的是,为了学艺而去写更多的英语诗歌。这样就为我们探索英国文学传统在弥尔顿受大学教育期间所施加的影响提供了空间。

有许多证据表明,弥尔顿在此期间仍然对于英语语言文学怀有相当敏锐的兴趣。除了我们在前面已经提及的那些英国作家和文学作品之外,我们还可以找到一些其他的文学引喻。例如,就在他写给狄奥达蒂的那首拉丁语挽诗中,弥尔顿透露出他在伦敦的时间大都奉献给了自己所喜爱的文学研究和欣赏:

> Tempora nam licet hic placidis dare libera Musis,
>   Et totum rapiunt me mea vita libri.
> Excipit hinc fessum sinuosi pompa theatri,
>   Et vocat ad plausus garrula scena suos. (25—28)
>
> 因这儿,我可以将闲暇献给温和的缪斯:
> 在此地,作为生命的书籍令我心驰神往。
> 当我疲倦时,剧院的演出深深吸引着我,

剧中的大段精彩独白令我拍红了手掌。(25—28)

弥尔顿接着列举了伦敦舞台上几位定型的戏剧人物角色——狡猾的老头子、情人、士兵、诡计多端的奴隶、严厉的父亲、哭哭啼啼的可怜虫,以及气势汹汹的复仇者。这些都向我们展示了詹姆斯时代戏剧的生动图景。

在前面已经提及过的那封1628年7月2日写给小吉尔的拉丁语信中,弥尔顿也对剑桥大学的校园气氛表示了不满,而且他还表达了自己要从事文学创作的决心:

> ……目前有一种严重的危险,即教士们正在回到黑暗时代教皇那种愚昧无知的状态。至于我自己……则想埋头致力于文学的创作,换言之,想借助于缪斯的羽翼保护。①

关于自己文学兴趣,弥尔顿在这封信里已经表达得十分清楚。然而他并没有点明这儿"缪斯的羽翼"究竟是专指古典文学,还是指包括英语文学在内的所有文学。在更早一些时候,即1628年5月20日,写给小吉尔的另一封拉丁语信件中,弥尔顿这样向昔日的老师报告:"我收到了您的信件,令我欣喜万分的是,您的高雅诗作处处洋溢着真正的诗歌才能和维吉尔般的天才灵感……"②安东尼·伍德将小吉尔高度赞誉为"全国最好的拉丁语诗人之一",而且他宣称曾经看见过一部载有好几首小吉尔拉丁语诗歌作品的未刊书稿。③ 从弥尔顿写给小吉尔的信件都是用拉丁语写的这一事实来看,我们可以推测他寄给弥尔顿的诗歌也是用拉丁语写的。小吉尔对弥尔顿的诗歌创作无疑起了很大的促进作用,尤其是他的拉丁语诗歌作品为弥尔顿的早期拉丁语诗歌提供了灵感和范例。在1634年12月4日写给小吉尔的另一封信中,弥尔顿附上了《诗篇·第114篇》的希腊语译文,并在信中坦诚:"……自从我离开了你的学校之后,这是我用希腊语写的第一首,也是唯一的一首

---

① J. M. French. *The Life Records of John Milton*,I. New Brunswick, New Jersey:Rutagers University Press,1949,p.271. 小吉尔一直鼓励弥尔顿选择文学生涯,而非教会生涯。他是促成弥尔顿向文学发展的一个强有力因素。

② 同上书,第157页。

③ H. F. Fletcher. *The Intellectual Development of John Milton*,I. Urbana:University of Illinois Press,1961,p.178.

诗歌——如你所知,我更喜欢用拉丁语和英语写诗……"①

我们在前面已经提及弥尔顿在《假期作业》(1629)中推崇"母语"一事。不仅如此,他在同一首英语诗歌中还宣布他要用英语来写一部民族史诗,而且诗中主人公必须要拥有跟海神尼普顿、尤利西斯和其他"古代英雄"一样的浪漫主义抱负:

> Yet I had rather, if I were to choose,
> Thy service in some graver subject use,
> Such as may make thee search coffers round,
> Before thou clothe my fancy in fit sound. (29—32)
> 然而假如能选择的话,我宁可
> 用你来撰写更加崇高的题材,
> 这样可能会使你去翻箱倒柜,
> 以便能更好地包装我的思想。(29—32)

弥尔顿计划要写的那部民族史诗的"崇高题材"在《第六首挽诗》(*Elegia Sexta*)这首于1629年12月写的拉丁语诗歌中变得更加清晰起来:

> At qui balla refert, et adulto sub Iove caelum
>   Heroasque pios, semideosque duces,
> Et nunc sancta canit superum consulta deorum,
>   Nunc latracta fero regna profunda cane,
> Ille quidem parce Samii pro more magistri
>   Vivet, et innocuos praebeat herba cibos.
> Stet prope fagineo pellucida lympha catillo,
>   Sobriaque a puro pocula fonte bibat. (55—62)
> 然而主题描写战争、朱庇特麾下天国,
> 虔敬英雄,以及半神半人酋长的诗人,
> 以及歌唱天神们远在天上运筹帷幄,
> 或使那恶狗在地狱鬼哭狼嚎的骚客,
> 但愿他能像萨默斯宗师般生活清贫,

---

① J.M. French, ed. *The Life Records of John Milton*, I. New Brunswick, New Jersey: Rutagers University Press, 1949, p.290.

第一章 弥尔顿与英国文学传统

让芳草成为他日常单纯的美味佳肴。
让他用一只木碗来盛接纯净的山泉,
从赫利孔山的源头汲取创作的灵感。(55—62)

上面这一段描写中的引喻显然来自维吉尔的《埃涅阿斯纪》,它们以一种先知的方式预示了弥尔顿后来在《失乐园》中所描写的天国和地狱,只是朱庇特在弥尔顿的诗歌作品中变成了上帝的圣父形象,而在地狱狂吠的恶狗则变身为撒旦和叛逆天使。

在某种程度上,弥尔顿确实有意把维吉尔当作了自己模仿的榜样,以便能够实现他获得最高诗歌成就的理想。为了学艺,他几乎尝试了所有的诗歌体裁,起初是地位比较卑微的短小抒情诗,接着就是篇幅更长、规模更大的田园抒情挽诗和假面舞剧,最后才是地位最崇高的文学形式,史诗和悲剧。在剑桥大学求学的这七年时光是弥尔顿文学发展中的一个重要阶段,也是诗歌创作相对多产的阶段。从1626年至1629年,他的重点主要是放在拉丁语诗歌的创作上。[①] 接着,从1629年至1631年,他似乎又重新回到了英语诗歌的创作,而且干劲倍增。在这段时间里,他写了至少十首英语诗歌。[②] 这些诗歌,再加上《哀悼一位死于咳嗽病的漂亮婴儿》(*On the Death of a Fait Infant Dying of a Cough*,1625—1626)和《假期作业》,足以形成一定的规模,可以反映出弥尔顿早期在英国文学传统下学习诗艺的真实情况。所以简单回顾和审视一下这些诗歌将会是既有趣又有益的。

《哀悼一位死于咳嗽病的漂亮婴儿》是用十一个七行诗节的形式写成的,韵脚为"ababbcc"。这种独特的诗歌体裁是由乔叟在《对怜悯的诉愿》(*Complaint unto Pity*)、《特罗伊勒斯和克莱西德》(*Troilus and Crisayde*)和《律师的故事》(*The Man of Law's Tale*)等诗歌作品中首先使用的。后

[①] 1626—"Elegia Prima." "In Obitum Procancellarii Medici." "Elegia Secunda." "In Proditionem Bombardicam" (5 short pieces), "In Quintum Novembris." "Elegia Tertia"; 1627—"Elegia Quarta." "In Obitum Praesulis Eliensis"; 1628—"Naturam Non Pati Senium"; 1629—"Elegia Quinta." "Elegia Sexta."

[②] "Song: On May Morning." "On the Morning of Christ's Nativity." "Sonnet I." "The Passion." "On Shakespeare." "On the University Carrier" (two poems), "An Epitaph on the Marchioness of Winchester." "L'Allegro." "Il Penseroso." "Sonnet VII."

来它成为英国文学中相当流行的一种称作"皇家韵脚"(rhyme royal)[①]的诗节形式。莎士比亚用这种诗节形式写了《鲁克丽丝受辱记》(*The Rape of Lucrece*)。斯宾塞曾用它在《四首颂诗》(*Fowre Hymnes*)和《达佛涅之歌》(*Daphnaida*)中进行试验,并在此基础之上发展出著名的"斯宾塞诗节",即每个诗节中包含八个十音节诗行和一个十二音节的亚历山大诗行,其韵脚为"ababbcbcc"。弥尔顿的七行诗节形式是"皇家韵脚"跟"斯宾塞诗节"的一种结合,因为他诗节中的第七行,也就是最后一行,是一个十二音节的亚历山大诗行。在采纳这一特殊诗节形式时,弥尔顿当然是在遵循他英国前辈们的足迹。[②]

这首诗的内容是哀悼他自己小外甥女的夭折,她的死被形象地描述成一朵"报春花"(primrose)在"寒冷的冬天"(bleak winter)凋谢。从这个类比,弥尔顿又进一步引喻奥维德《变形记》(*Metamorphoses*)中的北风(Aquilo),后者在强奸雅典公主奥里提娅(th' Athenian damsel)的过程中,以"冰冷彻骨的拥抱"(cold-kind embrace)杀害了她(第2、3诗节)。紧接着的下一个引喻就转向了阿波罗误杀斯巴达少年雅辛托斯(Hycinthus),并将他变成一朵花(Hyacinth,风信子)的故事。就这样,报春花的意象在此得以重复,但是婴儿之死的比喻却并没有就此止步。在第7诗节中,诗人转向了"流星"的意象,从这个意象又进一步联系到和平的抽象品质——"那个脸上挂着甜蜜笑容的少女"(the sweet smiling youth)和"明智和身穿白袍的真理"(sage white-robed Truth)。这就为下一个诗节中婴儿变身为天使,并成为人与上帝之间的调停者而作了铺垫。母亲在诗的末尾处终于得到了安慰,因为她确信死去的婴儿只是送给上帝的正规礼物。所以她从毫无节制的忧伤中恢复了过来,明智地止住了悲哀。

在描写这一事件时,弥尔顿采纳了中世纪和文艺复兴时期颇为流行的封圣这一主题。那位夭折的婴儿以报春花的形象在作品中登场,却以天使的形象谢幕——这种变形既是讽喻性的,也是约定俗成的。中古英语文学诗歌中与其十分相似的一首作品是《珍珠》(*The Pearl*)。在这首作品中,一

[①] 之所以被称作"皇家韵脚",是因为它曾被苏格兰国王詹姆斯一世用于写作《国王之书》(*Kingis Quair*, 1423)。

[②] 其他也尝试过这种诗节形式的还有托马斯·怀特爵士(Sir Thomas Wyatt)、德莱顿(Michael Drayton)和菲尼亚斯·弗莱彻(Phineas Fletcher)。

位哀悼自己夭折女儿的父亲经历了一种十分相似的心境变化。死婴在诗歌的开篇部分被描述为一颗遗失在花园里的珍珠；接着她又作为一位非常漂亮的姑娘出现在她父亲的梦境之中，其形象也是身穿白袍，并用珍珠装饰。她向父亲解释说，自己现在已经是基督的一位新娘。在随后的另一个梦境中，心存疑虑的父亲果真在基督新娘的天使行列中看见了自己的女儿。目睹这一幻象的惊喜立即治愈了父亲伤心欲绝的悲痛。

"皇家韵脚"在弥尔顿的另一首重要的早期诗歌作品《圣诞晨赞》(*On the Morning of Christ's Nativity*, 1629)中又被选择为引言部分的诗行形式。而作为该诗主体部分的"颂歌"("Hymns")格律(诗行长度6、6、10、6、6、10、8、12；韵脚 aabccbdd)正反映了许多英语抒情诗歌、圣诞颂歌、牧歌和短歌的格律形式。在《圣诞晨赞》一诗前不久完成的《第六首挽诗》中，弥尔顿将前者的内容这样描述给他的朋友查尔斯·迪奥达蒂：

At tu si quid agam scitabere ...
...
Paciferum canimus caelesti semine regem,
    Faustaque sacratis saecula pacta libris;
Vagitumque Dei, et stanulantem paupere tecto
    Qui suprema suo cum patre regna colit;
Stelliparumque polum, modulantesque aethere turmas,
    Et subito elisos ad sua fana Deos.
Dona quidem dedimus Christi natalibus illa;
    Illa sub auroram lux mihi prima tulit.
Te quoque pressa manent patriis meditata cicutis;
    Tu mihi, cui recitem, iudicis instar eris. (79—90)

但倘若你想知道我正在做什么
……
我正在歌唱天国派来的国王、
和平缔造者、圣经中的极乐时代；
上帝婴儿在贫贱马槽中的啼哭，
以及他将跟圣父一起统治天国；
我歌唱星空和引吭高歌的天使，

还有那些被逐出天国的坏天使。
我们给新生的圣婴送去礼物时,
天际边正好露出一缕红色朝霞。
在牧笛的伴奏下歌声回音袅袅,
当诗歌呈现时,你将会为我评说。(79—90)

圣诞这一传统主题正好也是贾尔斯·弗莱彻《基督在天国与人间的辉煌胜利》和其他许多中世纪和文艺复兴时期英语诗歌作品的主题之一。仅在16和17世纪中,写过这一专题颂歌的就有本·琼生、弗朗西斯·鲍蒙特(Francis Beaumont)和乔舒亚·西尔维斯特。就其内容而言,弥尔顿的《圣诞晨赞》强调圣婴基督战胜"老奸巨猾的恶龙"和异教的其他偶像。有趣的是,弥尔顿在"颂歌"第22至24诗节中所提及的撒旦及其令人憎恶的追随者,后来在《失乐园》中作为撒旦叛逆军队中的将军们再次粉墨登场。①《圣诞晨赞》中的好天使们也是以全副武装的形象出现的:

The helmeted Cherubim
And sworded Seraphim
Are seen in plittering ranks with wings display'd,... (XI 112—114)
戴着头盔的二级天使,
身佩利剑的一级天使,
在熠熠生辉的战斗行列中展示着羽翼……(XI 112—114)

而诗人在作品中向"天国缪斯"乞灵(Say Heav'nly Muse, II 15)则明白无误和发人深省地预示了《失乐园》的开场白(Sing Heav'nly Muse, I 6)。②

正如弥尔顿向查尔斯·迪奥达蒂所坦白的那样,这首诗歌的"质朴曲调"(simple strains)是在他"本地牧笛"(native pipes)上演奏的。考虑到他在剑桥大学所接受的正规教育,这首诗歌受到古典诗歌的影响之小是令人吃惊的。而另一方面,它又弥漫着伊丽莎白时代英语诗歌的风格特点。例如第155行中的"ychained"一词仍然保留了古英语前缀的形式(y-〈ge-〉)。它就

---

① 在《失乐园》第一卷中再次出场的魔鬼有下面这几位:Peor(412),Dagon(199),Ashtoroth(438),Tammuz(446—457),Moloch(392),Isis,Osiris(478—482)。

② 法国诗人迪巴尔塔(Seigneur du Bartas, 1554—1590)首先在《创世的六天》(1578)中将希腊神话中主司天文学的缪斯乌拉尼亚(Urania)提升为主管基督教诗歌的"天国缪斯"(the heavenly Muse)。弥尔顿也许是通过乔舒亚·西尔维斯特1608年的译文才接受这一用法的。

像斯宾塞诗歌中许多类似的单词那样,具有显著的英语特征。① 弥尔顿在这首诗中所使用的有些意象是直接从斯宾塞那儿借用过来的。当他把圣婴基督描写成"强大的潘"(the might Pan, 89)时,他实际上是在借用《牧羊人日历》中的说法,因为斯宾塞在这首诗歌中将基督称作"伟大的潘"(great Pan, "May", 54)。在弥尔顿的颂歌中,太阳惊愕地注视着基督的诞生:

> The sun himself withheld his wonted speed,
> And hid his head from shame,
> As his inferior flame,
> The new-enlight'n'd world no more should need;
> He saw a greater sun appear
> Than his bright throne, or burning axle-tree could bear. (79—84)
> 太阳有意减慢了惯常的速度,
> 因羞愧而掩藏住自己的面庞,
> 原来被圣诞点亮的那个地球
> 此后不再需要他那微弱光芒;
> 只见一轮更大旭日冉冉升起
> 气势完全压倒了西落的残阳。(79—84)

请比较斯宾塞在《牧羊人日历》中对于太阳的类似描写:

> I saw Phoebus thrust out his golden hedde,
> Upon her to gaze:
> But, when he saw how broad her beames did spreadde,
> It did him amaze.
> He blusht to see another Sunne belowe,
> Ne durst againe his fyrye face out showe. ("April", 73—78)
> 只见太阳神伸出金色的头颅,
> 屏息凝视这边:

---

① 弥尔顿在《愉悦的人》(L'Allegro)中使用了"yclep'd"(12),并在《论莎士比亚》一诗中用了"Star-ypointing"(4)。斯宾塞在《仙后》一诗中也广泛采用了这种用法,如"ybent"(III iv 347)、"ybet"(IV iv 9)、"ybore"(III iv 21)、"ybrent"(III ix 53)、"yclad"、"ycled"(I i 1, iv 38)、"ycleped"(III v 8)、"ydrad"(I i 2, V vi 3, xii 37)等。

可当他见到她的光芒万丈,势不可挡时,
顿时瞠目结舌。
他面红耳赤地看着下面那另一个太阳,
不敢再自取其辱地露出面庞。("四月",73—78)

虽然弥尔顿在句子的排序上有一些变化,但是模仿的痕迹仍然是显而易见。尤其是在贾尔斯·弗莱彻《基督在天国与人间的辉煌胜利》中最早出现的一个特殊用词"globe"(词义为"军队")也出现在弥尔顿的这首诗中,而且后来又分别出现在《失乐园》(II 512)和《复乐园》(IV 581)中。[①] 关于弥尔顿遣词造句中的"互文性"问题,《圣诞晨赞》中还有一个段落也值得引起我们的注意:

The flocking shadows pale,
Troop to the infernal jail,
　Each fettered ghost slips to his several grave,
And the yellow-skirted fays,
Fly after the night-steeds, leaving their moon-loved maze. (232—236)
鬼影憧憧的白色幽灵们
正列队前往冥间的地狱,
上了镣铐的魔鬼悄然走向自己的坟墓,
而穿黄裙子的小精灵们
追逐着夜马,离开了月光笼罩下的迷宫。(232—236)

幽灵列队走向坟墓这一意象使读者栩栩如生地回想起莎士比亚的《仲夏夜之梦》(*A Midsummer Night's Dream*,1595/6),剧中有"幽灵们徘徊彷徨,列队走回到了教堂的墓地"("ghosts, wandering here and there, / Troop home to churchyards", III ii 382—383)。而"月光笼罩下的迷宫"这一句又使人联想到莎士比亚同名剧中的另一个场景:即森林中有众多小精灵"在月光下狂欢"(moonlight revels)的"茂密绿草中的怪异迷宫"(the quaint mazes in the wanton green, II ii, 141, 99)。莎士比亚对于小精灵和魔鬼们的上述描写肯定在弥尔顿这位正在剑桥深造的年轻诗人头脑里留下了深刻的印

[①] 有关这方面内容的深入讨论,请参见由凯里(John Carey)和福勒(Alastair Fowler)合编的《弥尔顿诗集》(*The Poems of John Milton*),朗文出版社,1980年,第106页上的注释。

象,因为他后来又用同样的意象来描写《科马斯》剧本中的小精灵和《失乐园》中撒旦的堕落天使们。

这就把我们带到了弥尔顿的另一首短诗《论莎士比亚》(*On Shakespeare*, 1630)。这首只有十六行的颂诗为这位英国文学中的天才堆砌了众多的最高级形容词:

> What needs my Shakespeare for his honoured Bones
> The labour of an age in piled Stones,
> Or that his hallow'd relic should be hid
> Under a Star-ypointing Pyramid?
> Dear son of memory, great heir of Fame,
> What need'st thou such weak witness of thy name?
> Thou in our wonder and astonishment
> Hast built thyself a livelong Monument.
> For whilst to th' shame of slow-endeavouring art,
> Thy easy numbers flow, and that each heart
> Hath from the leaves of thy unvalu'd Book
> Those Delphic lines with deep impression took,
> Then thou our fancy of itself bereaving,
> Dost make us Marble with too much conceiving;
> And so Sepulcher'd in such pomp dost lie,
> That Kings for such a Tomb would wish to die.
> 莎士比亚的尊贵遗骨怎么还需要
> 人们经年累月辛劳,建花岗岩坟墓,
> 或者说他的圣洁遗体必须隐藏在
> 那高耸入云,直指星空的金字塔下?
> 记忆女神的后代,伟大的荣誉嗣子,
> 难道你指望靠那些石头流芳百世?
> 你早就已经用我们的惊愕和赞叹
> 为自己建造起一座永恒的纪念碑。
> 因足以使迟钝之辈感到羞愧的是,
> 你才华横溢,使每个人都能感受到

> 你那部堪称无价之宝的诗歌集中
> 那些神奇诗句的魅力和动人心弦。
> 于是你便因此剥夺我们的想象力,
> 用太多的妙思使我们变成了石头;
> 你辉煌的坟墓是用惊愕之石筑成,
> 为埋葬于此连帝王也会情愿去死。

然而,从"才华横溢"(easy numbers)和"神奇诗句"(Delphic lines)这些含义模糊的用语,很难使我们确认莎士比亚作品的哪些方面——十四行诗、喜剧、悲剧、历史剧或传奇剧——最对弥尔顿的胃口,或者在何种程度上莎士比亚真正影响了弥尔顿的诗意想象和性格刻画。阿尔温·塞勒曾经搜集了弥尔顿诗歌与莎士比亚戏剧之间众多相似之处的范例。① 其他评论家们也从弥尔顿的上述诗歌作品与马辛杰(Philip Massinger)和菲尔德(Nathaniel Field)的《致命的嫁妆》(*Fatal Dowry*, II i 69—72)、汤姆金斯(Thomas Tomkins)的《阿尔布玛扎》(*Alb Umazar*, I iv 3—4)等伊丽莎白时代戏剧之间找到了大量词语和段落的相似性。②

《论莎士比亚》这首诗是用抑扬格五音步双韵体的形式写成的,这是英国文学中一种古老的形式,乔叟、莎士比亚、马洛、多恩和查普曼(George Chapman)都曾经采用过这种形式。它也是弥尔顿早期创作中最常用的诗歌形式之一。③ 从《温彻斯特侯爵夫人墓志铭》(*An Epitaph on the Marchioness of Winchester*, 1631)起,他便重新开始热心地试验八音节双韵体的诗歌形式,并且在《愉悦的人》和《冥思的人》(*Il Penseroso*)这一对姊妹诗中大获成功。④ 《愉悦的人》引言部分采用了一种特殊的和精巧的格律形式,包括十个六音节和十音节相间隔的诗行,韵脚为"abbacddcee"。诗歌的主体部分(共142行)都是八音节双韵体的形式。《冥思的人》跟对应的诗歌

---

① Alwin Thaler. "The Shakespearian Element in Milton." *PMLA*, XI, 1925, pp. 645—691.
② H. W. Garrod. *Essays and Studies by Members of the English Association*, XII, 1926, pp. 7—23.
③ 另一种常用的诗歌形式就是前面提到过的"皇家韵脚"。
④ 这两首诗的写作日期存有争议。它们的日期曾经被 H. F. 弗莱彻和 F. W. 贝特森定为1629年。贝特森的论点是基于对《第六首挽诗》(1629)中拉丁语名词"cicutis, 89"(牧笛)的翻译。E. M. W. 蒂利亚德和传记作家 W. R. 帕克则认为它们应该是在1631年的夏天完成的。这后一个日期被道格拉斯·布什、M. Y. 休斯和约翰·凯里等弥尔顿作品权威版本的编辑们所接受。

有相同的结构,引言部分也是十个六音节和十音节相间隔的诗行,诗歌的主体部分(共166行)也是八音节双韵体的形式。这种复杂的结构说明弥尔顿曾试图努力获得一个更为优雅的诗歌形式。

《愉悦的人》是一首热情歌颂欢乐的诗歌。引言部分所起的功能就是用符咒驱除"可恶的忧郁"(1),后者的形象跟黑暗地狱的意象密切相关——"刻耳柏洛斯"(Cerberus,2)、"阴间的洞穴"(Stygian Cave,3)、"漆黑的阴影"(Ebony shades,8)、"黑暗中的沙漠"(Cimmerian desert,10)。接着诗人便向"安心定神的欢乐"(heart-easing Mirth,13)这位"美貌而自由的女神"(Goddess fair and free,11)祈求创作的灵感,后者的血缘可以追溯到古希腊和古罗马的天神和女神。① 这位"欢乐"女神被描述成"丰满、无忧无虑、温文有礼"(buxom, blithe, and debonair,24),身边那些讽喻性的同伴们包括"玩笑和活力四射的欢闹"(Jest and youthful Jollity,26)、"笑声"(Laughter,32)和"甜蜜的自由自在"(sweet Liberty,36)。接着,弥尔顿又以最抒情的词语简略概括了"欢乐"令人钦羡的生活方式。那田园般的场景是从黎明开始的:云雀在花丛中歌唱,农夫和挤牛奶的姑娘哼着快乐的小调,牧羊人与牧羊女在乡间小屋里一边用餐,一边在讲故事。这时场景从乡下转到了城里,人们在晚上聚集在一起,欣赏莎士比亚和本·琼生的浪漫童话故事和喜剧。诗歌以一种狂喜的语调得以结束:"倘若你能够提供所有这些乐趣,/欢乐,我打算将跟你一起生活"(These delights if thou canst give, / Mirth, with thee I mean to live,151—152)。

作为对应物的《冥思的人》一诗针锋相对地进行了反驳。在引言中"欢乐"被讥讽为"虚荣和骗人的欣喜"(vain deluding joys,1),"愚蠢的货色"(the brood of folly,2),"懒得动脑子的家伙"(some idle brain,5)和"不着边际的梦想家"(hovering dreams,9)。而"最神圣的幽思"(the divinest Melancholy,12)则以类似的方式被描述成出身高贵的女神,因为她是女灶神维斯塔(Vesta)与农神萨杜恩(Saturn)的女儿。与《愉悦的人》中淫荡的"吕底亚音乐"(Lydian air,136)形成鲜明对比的是,《沉思的人》这首诗中回响着教堂音乐"雷鸣般的风琴声"(the pealing organ,161)。"冥思"被描述

---

① 弥尔顿首先称她为爱之女神维纳斯与酒神巴克斯(Bacchus)的女儿欧佛洛绪涅(Euphrosyne);接着他又描述了自己发明的神话,说"欢乐"是西风(Zephyr)与曙光女神(Aurora)的后代。

为一位"圣洁的"(Saintly, 13)的美女——"虔敬而纯洁,/冷静、执着和恬静庄重"(devout and pure, / Sober, steadfast, and demure, 31—32)。与前一首诗相对应,关于"冥思"的生活方式是从晚上开始的,因为夜莺在那个时候才舒展歌喉,唱出"最动人,最委婉凄凉的歌声"(most musical, most melancholy! 62)。在她的身上,我们可以看到智力和智慧的完美展示:"三重伟大的赫米斯①"(thrice great Hermes, 88)和柏拉图的哲学、天文学与物理学、埃斯库罗斯(Aeschylus)和索福克勒斯(Sophocles)的悲剧、乔叟和其他中世纪、文艺复兴时期作家们的浪漫传奇等等,这位女神无不了如指掌,如数家珍。她与"欢乐"的对应在诗歌结尾处达到了一个高潮,诗中的叙述者在白天的活动中以一种"先知的口吻"(Prophetic strain, 174)得出结论:"沉思能够提供上述乐趣,/而我将选择与你一起生活"(The pleasures Melancholy give, / And I with thee will choose to live, 175—176)。

这两首诗歌所展开的针锋相对的辩论和圆通得体、逻辑性很强的辩论方式跟弥尔顿所在剑桥大学的教学方式,即把学生分成正方和反方,让他们就某个抽象题目展开辩论的做法颇为相似。诗人弥尔顿的辩论才能从他在大学期间所写的一系列"演说试讲稿"(*Prolusions Oratoriae*)便可窥见一斑,这些作业曾经使弥尔顿颇得同学们的赞赏和老师们的青睐。② 过去这两首姊妹诗往往被评论家们解说成反映了弥尔顿在身处人生十字路口,面临重大抉择的关头时,性格中欢乐奔放和深沉敏感这两个方面。③ 例如在《第六首挽诗》中,弥尔顿曾经将两种不同的诗意灵感加以平行对比,其中的第一种灵感显得更为欢快和琐碎:

  … dum psallit ebur, comitataque plectrum
   Implet ordoratos festa chorea tholos,

---

 ① 赫米斯(Hermes Trismegistus)是古埃及哲学家,被后代膜拜为"智慧之神"。弗朗西斯·培根在《科学推进论》(*Advancement of Learning*)的献辞中将赫米斯的三重性描述为"国王的权力和财富,教士的知识和洞察力,哲人的学问和豁达"(M. Y. Hughes, ed. *John Milton*: *Complete Poems and Major Prose*. New York: Macmillan Publishing Company, 1985, p.74, note.)
 ② 弥尔顿的七篇演说试讲稿作业,以及他用拉丁语写的私人信件于1674年最早由布拉布宗·艾尔默(Brabzon Aylmer)结集出版。
 ③ J. H. Hanford and J. G. Taaffe, eds. *A Milton Handbook*. 5th ed. New York: Meredith Corporation, 1970, p. 120; D. C. Dorian. "The Question of Autobiographical Significance in *L'Allegro* and *Il Penseroso*." *MP*, XXXI, 1933, pp. 175—182.

> Percipies tacitum per pectora serpere Phoebum...（43—45）
> ……当象牙质琴键弹奏起来,欢乐人群
> 在音乐的伴奏下围着大厅翩翩起舞时,
> 你会感觉到太阳神的脚步朝你走来……(43—45)

而另一种灵感则显得更为庄重和虔敬:

> At qui bella refert, et adulto sub Iove caelum,
> Heroasque pios, semideosque duces,
> Et nunc sancta canit superum consulta deorum,
> Nunc latrata fero regna profunda cane...（55—58）
> 他的主题是战争和朱庇特统治的天国,
> 以及虔敬的英雄和半神半人的首长们;
> 他有时歌唱天神们神圣的忠告和决策,
> 有时也会讲述冥间地狱中恶狗的狂吠。(55—58)

在向朋友迪奥达蒂介绍他正在创作的《圣诞晨赞》时,弥尔顿显然是在宣称自己的灵感属于后一种。

《愉悦的人》和《冥思的人》这两首诗唇枪舌剑、互相辩难的结构也使人联想到中古英语文学中一个特定的文学体裁,即"辩论诗"(flyting)。它也是跟中世纪大学中经院哲学教学中所采用的辩论方式紧密相关的。在《猫头鹰与夜莺》这首早期中古英语诗歌作品中,两只禽鸟分别代表了两种相对应的生活方式,也展开了与上述辩论诗性质十分相似的辩论。夜莺就像是弥尔顿笔下的"欢乐",代表了一种轻松欢快的生活方式,尽情地啼唱"本地森林中自然清新的曲调"(native Wood-notes wild, *L'Allegro*, 134),并且"永远不受日常琐事的烦恼"(ever against eating Care, *L'Allegro*, 135)。另一方面,猫头鹰就像弥尔顿笔下的"幽思",她的歌声悲切而肃穆,颇似《冥思的人》一诗中"雷鸣般的风琴声"(the pealing Organ, 161)。这两只禽鸟各自宣称自己的歌艺好于对方,而且各自都想通过揭发和讽刺对方的弱点来赢得辩论的胜利。猫头鹰控告夜莺用她的靡靡之音来鼓吹淫乱(1049—1054),而后者回答说,她歌唱夫妻之间贞洁的爱情,假如有人用她美妙的音乐来干坏事的话,她并不负有任何责任。此外,她回击说,猫头鹰总是吹嘘自己博雅的名声,但实际上,她只是像一头猿猴那样照本宣科,而决不会因此变得更加明智(1325—1330)。关于两者究竟谁对谁错,诗歌作品并没有得出一个最后的结论,正如这两首诗的结尾所表明的那样,诗人并没有表明他偏袒任何一方。在《肉体与灵魂的辩论》(The Debate of the Body and Soul, 1300)、《成功者与挥霍者》(Wynnere and Wastoure, c. 1352)、《杜鹃与夜莺》(The Cuckoo and the Nightingale, 1392?)等其他中古英语辩论诗中,我们还可以看到其他各种类似的辩论题目和对手,如肉体对灵魂、节俭对奢侈、青春对老朽等等。弥尔顿的姊妹诗与中古英语辩论诗之间的相似性,以及弥尔顿所引喻的乔叟、莎士比亚、本·琼生等人的文学作品,再次反映出诗人熟谙英国文学传统。

弥尔顿的《第七首十四行诗》(1632)也许是在大学期间所写的最后一首英语诗歌。它被附在1633年诗人写给一位不知名朋友的信中寄给对方。在该诗的前四行中,我们得知时间老人已经偷走了诗人"二十三年"的光阴,他青春的消逝并没有为他带来"花蕾或鲜花"(bud or blossom, 4)。这揭示出诗人的一种焦虑的心情,因光阴虚度,事业未成。在这一方面,我们必须参考前面已经提及的那封弥尔顿写给不知名朋友的那封信,因为诗人在信中宣称"在每一个真正的学者胸中都有一种追求荣誉、名声和不朽美名的欲望"(Yale, I 319—320)。弥尔顿本人当然也不例外。接下来的四行诗进一步揭示出,诗人对于"近在咫尺的"(arriv'd so near, 6)自身成熟信心不足。他怀疑这种表面上的成熟是否只是一种假象,而非真相。这封信证实弥尔顿尚未克服自己的青少年身份认同危机。对于以何种方式赢得"荣誉、名声和不朽美名",他仍然心里没底。弥尔顿在信中写道:

……我现在已经来到了一条河流的分叉口,它就像尼罗河那样,在到达入海口处时分成了七条支流;而且我还遇上了另一种同时涨潮和退潮的矛盾状态,即难以决定是否要去做我所不愿意做的事情,是去当教士,还是不去当教士。(Yale, I 320)

上述广阔的河流入海口显然是暗示基督教的宗教信仰。十四行诗的最后六行显示诗人仍然怀有下列信念:无论他做出何种选择("少或多"、"快或慢"、"低或高"),都将遵循"上天意志"的指引,而且毫无疑问,必将为上帝服务。同样的信念也在那封与十四行诗相伴的信件中得以清晰的阐述:

……我确信无论做什么都是出自使每个人都尊崇上帝的真诚愿望;因此我认为自己终将放下包袱,找到自己的命运轨迹。我会尽可能多地向你报告缓慢的进步,按照我自己的信条,确信是离不开上帝的。

(Yale, I 319)

从《第七首十四行诗》和与它相伴的那封信中,我们获得了一个重要的线索,即了解到弥尔顿在创作未来伟大史诗之前经历了怎么一个思考人生的过程。只有经过了这个充满焦虑,有时甚至是痛苦的人生思考,他才能够最终决定尝试来"向世人证明上帝对待人类方式的公正"(... justify the ways of God to men, *P. L.*, I 26)。这是一个"经过长期选择,但很晚才动手"(long choosing and beginning late, IX 26)的崇高计划。

第五节 弥尔顿的博览群书与诗歌创作实验

在为涉及弥尔顿大学教育的那个章节划上句号之前,戴维·马森在他那部纪念碑式的《约翰·弥尔顿传》(1859—1880)中写下了下列字句:

> 不管怎么说,霍顿(Horton)将成为弥尔顿离开剑桥大学之后几乎六年当中,或他从24岁到30岁之间,的主要住处。……这儿也跟1632年英国文学的现状直接相关,因为弥尔顿已经决定,以其独立的方式,将自己的命运跟文学联系在一起。[1]

这就揭开了弥尔顿诗歌才能和灵感形成时期的另一个重要阶段。在经历了从剑桥大学毕业时究竟是选择教会职务,还是从事文学创作这一痛苦抉择之后,弥尔顿最终决定在他父亲位于伦敦郊区霍顿一座清静的房子里住下来,以便在那儿刻苦自学,进行学术研究和文学创作。在这个与世隔绝的小村庄里,[2]他唯一的同伴就是书籍,后者也是他想要达到目的的唯一手段。因此调查一下弥尔顿可能会看一些什么样的书不仅对我们很有帮助,而且也是必须要做的研究。

根据弥尔顿自己的说法,我们所得到的印象是他把绝大部分时间都用于古典学研究了。为了回击敌人的诽谤,弥尔顿在《再为英国人民声辩》中这样回顾了他在霍顿这段时期的生活:

---

[1] David Masson. *The Life of John Milton*. Vol. I. 1859. Rptd. Gloucester, Mass.: Peter Smith, 1965, p.339.

[2] 霍顿是白金汉郡的一个小村庄,位于伦敦西面17英里处。按照马森的描述,它的周围环境非常安静,风景如画。在1860年以前,村子里只有7户人家,而那个地方在弥尔顿的时代情况肯定也差不多。(David Masson. *The Life of John Milton*. Vol. I. 1859, pp.553—556.)

> 在我父亲位于乡间的寓所里,那是他准备在退休之后去住的,我完全投身于研究希腊语和拉丁语的作者,完全无拘无束,然而有时候我也会离开乡间,来到城市里,要么是为了买书,要么是为了了解数学或音乐的某种新发现,当时我最热衷的爱好就在于此。
>
> 当我以这种方式生活了五年①之后,母亲去世了,于是我便萌发了去国外旅行的念头……②

上述记载的真实性是毋容置疑的。从弥尔顿的私人信件和其他原始资料来看,他当时确实完全投身于古典学研究和阅读意大利作家的作品,至少在霍顿时期的前两年半是如此。然而与此同时,我们不能够以为弥尔顿忽略了本国的文学作品。从他在《摘录簿》中所作的笔记来看,我们有理由认为,弥尔顿所喜欢的乔叟、斯宾塞和莎士比亚等英国诗人的作品也在他经常采购的图书之中,此外还有范围更加广泛的英语新出版物。按照马森的说法,

> 1633年在伦敦书籍印刷出版经销同业公会登记在案的共有154部新出版物或版权转换,包括雪利(James Shirley, 1596—1666)、福特(John Ford, 1586—1639?)、谢克利·马米恩(Shakerley Marmion, 1603—1639)、海伍德(Thomas Heywood, 1574—1641)、杰维斯·马卡姆(Gervase Markham, 1568—1637)和德克尔(Thomas Dekker, 1570—1632)等人的剧本,以及梅(Thomas May, 1595—1650)的诗歌和翻译作品。还有霍尔主教(Bishop Hall)和西贝斯(Sibbes)的布道文和神学小册子。1634年126部出版物或版权转换登记在案,包括福特的一部悲剧、威瑟(George Wither, 1588—1667)的《寓意画》(*Emblems*)、巴顿(W. Barton)的《论十进位数》(*Treatise on Decimals*)、哈宾顿的《要塞》(*Castra*)、夸尔斯的《寓意诗》、马辛杰的一部剧本、雪利的一部剧本,以及各种神学论著。③

对于弥尔顿来说,从书商那儿买书只是得到他想看书籍的一种方法而已。他还可以使用属于他父亲或他父亲朋友的书。散见于《再为英国人民

---

① 更确切地说,应该是五年零九个月。
② M. H. Hughes, ed. *John Milton: Complete Poems and Major Prose*. New York: Macmillan Publishing Company, 1985, p. 828.
③ David Masson. *The Life of John Milton*, I. Rptd. Gloucester, Mass.: Peter Smith, 1965, p. 569.

第一章 弥尔顿与英国文学传统

声辩》、《致父亲》等散文和诗歌作品中的弥尔顿自传性叙述表明,他父亲很早就开始为他买书了,到了1632年,正如弥尔顿自己所暗示的那样,他在父亲位于霍顿的寓所里肯定已经拥有了一个内容相当丰富的图书收藏。他父亲的一些朋友,如斯托克(Richard Stocke)和加塔克(Thomas Gataker)等,都是正当盛年的学者,他们都拥有或可以接触到大量的图书。[①]

　　另一个重要的图书来源也许是当时伦敦已经出现的几个著名的私人图书收藏,其中最有名的当然是科顿的图书收藏。作为古文物学会一名积极的会员,罗伯特·科顿(Robert Cotton,1586—1631)花费了传奇性的一生来收藏书籍、文件、硬币和其他各种古文物,并且认识全英国几乎所有的学者。他宽敞的房子里经常召开古文物学会的会议,并且还办了一个颇具规模的私人图书馆。这座房子的原址就在如今威斯敏斯特英国议会的上院所在地。自从他于1603年被授勋,封为骑士之后,科顿便将自己藏书极为丰富的图书馆向学者们开放,并且慷慨地鼓励他们进行研究和出版研究成果。他与威廉·卡姆登和厄谢尔(James Ussher)大主教的联系非常密切,并且向他们提供了书籍和手抄本。约翰·斯皮德(John Speed)在写《大不列颠史》(*History of Great Britain*,1611)时,几乎完全是依赖科顿图书馆的收藏。他从科顿那儿借走了手抄本、历史文件和硬币,并将后者称作"费拉德尔弗斯"(Philadelphus)二世。[②] 科顿还跟弗朗西斯·培根、本·琼生等人关系非常密切。迈克尔·德雷顿在写作《福地》时很可能就是从科顿图书馆那里获得了相关的编年史和手抄本。[③]

　　这一慷慨大度的借书传统由罗伯特·科顿的儿子和孙子传承了下去,直

[①] H. F. Fletcher. *The Intellectual Development of John Milton*, II. Urbana: University of Illinois Press, 1961, p. 368; David Masson. *Life of John Milton*, I, Rptd. Gloucester, Mass.: Peter Smith, 1965, p. 54.

[②] Kevin Sharpe. *Sir Robert Cotton 1586—1631*. Oxford: Oxford University Press, 1979, p. 38.

[③] 同上书,第206页。《福地》是一部用韵文写成的不列颠地理描述。科顿跟德雷顿的赞助人亨利·古迪亚(Henry Goodere)是老相识。

至1700年英国议会通过了一项决议,把这个私人图书馆变成了公共图书馆。① 在此期间,它的大门始终是对学者们敞开的。下面是牛津学者安东尼·伍德在1669年的日记中提及他去伦敦的科顿图书馆查阅资料的情况:

  4月26日,星期一。这是牛津去伦敦的马车开通的第一天。安东尼·伍德搭上了这头一班当天便能够到达的马车,后者两边各有一个行李箱。安东尼·伍德去伦敦的目的是为了到科顿图书馆和其他地方继续他的研究工作。
  ……
  8月25日。安东尼·伍德在早上八点左右经过白厅(Whitehall),前往约翰·科顿爵士位于威斯敏斯特厅附近的家,以便去借一些手抄本。②

弥尔顿不知道或不使用这个图书馆几乎是不可能的。从他父亲位于面包街(Bread Street)的寓所到位于威斯敏斯特的科顿图书馆只有二十分钟的步行距离。作为一个立志要成为著名诗人和学者的书籍爱好者,他肯定很想要访问这个图书馆,而且完全有资格提出这样的请求。H.F.弗莱彻深信弥尔顿一定认识科顿图书馆的馆长理查德·詹姆士(Richard James),因为他可以直接去找后者,或是通过斯托克、加塔克或托马斯·扬的介绍。③

  当弥尔顿于1649年被革命政府正式聘为拉丁文秘书时,科顿图书馆实际上已经是在新政府的控制之下。难以想象,不久后便把家搬入威斯敏斯特的弥尔顿会对议会后院里那个以善本书和手抄本收藏丰富而闻名遐迩的著名科顿图书馆视而不见。1731年,有一次火灾毁掉了这个珍贵收藏中的

---

  ① 1631年罗伯特·科顿去世之后,他的儿子托马斯·科顿继承了他的男爵头衔和科顿图书馆。跟父亲一样,托马斯继续把图书馆向所有学者们开放。然而在英国内战时期,他家的房子临时被英国政府征用。查理一世被处死之前,就被关押在那儿。1650年,托马斯将他的藏书搬到了贝德福德郡的斯特拉顿,他的儿媳妇在那儿有一栋房子。在托马斯的长子约翰·科顿于1671年去世之后,这个传奇性的图书馆就已经不在科顿家族的控制之下了。1700年,英国议会通过了下列决议:"约翰·科顿爵士为了实现父亲和祖父的愿望,自愿将家里的公馆和图书馆变成一个公共图书馆,但仍然保留'科顿图书馆'的名称。"(12 and 13 Will, III, cap. 7)1730年,科顿图书馆并入皇家图书馆。1753年,这两个图书馆共同成为大英图书馆的一部分。

  ② *The Life and Time of Anthony a Wood* (Abridged from Andrew Clark's ed. of the "Notes, jottings, scraps" of Anthony a Wood, and with an Introduction by Llewelyn Powys), London: Oxford University Press, 1961, pp. 179, 181.

  ③ H.F. Fletcher. *The Intellectual Development of John Milton*, II. Urbana: University of Illinois Press, 1961, pp. 368—369.

一部分藏书，这些书中有不少仍然不为人所知，但是从幸存的那部分藏书来看，我们依然可以想象那个收藏中有关英国文学的是些什么样的作品。在那个图书收藏中最著名的就是古英语的贝奥武甫手抄本（Cotton Vitellius A. XV），这个手抄本中包括了《贝奥武甫》、《朱迪丝》（*Judith*）、《圣克里斯托夫的殉难》（*The Passion of St. Christopher*）、《东方奇观》（*The Wonder of the East*）、《亚历山大致亚里士多德的信》（*The Letter of Alexander to Aristotle*）等五部诗歌和散文作品。其他著名的手抄本还有早期中古英语莱阿门《布鲁特》的手抄本（Cotton Caloigula MS）和晚期中古英语的《高文爵士与绿衣骑士》手抄本（Cotton Nero A. X），后者不仅包括了那首大名鼎鼎的诗歌浪漫传奇《高文爵士与绿衣骑士》，而且还有《珍珠》、《纯洁》（*Purity*）、《忍耐》（*Patience*）等其他三首著名的中古英语诗歌。

伦敦另一个书籍和文件的丰富来源是由帕特里克·扬（Patrick Young，1584—1652）担任馆长的皇家图书馆。老的皇家图书收藏最早是由爱德华四世于1461年创立的。在16世纪中，亨利八世指定约翰·利兰（John Leland）这位古文物学家和古英语研究先驱去巡查全国各地的修道院图书馆，寻找有关建立英国教会的早期记载。利兰与其同行的古文物学家们一起，拯救了许多古英语的手抄本，使它们免于在默默无闻中被人遗忘。其结果就是大大丰富了皇家图书馆的手抄本收藏。扬在那儿担任图书馆长直至1650年，跟罗伯特·科顿一样，他也鼓励学者们来利用馆藏的丰富资料。从他幸存的信件中，我们得知卡姆登、科顿、劳德（William Laud，1573—1645）、斯佩尔曼、塞尔登和弥尔顿等学者都曾经得到过他的帮助。弥尔顿跟他一定相当熟悉，因为他始终跟皇家图书馆馆长保持着频繁的通信，①而且还两次把自己的书作为礼物送给皇家图书馆。② 在1650年处死国王查理一世之后，议会下令接管皇家图书馆所有的收藏，这样，作为新政府拉丁文秘书的弥尔顿利用该图书馆的收藏便更加方便了。H. F. 弗莱彻相信，弥尔顿在撰写《为英国人民声辩》时，一定经常使用这批材料。③

---

① J. M. French, ed. *The Life Records of John Milton*, II. New Brunswick, New Jersey: Rutagers University Press, 1954, p.115（Nov. 1644），125（March 1645），126（March 1645），etc.

② 1644年11月23日，弥尔顿把《阿留帕几底卡》赠送给皇家图书馆；1645年3月，他又赠送了一本散文论著。

③ H. F. Fletcher, *The Intellectual Development of John Milton*, II. Urbana: University of Illinois Press, 1961, p.373.

牛津大学的博德利图书馆(Bodleian Library)的书籍和手抄本收藏之丰富不在科顿图书馆之下。托马斯·博德利(Thomas Bodley, 1545—1613)是把他的图书馆建立在汉弗莱公爵图书馆的基础之上的。这个图书馆是在1598年开始筹建,并于1602年由牛津大学校长正式启用的。当时馆藏的书籍便已经达到了两千卷。1610年,伦敦书籍印刷出版经销同业公会规定每刊印一种书籍,就必须呈交一本给博德利图书馆。这个规定于1637年7月11日得到了枢密院的批准。从那时起,博德利图书馆的收藏增长十分迅速。在由托马斯·海德(Thomas Hyde, 1636—1703)编纂的第三个《博德利图书馆目录》(*Bodleian Catalogue*, 1674)中,英国诗歌和戏剧的主要作者基本上都被包括在内了。除了散见在各种不同手抄本中的众多早期英语诗歌之外,我们发现了乔叟、斯宾塞、莎士比亚①、韦伯斯特(John Webster, 1578—1632)、海伍德、本·琼生、戴夫南特(William Davenant, 1606—1668)、雪利、考利和德雷顿等熟悉的名字。在该目录的第457页上,还列有弥尔顿的好几部作品:《诗选》(*Poems*, 1645)、《科马斯》(1645)、《论离婚的教义和戒律》(*Of the Doctrine and Discipline of Divorce*, 1644)、《泰特拉考登》(*Tetrachordon*, 1645)、《科拉斯塔林》(*Colastarion*, 1645)、《失乐园》(1669)、《复乐园》(1670)。还有几本弥尔顿的作品神秘地没有出现在这个目录之中,它们是一些由弥尔顿于1646年赠送给博德利图书馆馆长约翰·劳斯(John Rouse)的小册子装订而成的精装书,劳斯于1645年6月购买的《阿留帕几底卡》(*Areopagitica*),以及一部《为英国人民声辩》的赠本,扉页上的题词是:"作者的赠品"(ex dono Authorise),这些书现在还保存于博德利图书馆之中。②

弥尔顿与博德利图书馆的关系似乎是根深蒂固的。他祖父所在的村庄"斯坦顿圣约翰"(Stanton St. John)和他第一个妻子玛丽·鲍威尔(Mary Powell)的故乡"森林山"(Forest Hill)均位于牛津的东郊,离牛津城只有三英里的路程。弥尔顿从这两个地方出发,到牛津的博德利图书馆去看书相

---

① 由于托马斯·博德利从原有的收藏中剔除了1623年出版的莎士比亚第一对折本,以便给其他拉丁语书籍腾出地方,所以在这个目录中只记录了1644年版的莎士比亚作品集。

② 利奥·米勒(Leo Miller)在一篇文章("The Burning of Milton's Books in 1660: Two mysteries." *English Literary Renaissance*, XVIII, 1988, pp. 424—437)中专门调查了这个秘密。他的解释是,由于博德利图书馆馆长巴娄(Thomas Barlowe)没有服从英国议会于1660年下达烧毁弥尔顿作品的命令,而是把他的这些书藏在了图书馆某个不为人所知的角落。

当方便。1988 年在牛津学习期间,本书作者曾经专门骑自行车去访问这两个村庄,不到半小时就可以到达那儿。这个距离跟从北京大学到国家图书馆大致相等。弥尔顿的父亲和他最好的朋友们,如迪奥达蒂和小亚历山大·吉尔,都是在牛津接受的教育。① 弥尔顿自己的学生当中也有几个是在牛津接受的教育。1656 年,在写给一位正在牛津学习的前学生理查德·琼斯(Richard Jones)的信中,弥尔顿显示出对牛津大学各图书馆的情况了如指掌,尤其是博德利图书馆。

说真的,正如你所写的那样,在你现在所去的那个地方确实有某种魅力和活力,而且那儿拥有一个大学所需要的所有书籍……那儿的[博德利]图书馆设备也非常完善……②

对于博德利图书馆的熟悉程度在弥尔顿的一首拉丁语诗歌中也得到了佐证。在这首结构繁复的挽诗《致约翰·劳斯》(Ad Ainhum Rousium, 1647)③ 中,弥尔顿尊称博德利图书馆馆长劳斯为"不朽著作的忠实监护人和财富保管人"(a faithful warden of immortal works and custodian of wealth, 53—55),"我博学的朋友"(my learned friend, 16);而博德利图书馆也被誉为"太阳神的圣洁殿堂"(the divine home of Phoebus, 63)。

弥尔顿是如何会认识约翰·劳斯,并熟悉博德利图书馆的呢? 在牛津大学学习期间,本书作者曾经千方百计地想为这个问题找到一个答案。通过在博德利图书馆内古色古香的汉弗莱图书馆阅览室里仔细地翻阅那些跟早期牛津校史相关的古老对折本,最后终于在《牛津校友录》(Alumni Oxonienses: The Members of the University of Oxford, 1500—1714)一书中找到了关于弥尔顿的条目。④ 原来弥尔顿居然还在牛津大学拿过一个硕士学位! 根据这个条目所提供的线索顺藤摸瓜,结果在安东尼·伍德编纂的

---

① 弥尔顿的父亲从 1577—1582 年间在基督教堂学院学习;查尔斯·迪奥达蒂 1623—1625 年间在三一学院学习;小吉尔也是在三一学院接受了教育。

② J. M. French, *The Life Records of John Milton*, III. New Brunswick, New Jersey: Rutagers University Press, 1954, pp. 87—88.

③ 1647 年,有一卷弥尔顿的诗集被人从博德利图书馆中偷走,于是弥尔顿便向博德利图书馆赠送了这部诗集,外加这首拉丁语诗歌。

④ *Alumni Oxonienses*, III, 1891, 1016: "Milton, John, s. John, of London, scrivener; admitted pensioner of Christ's Coll., Cambridge, 12 Nov. 1624—25, B. A. 1628—29, M. A. 1632; incorporated 1635; ... See *Fasti*, i 480; & Robin, i 35."

《牛津大学编年史》(*Fasti Oxonienses, or Annals of the University of Oxford*)一书中又找到了更为详细的说明：

> (1635)这一年约翰·弥尔顿被吸收为牛津大学的硕士,这一事实并未在名册中记录在案,其原因我在论述1629年吸收硕士学位候选人时已经告诉你们,①他只是口头告诉了我的一个朋友,②后者对此事非常熟悉,并且从弥尔顿本人,以及他死后从他的亲戚那儿,了解到了绝大部分他的生平和著作……

伍德上述说法的可信度非常大,因为马森对此也表示了赞同,并且还补充说,跟弥尔顿一起被授予牛津大学硕士学位的还有杰里米·泰勒(Jeremy Taylor),泰勒要比弥尔顿晚一年从牛津大学获得硕士学位。马森宣称泰勒获得牛津大学硕士学位一事是非常肯定的。③

最后,剑桥大学图书馆是弥尔顿看书和查书的另一个可能去处。按照牛津和剑桥这两个大学的习俗,凡是在大学和学院注册过的学生都是学校的永久性成员。作为校友,弥尔顿应该还是可以利用基督学院图书馆和剑桥大学图书馆的。有趣的是,1629年至1652年间担任剑桥大学图书馆馆长的亚伯拉罕·惠洛克(Abraham Wheelock)是一位杰出的古英语学者。惠洛克起初研究的是阿拉伯语和波斯语等东方语言。当亨利·斯佩尔曼爵士为了研究古英语而访问剑桥大学时,惠洛克受雇为斯佩尔曼转抄古英语文件。④ 在斯佩尔曼的鼓励之下,惠洛克开始把兴趣转向了对古英语的研究。1643年,他出版了一本古英语历史资料的集子,其中包括了由阿尔弗雷德大

---

① 《牛津大学编年史》第一卷,第482页:"(1629年授学位)这一年默顿学院的硕士和研究员约翰·弗伦奇(John French)被选为牛津大学的公共文书或注册主任。他是一个漫不经心的家伙(尽管是一个好学者),更加适合于干别的工作,而不是做注册主任。他在任期间历年向牛津剑桥毕业生授予硕士学位的事和人他都忘了记载。每年授予这样学位的有四五十人,有时更多,而且涉及好几种学位和专业。"

② 菲利普·布利斯(Philip Bliss)指出,伍德的这位朋友就是奥布里(John Aubrey),后者有关此件事的叙述被完整地刊印在《博德利信札》(*Bedleian Letters*)的后面,以及在戈德温的《爱德华和约翰·菲利普斯传记》的附录之中。

③ David Masson, *The Life of John Milton*, I. Rptd. Gloucester, Mass.: Peter Smith, 1965, p. 625.

④ 这是大多数学者的看法,但是亚当斯(E. N. Adams)提出了另一种说法,他认为斯佩尔曼雇佣了斯蒂芬斯(Jeremy Stephens)来转抄古英语手抄本。(*Old English Scholarship in English from 1566—1800*, 1970, p. 50.)

帝主持翻译成古英语的比德《英格兰人教会史》(*Historia Ecclesiastica Gentis Anglorum*, 731), 以及《盎格鲁—撒克逊编年史》(*Anglo-Saxon Chronicle*)的文本及拉丁语译文。作为大学图书馆的馆长,他的工作也博得了一位后任,即1867—1886年间出任剑桥大学图书馆馆长的亨利·布拉德肖(Henry Bradshaw)的高度赞赏,后者认为,正是经过了惠洛克的不懈努力,剑桥大学图书馆才成为了英国举足轻重的最重要图书馆之一。当弥尔顿还在剑桥大学攻读硕士的时候,惠洛克已经是东方语言教授和大学图书馆馆长。弥尔顿在无意中流露出来的,关于他曾经学过阿拉伯语,并能阅读阿拉伯文圣经的信息,①应该是跟惠洛克有关,因为后者在当时的剑桥大学几乎是唯一懂阿拉伯文的人。弥尔顿对于《盎格鲁—撒克逊编年史》了如指掌一事也可用来支持上述观点,因为在1640年之前,古英语是这部作品存在的唯一形式。②

弥尔顿在霍顿时期的专心致志和不加选择的阅读还伴随着一种诗歌创作的强烈冲动,而且在这整个时期,他自己的缪斯并没有完全闲着。从1633年到1638年,弥尔顿总共写了大约十二首诗,其中约有一半是用英语写的,如《田园牧歌》(*Arcades*, 1633),即一组抒情歌曲;三首短小的哲理诗(*On Time*, *Upon the Circumcision*, *At a Solemn Music*);一个相当长的假面剧剧本《科马斯》;以及一首题为"利西达斯"的田园挽诗。评论家们经常把这个时期的弥尔顿称作一位属于斯宾塞派的诗人。③德莱顿在其《寓言集》的序言中专门总结了这一点:

> 弥尔顿是斯宾塞诗歌之子……因为我们诗人跟其他家族一样,也有我们的血统谱系……④

所谓的斯宾塞派诗人当时主要包括布朗(William Browne, 1590—1645)、菲尼亚斯和贾尔斯·弗莱彻、德拉蒙德(William Drummond, 1585—1649)、本·

---

① 在《基督教教义》(*Christian Doctrine*, Columbia, XIV, 215)中,弥尔顿特别指出,在圣经的叙利亚文、阿拉伯文和埃塞俄比亚文译本的《约翰福音》中都漏了一节(1 John V 7)。

② H. F. Fletcher. *The Intellectual Development of John Milton*, II. Urbana: University of Illinois Press, 1961, p. 381.

③ David Masson. *The Life of John Milton*, I. Rptd. Gloucester, Mass.: Peter Smith, 1965, pp. 575—577.

④ James Kinsley, ed. *The Poems and Fables of John Dryden*. London: Oxford University Press, 1969, p. 521.

琼生、莎士比亚(喜剧)、约翰·弗莱彻以及其他剧作家们。他们的共同特征就是庄严的基调掺杂着具有感官快感的美、典雅古典文化的影响和保留本族古语词汇的刻意追求。

在这一时期当中,弥尔顿对诗歌形式和风格进行了更为精妙的实验。例如《田园牧歌》就具有一种刻意的艺术形式。这个短小的假面剧是由三首歌曲和一个森林守护神朗诵的抑扬格五音步双韵体诗歌段落所组成的。它只是提供了一个场景,而非故事情节。第一首歌曲是作为序曲,共含四个不同的诗节。开场那个七行诗节的韵脚是"abcabdd",其中第五行只有四个音节,而其他诗行都是八个音节。第二和第四个诗节均是六行诗节,韵脚为"aabbcc",每行诗的长度差异不大,都有七或八个音节。第三个诗节也是一个六行诗节,但其第五行诗只有五个音节,其他诗行是七个音节,组成的韵脚是"ababcc"。森林守护神所朗诵的那一段共有82行诗,紧接着又是两首短小的歌曲。第二首歌曲由十二行诗所组成,韵脚为"aabbccdeedaa";第三首歌曲含十四行长短不一的诗行,韵脚为"abababccddeeff"。跟弥尔顿早期的诗歌相比较,这部献给德比伯爵遗孀的诗歌格律形式显然要复杂得多。

在森林守护神对神圣天籁之音的描述中有一大段(62—78)使我们联想到《圣诞晨赞》(93—140)和《失乐园》(III 344—349,365—372;VII 594—600)中的相关段落,而且它还跟稍后出现的另一首诗歌《致庄严的音乐》(*To Solemn Music*)互为呼应。按照 J. H. 汉福德的看法,弥尔顿对于天国音乐的描述"是以最纯净和最精巧的伊丽莎白时代诗歌传统而写成的",而它的"基调则跟琼生的假面剧极为相似"。①

《致庄严的音乐》与其他两首弥尔顿的短诗《论时间》(*On Time*,1633)和《论割礼》(*Upon Circumcision*)被认为是在同一个时间段内创作的。这后两首诗歌也是很好的例子,可以看出诗人对于诗歌格律的探索。《致庄严的音乐》由28行铿锵激越的诗句一气呵成,第9行和第16行是抑扬格三音节的短诗行,它们将全诗分成三个自然的段落。第一段(1—9行)是诗人对两位塞壬(半人半鸟的女海妖)的乞灵;第二段(9—16行)是诗人对于天国中天使大合唱的描述,在第三段(17—28行)中,诗人又返回到了俗世,在那儿虔诚的基督徒们力图"跟天国保持合拍"(26)。这种诗歌形式上的分段跟诗歌

---

① J. H. Hanford and J. G. Taaffe, eds. *A Milton Handbook*. 5th ed. New York: Meredith Corporation, 1970, p. 124.

的格律恰好能够配上,而那两个不押韵的短诗行(9,16)正好能使朗诵者喘上一口气。①《论时间》是另一首不太规则的22行诗的结合体。诗人在作品中所使用的意象,如"懒洋洋,脚似灌铅的时辰,2",类似"沉重的钟摆,3"这一类的隐喻,以及长短不一的诗行等,它们全都暗示诗人确实是在努力试图再现钟摆的节奏和格律效果。② 第三首诗《论割礼》的格律甚至更加复杂,因为诗中有更多不规则和不押韵的诗行。弥尔顿在这三首诗歌中对于性格形式所进行的大胆试验为《科马斯》和《利西达斯》中自由使用不押韵诗行的实践作了一个铺垫。也许正是通过这些实验,弥尔顿才逐渐得出结论:"尾韵并非诗歌或优美韵文的必要辅助或真正装饰……相反,它是野蛮时代的发明,是掩饰拙劣内容和蹩脚格律的工具。"③在其最后三部诗歌代表作中,弥尔顿终于摒弃了从法语诗歌传入英国的尾韵,并全部采用了在本土发明和不押韵的素体诗(blank verse)形式。

当弥尔顿于1634年开始撰写《科马斯》的时候,他似乎仍对早先诗歌的作品形式所作的实验记忆如新,而且他显然还是在探索新的文学体裁。因为这部新的假面剧剧本颠覆了"欢乐"和"幽思"唇枪舌剑用言语交锋的模式,而把它改变成舞台上的戏剧性对抗。在第92至93行之间的舞台指示将科马斯呈现为一个酒神狄俄尼索斯(Dionysus)般的人物,身后跟着一群醉醺醺、行为粗暴的随从。

> Meanwhile we welcome Joy and Feast,
> Midnight shout and revelry,
> Tipsy dance and Jollity.
> Braid your Locks with rosy Twine
> Dropping odors, dropping Wines. (102—106)
> 同时我们欢迎"快乐"和"宴饮",
> 半夜的喧闹和狂欢,

---

① 这首诗至少有三个草稿被保留了下来,它们显示诗人在改写、修正和扩充这首短诗上作了很大的努力。
② 在这首诗的手稿上,弥尔顿给它写了这样一个副标题:"'论时间'——此诗需放在一个钟架上"。
③ 弥尔顿自己给《失乐园》写的序言。参见:M. H. Hughes, ed. *John Milton: Complete Poems and Major Prose*. New York: Macmillan Publishing Company, 1985, p.210.

以及"醉鬼"和"欢闹"的舞蹈；
用玫瑰花环束起长发，
散发香味及美酒芬芳。(102—106)

"狂欢"(Revelry)、"醉鬼"(Tipsy)、"美酒"(Wine)——这些词语强调了酒神狂欢节日的气氛。随即而来对于田园风光的描绘进一步加强了这一特定的背景：

> By dimpled Brook and Fountain brim
> The Wood-Nymphs deckt with Daisies trim,
> Their merry wakes and pastimes keep...(119—121)
> 在涟漪溪水和漫溢喷泉边，
> 衣裳装饰雏菊的林中仙子
> 正相聚甚欢，嬉笑游戏……(119—121)

在此剧的各个部分，我们都可以听到毋容置疑来自《愉悦的人》一诗的回声，后者也是歌颂欢乐和风趣的。例如上面所引的那几行诗可以说是间接地重复了《愉悦的人》下面这一段：

> Haste thee nymph, and bring with thee
> Jest and youthful Jollity,
> Quips and Cranks, and wanton Wiles,
> Nods, and Becks, and wreathed Smiles,
> ...
> The mountain nymph, sweet Liberty...(*L'Allegro*, 25—28, 36)
> 快来吧，林中仙子，请带来
> 俏皮话和青春年少的欢闹，
> 妙语、奇想和淫荡的花言巧语，
> 点头、招手及满脸的喜眉笑眼，
> ……
> 该林中仙子即甜蜜的自由……(《愉悦的人》, 25—28, 36)

这种欢快的语调在科马斯首次亮相时所说那段话的最后两行中可谓是确凿无疑，那两行诗也可以在《愉悦的人》一诗中找到极为相似的平行对比：

> Come, knit hands, and beat the ground,

In a light fantastic round. (*Comus*, 143—144)

来吧,拉起手来,翩然起舞,

一起围成圆圈,载歌载舞。(《科马斯》,143—144)

Come, trip it as ye go

On the light fantastic toe ... (*L'Allegro*, 33—34)

来吧,迈开轻快的步子,

用轻盈的脚尖翩翩起舞……(《愉悦的人》,33—34)

然而,通过细心阅读和反复比较,本书作者倒是发现了这两部作品在主题基调上有一点很不相同。那位爱好寻欢作乐的科马斯似乎对于深更半夜的晦冥幽暗情有独钟:

Hail Goddess of Nocturnal sport,

Dark veil'd Cotytto, t' whom the secret flame

Of midnight Torches burns; mysterious Dame,

That ne'er art call'd but when the Dragon womb,

Of Stygian darkness spits her thickest gloom ... (128—132)

欢迎,通宵欢娱的夜间女神,

带黑面纱的荒淫神女,半夜火把

的秘密火焰为她照明,神秘夫人,

只有当黑暗地狱的恶龙从子宫

排出重重迷雾时,她才会现身。(128—132)

在《愉悦的人》一诗中,情况正好相反。任何跟"黑暗地狱"(Stygian darkness)有关的东西都肯定会遭到拒绝(1—4)。科马斯对于"半夜的喧闹"所持具有的特殊爱好当然给他那种狄俄尼索斯式的狂欢添加了一丝不祥的色彩。

假如我们在科马斯身上发现了"欢乐"的影子,那么剧中的小姐则理所当然地扮演了"幽思"的形象——"沉思的女尼,虔敬而纯洁,/冷静、执着和恬静庄重"(《沉思的人》,31—32)。她在伸手不见五指的漆黑森林中迷了路,也找不到两个同行的弟弟;但是她并没有恐慌或尖叫。事实上,她只是在思考该如何摆脱自己的困境:"……在这深山老林的迷魂阵中,我该往哪儿走才能够柳暗花明呢?"(《科马斯》,179—181)在这险象环生的荒野中,可

77

以想象像她这么一个弱女子经受了如何严峻的心理考验,但是她的行为举止恰如《沉思的人》中那位"忧郁的处女"(103),就连她的独白中也同样回响着"幽思":

> A thousand fantasies
> Begin to throng into my memory,
> Of calling shapes and beck'ning shadows dire,
> And airy tongues that syllable men's names
> On Sands and Shores and desert Wilderness. (*Comus*, 205—209)
>
> 成千上万的幻觉
> 开始蜂拥进入我脑海的记忆,
> 呼叫的厉鬼和可怕的魑魅魍魉,
> 还有在沙漠、海边和荒野中
> 呼唤人名,以勾人灵魂的女巫。(《科马斯》,205—209)

但这些都是比较笼统的意象,我们并不清楚究竟是什么样的"幻觉"进入了她的脑海,她也许是想起了喀耳刻(Circe)或塞壬(Siren)的神话故事,或者她也许预见到了她正面临的严峻考验。但无论她此刻心里是在想什么,上面所引那一段再次使我们联想到《沉思的人》开头部分,剧中那位小姐竭力想要从头脑中驱除的正是这类"怪异阴魂的浮光掠影"(fancies fond with gaudy shapes possess, *Il Penseroso*, 6)。头脑冷静,神情忧郁的这位小姐与那位喜欢喧闹和狂欢的科马斯恰好形成了一个鲜明的对比。

弥尔顿这部假面剧的戏剧素材可以追溯到伊丽莎白时代和詹姆斯时代的剧作家们。如芬尼(Gretchen L. Finny)就指出,弥尔顿这部剧的情节跟"大学才子"皮尔(George Peele,1556—1596)的《老妇人的故事》(*Old Wives Tale*,1593?)相近,后者也是讲述一位名叫迪莉娅(Delia)的少女怎样被巫师所困,然后又如何得救的故事。不过解救她的并非正在寻找她的两个弟弟,而是"一位既非少女,又非妻子,也非寡妇的女子"。[①] 科马斯这一人物也曾作为一位饕餮者的形象出现在本•琼生的假面剧《屈从于美德的享乐》(*Pleasure Reconciled to Virtue*,1619)之中,他还曾出现在布朗(William

---

① *Speculum*, XXXVII, 1940, p. 493 ff. 另外还可参见: E. A. Hall. "Comus, Old Wives Tale, and Drury's Alvredus." *Manly Anniversary Studies*. Chicago, 1923, pp. 104—144.

Browne，1590—1645)的《内殿律师学院假面剧》(*Inner Temple Masque*)中，后者是于 1620 年左右上演的，剧中的其他角色还有喀耳刻和尤利西斯。

然而从结构上来说，《科马斯》跟莎士比亚的《仲夏夜之梦》最为接近，后者的背景主要设在雅典附近一个被施了魔法的森林里。在这个黑暗的森林里，有两对情人——莱桑德(Lysander)与赫米娅(Hermia)，迪米特里厄斯(Demetrius)与海伦(Helen)——在那儿整夜地漫游和摸索，并且在小精灵帕克(Puck)和侍奉仙后提坦尼娅(Titania)的一群小仙子的捉弄下，遇到了各种奇怪的冒险。在科马斯与该剧仙王奥伯龙(Oberon)之间也存在着某种相似性。科马斯从他母亲喀耳刻那儿继承了两件具有魔力的武器：其一是可以使人中魔的魔杖，其二是一种饮料，喝了可以使人变成野兽。下面就是他对于小姐的威胁：

> ... if I but wave this wand,
> Your nerves are all chain'd up in Alabaster,
> And you a statue; or as Daphne was,
> Root-bound, that fled Apollo. (*Comus*, 659—662)①
> ……一旦我挥舞这根魔杖
> 你的神经就会被雪花石膏而锁住，
> 你就变成了塑像，或像达佛涅那样，
> 逃离阿波罗时脚下生根，动弹不得。(《科马斯》,659—662)

魔杖的力量不幸被证明是真的，尽管小姐的贞洁使她勉强还能抵御毒酒的魔力。《仲夏夜之梦》中的奥伯龙也具有类似魔力。在他的命令下，调皮的小精灵帕克将可怜的织工博顿(Bottom)变成了一头驴，然后他又将三色堇的魔汁滴进那几位"绝望而漫游的"路人眼里。这件事在那两对年轻的情人之间引起了一系列悲伤和尴尬的纠纷。

科马斯与奥伯龙之间的另一个共同特点就是他俩均为黑暗之王。天一亮，这魔法世界也就消失得无影无踪。正如科马斯向读者所坦白的那样，他所有的花招都必须在地狱般黑暗的掩护下才能进行：

---

① M. H. Hughes, ed. *John Milton: Complete Poems and Major Prose*. New York: Macmillan Publishing Company, 1985, p. 105.

> ... none left out,
> Ere the blabbing Eastern scout,
> The nice Morn on th' Indian steep,
> From her cabin'd loophole peep,
> And to the telltale Sun descry
> Our conceal'd solemnity. (*Comus*, 137—142)①

>……当那位口无遮拦的
> 东方守望者,于印度洋清晨,
> 从舱房的窗口向外张望时,
> 所有这一切都已烟消云散。
> 搬弄是非的太阳会被告知
> 我们秘不宣人的庄严仪式。(《科马斯》,137—142)

虽然有上述这些类似性,但这两部剧之间的差异也是一目了然的。莎士比亚喜剧中仙子们的狂欢是好玩和无害的,而在《科马斯》一剧中,怀有恶意的罪恶与玉洁冰清的美德尖锐对立,发生了一系列激烈的冲突。弥尔顿显然已经超越了在《愉悦的人》和《沉思的人》那两首诗中的那种轻松幽默,而达到了一种基督教正义感。与那些轻易就被三色堇所蒙骗的年轻情人们不同,《科马斯》中的小姐义正言辞地抵御诱惑。

诱惑场景在弥尔顿的假面剧中构成了情节的焦点。玉洁冰清的贞洁这一主题将这部剧跟莎士比亚的《请君入瓮》联系了起来,在后者剧中我们发现了罪恶与美德之间的类似冲突。关于弥尔顿创作时所依赖的素材,我们将留待于在本书第四个章节再作进一步的探讨。弥尔顿笔下那位小姐的原形也可以被追溯到斯宾塞的贝尔菲比(Belphoebe)和菲尼亚斯·弗莱彻的帕西尼娅(Parthenia),两者均为了贞洁而抵御了诱惑。② 跟通常一样,弥尔顿从他最喜爱的前辈诗人斯宾塞那儿获取了灵感。下面这些细节的描写很能够说明问题:在《仙后》第三卷第十二章第二十七节中,一位叫做比希雷恩

---

① M. H. Hughes, ed. *John Milton: Complete Poems and Major Prose*. New York: Macmillan Publishing Company, 1985, p. 93.

② 贝尔菲比(Belphoebe)是由克丽苏贡尼(Chrysogonee)生的。而后者又是一位名叫安费萨(Amphisa)的仙女生的。贝尔菲比注定要成为一个因贞洁而受到称誉的例子,而她的孪生姐妹就是阿莫丽特(Amoret)。

(Busyrane)的魔法师将阿莫丽特(Amoret)诱骗到了他的城堡里,并试图强奸她。在这万分危急的关头,布丽托马特(Britomart)闯进了城堡,逼迫那位巫师将咒语倒着念了一遍:

[Britomart] rising vp, gan streight to ouerlooke
Those cursed leaues, his charmes backe to reuerse,
…
And all the while he red, she did extend
Her sword high ouer him, if ought he did offend. (F. Q., III xii 3)
[布丽托马特]起来,别再看那本被诅咒的书,
赶快将你刚才念过的咒语倒着再念一遍,
……
在巫师倒念咒语的同时,她都用利剑
指着那位可恶的巫师,以防他捣乱。(《仙后》,III xii 3)

霎时间,布丽托马特便注意到那城堡开始剧烈地摇晃起来,随即便崩溃,变成了一堆废墟,而绑在阿莫丽特身上的那根铁索链也一下子就松开了。这种故事情节的程式也被一五一十地复制在弥尔顿的《科马斯》这个剧本里。在弥尔顿的作品中,护卫精灵(Attendant Spirit)劝告小姐的弟弟们也采用同样的做法来解救他们的姐姐:

[Spirit]… without his [Comus's] rod revers't
And backward mutters of dissevering power,
We cannot free the Lady that sits here.
In stony fetters fixt and motionless; … (816—819)[①]
[精灵]……假如不把他[科马斯]的魔杖反转过来,
并将他咒语的顺序反过来再念一遍,
我们就无法将坐在那儿的小姐解救出来。
她身上绑着沉重的镣铐,坐着一动不动;……(816—819)

弥尔顿笔下的那位拯救者,即仙女萨布丽娜(Sabrina),也是直接就从斯宾塞

---

① M. H. Hughes, ed. *John Milton: Complete Poems and Major Prose*. New York: Macmillan Publishing Company, 1985, p.109.

的《仙后》这部作品中搬过来的(II x 18—19)。最后,《科马斯》中的诱惑场景,以及《失乐园》第九卷中相应诱惑场景的伦理道德意义,在斯宾塞的"香艳闺房"(F. Q., II xii 42 ff.)那一场景中早已得到了十分清楚的阐释,"香艳闺房"的女主人是一位类似于喀耳刻的女巫师,名叫阿克拉西娅(Acrasia)。假如再联系前面已经引用过的《阿留帕几底卡》中的一句话,我们对此就更清楚了:"……我们睿智和严肃的诗人斯宾塞……用盖恩这个人物来描述真正的节制,通过让香客引导他走过玛门的洞穴和俗世的香艳闺房一事来说明,它可以看到和知道那些富有诱惑力的东西,但依然洁身自好。"①

当弥尔顿于1673年11月动笔来写田园挽诗《利西达斯》时,他在霍顿这个世外桃源里埋头苦读的阶段已经接近了末尾。次年4月3日,他母亲去世之后,弥尔顿在这一年其余的大部分时间里都住在伦敦。在这段时间里,他正专心致志地研读历史——起初是古希腊和古罗马的历史,然后便延伸到了意大利和英国的历史。所有这些都清楚地反映在他的《摘录簿》之中。弥尔顿在1673年9月23日写给密友查尔斯·迪奥达蒂的一封信中,透露了他在从事这方面研究的一些情况:

> 通过不断的阅读,我已经从古希腊时期的历史一直看到了该时期的结束。相当一段时期以来,我一直在设法了解伦巴德人、法兰克人和日耳曼人统治下意大利民族的状况,直到德意志僭王鲁道夫(Rodolph)赋予了他们自由:从那个时期起,就最好是单独阅读每个城市的战争史了。②

弥尔顿并没有提及他同时在阅读英国的历史,但是这一事实在他刚刚开始写的田园挽诗中得到了很好的证明。例如在《利西达斯》这首诗中,他向凯尔特人的祭司(Druids)祈求创作的灵感:

Where your old Bards, the famous Druids, lie,
Nor on the shaggy top of Mona high,

---

① Yale, II, 516: "... our sage and serious poet Spenser ... describing truce temperance under the person of Guyon, brings him in with palmer through the cave of Mammon and the bower of earthly bliss, that he might see and know yet abstain."

② 转引自戴维·梅森,《弥尔顿传记》第一卷,彼得·史密斯出版社,1965年,第645页。

Nor yet where Deva spreads her wizard stream;...(53—54)
古代诗人,著名的凯尔特祭司,长眠于此,
既不在高耸和草木丛生的莫纳岛山顶,
也不在狄瓦河伸展出蛛网般支流的地方:……(53—54)

M. Y. 休斯已经指出,这几行诗反映出了威廉·卡姆登在《不列颠志》(*Britannia*,1586—1607)中对于巴德西(Bardsey)和安格尔西(Anglesey),即莫纳(Mona)的描写。莫纳山顶之所以"草木丛生",是因为它曾经被那些由凯尔特祭司们"奉献给残忍迷信的树丛"所覆盖,而山崖"高耸"则是因为这个岛的东端"向上陡升,使之成为了高耸的悬崖"。卡姆登还宣称,狄瓦河通过改变河道"预示了当地居民必将取得最终胜利",以及出于各种理由,它们"将此归因于狄瓦河要比其他任何河都具有更多的神性"。这些描述都能够帮助人们更好地理解弥尔顿的上述诗句。

虽然田园挽诗所采取的诗歌形式和传统更明显地属于古典和意大利的文学传统,但是将诗人及其朋友讽喻性地描述成在一起放牧的牧人们却也是在英语田园诗中早已奠定的传统,如斯宾塞的《牧羊人日历》和锡德尼的《阿卡狄亚》(*Arcadia*,1590)。因此,《利西达斯》这首诗中到处都有这些诗歌的影子和回声不足为奇。弥尔顿短篇诗歌朗文详注版的编辑约翰·凯里就曾经把下面这些例子挑选了出来:《利西达斯》中48—49行与莎士比亚《仲夏夜之梦》第一幕第一场184—185行平行对应;前者第138行中的"新鲜的环境"(fresh lap)与莎士比亚同一部剧中的"红玫瑰的新鲜环境"(the fresh lap of the crimson rose,II I 108)如出一辙;《牧羊人日历》中的"水仙花"(daffadowndillies,"April" 140)与《利西达斯》中的"不凋花"(amaranthus,149),以及《失乐园》中"不凋花"(Immortal Amarant,III 352)都与诗人之死有关,而这在斯宾塞《仙后》第三卷第六章第四十五节中有详细的解释。①

巧合的是,《牧羊人日历》"十一月"田园诗也是一首跟《利西达斯》长度差不多的田园挽诗,悼念一位名叫狄多(Dido)的少女。由于与弥尔顿的《利西达斯》都是在十一月里撰写的,我们很自然地就会联想到,他是拿这首特定的田园诗作为自己的摹本来营造一个类似场景的。仔细分析文本,我们可以发现

---

① 参见:John Carey and Alastair Fowler, eds. *The Poems of John Milton*. London: Longman Group Ltd., 1980, pp. 242—251.

某些平行的结构和类似的措辞。在《利西达斯》中,我们可以看到,弥尔顿把自己和爱德华·金(Edward King)想象为过去经常一起在剑桥这块草地上放牧的牧人:

> For we were nurst upon the self—same hill,
> Fed the same flock, by fountain, shade, and rill. (23—24)
> 因为我们俩从小在同一座小山上长大
> 在喷泉边、树阴下和小河旁放过同一群羊。(23—24)

然而,这是在《牧羊人日历》"十一月"田园诗早已存在的一种文学体裁模式。在那部作品中,有两位牧人,西诺特(Thenot)和科林(Colin),与他们的伙伴洛布(Lobbe)一起哀悼后者失去的女儿狄多:

> Shepherds, that by your flocks on kentish downes abyde,
> Wayle ye this wofull waste of natures warke .. (24—25)
> 随羊群来到肯特山谷里的牧羊人们,
> 快为自然风景的荒芜凄凉而哭泣吧……(24—25)

斯宾塞的牧人们用"麦秆笛"(oaten pypes, 24)来哀悼故人,弥尔顿则把乐器稍微做了一点修改,他所用的是"麦秆长笛"(th' Oaten Flute, 33)。科林的哀悼可谓是最悲伤和动人的:

> Dido my dear alas is dead,
> Dead and lyeth wrapt in lead:
> O heauie herse,
> Let streaming tears be poured out in store:
> O carefull verse. (50—62)
> 我亲爱的狄多死了,
> 死后裹在铅皮之中:
> 啊,沉重的花圈,
> 让盈眶的泪水畅快地流下来吧:
> 啊,焦虑的诗句。(50—62)

这种悲痛的哀嚎在弥尔顿的《利西达斯》也引起了回响:

> For Lycidas is dead, dead ere his prime,

> Young Lycidas, and hath not left his peer:
> Who would not sing for Lycidas? (8—10)
> 因为利西达斯死了,在风华正茂之时,
> 年轻的利西达斯,从未离开过他的伙伴:
> 谁又能不为利西达斯而歌唱呢?(8—10)

尽管措辞有所不同,但是"死了"这个词在这两首诗中的重复是不点自明的。此外,这样的哀悼在上述两首挽诗的后半部分获得了同样的回应:

> O Lobb, thy losse no longer lament,
> Didonis dead, but into heaven hent. ("November", 168—169)
> 啊,洛布,别再为你的损失而哀悼,
> 狄多并没有死,而是去了天堂。("十一月",168—169)

> Weep no more, woeful Shepherds weep no more,
> For Lycidas your sorrow is not dead ... (Lycidas, 165—166)
> 别再哭泣,悲伤的牧人别再哭泣,
> 因你所哀悼的利西达斯并没有死……(《利西达斯》,165—166)

《利西达斯》的最后两行很久以来都被视为是弥尔顿先知般地宣告他的生活翻开了一个新的篇章:

> At last he rose, and twitch't his Mantle blue:
> Tomorrow to fresh Woods, and Pastures new. (192—193)
> 最终他起身抖一抖身上的蓝色斗篷:
> 明天仍须探访那青翠树林和碧绿草场。(192—193)

凯里提出,这两行诗也许是重复了菲尼斯·弗莱彻《紫色的岛屿》中的这句诗,"明天你将在碧绿操场上摆开盛宴"(VI 77)。[1] 然而同样的观念早就已经清楚地表达在斯宾塞《牧羊人日历》"十一月"田园诗的结尾处了:

> Fayre fieldes and pleasaunt layes there bene,
> The fieldes ay fresh, the grasse ay greene:

---

[1] John Carey and Alastair Fowler, eds. *The Poems of John Milton*. London: Longman Group Ltd., 1980, pp. 254—255.

O happy herse,

Make hast ye shepherds, thether to reuert,

O ioyfull verse. (188—192)

那儿有美丽的田野和赏心悦目的草地,

田野是那么青翠,草地是那么碧绿;

啊,幸福的花圈,

你们牧人们请尽快回到那儿,

啊,欢快的诗句。(188—192)

第六节　弥尔顿的历史研究与《失乐园》主题的形成

1639年1月,当还在意大利的时候,弥尔顿在一首题为"曼索斯"的拉丁语诗歌中透露,他正认真地考虑写一首有关不列颠传奇历史的诗歌:

O mihi si mea sors talem concedat amicum

Phoebaeos decorasse viros qui tam bene norit,

Si quando indigenas revocabo in carmina refes,

Arturumque etium sub terris bella moventem,

Aut dicam invictae sociali foedere mensae

Maganimos Heroas, et — O modo spiritus adsit —

Frangum Saxonicas Britonum sub Marte phalanges! (78—84)

但愿我有幸拥有这样一位朋友,

他精通于尊崇太阳神的追随者,

假如我能用诗歌召回不列颠王,

即威震战场,波及地下的亚瑟王,

或讲述坐在圆桌边的伟大英雄,

他们精诚团结,一贯所向披靡,

用不列颠人冲破撒克逊人方阵!(78—84)

凯尔特人首领亚瑟王抗击撒克逊入侵者的传说最早见于编年史家内尼亚斯(Nennius)写于9世纪初的《不列颠史》(*Historia Brittonum*)。12世纪初,蒙默思的杰弗里(Geoffrey of Monmouth)又在《不列颠君王列传》(*Historia Regum Britanniae*)中将内尼亚斯的叙述加以扩充和发挥,从而构成了中世纪浪漫传奇的蓝本。当弥尔顿写《曼索斯》时,他显然对杰弗里笔下的亚瑟王传说了如指掌,[①]而且很可能已经知道了内尼亚斯的作品。诗人的下一首拉丁文诗歌《悼达蒙尼斯》(*Epitaphium Damonis*),写于1639年8月他刚回到英国之时。该诗暗示他描写亚瑟王的史诗已经获得一些进展,还明确指出他的题材将包括从远古布鲁特斯的登陆一直到亚瑟王时代的不列颠历史:

> Ipse ego Dardanias Rutupina per aequora puppes
> Dicam, et Pandrasidos regum vetus Inogeniae,
> Brennumque Arviragumque duces, priscumque Belinum,
> Et tandem Armoricus Britonum sub lege colonos;
> Tum gravidam Arturo fatali fraude Iogeniae,
> Mendaces vultus, assumptaque Gorlois arma,
> Merlini dolus. O, mihi tum si vita supersit,
> Tu procul annosa pendebis, fitula, pinu
> Multum oblita mihi, aut patriis mutata camenis
> Brittonicum strides! (167—172)

> 我将讲述特洛伊人的战船如何乘风破浪,
> 来到肯特郡;潘德拉索斯与英格吉尼的古国;
> 贝利努斯部落的首领布伦努斯和阿维拉古斯;
> 不列颠法律统治下的盎格鲁—撒克逊移民;
> 然后我要讲述伊格尼如何受骗而怀上亚瑟,
> 尤瑟谎言和戈鲁瓦的盔甲遮住了她的双眼,
> 还有墨林的魔法。啊,倘若我还有足够时间,
> 我的田园诗长笛将被挂在遥远的古松之上,
> 被我遗忘,或经过我母语缪斯的彻底改造,
> 吹奏出不列颠的曲调!(167—172)

然而这是诗人最后一次提及他未完成的亚瑟王史诗,他显然很快就放弃了

---

① 参阅 J. H. 汉福德,《弥尔顿的自学年谱》("The Chronology of Milton's Private Studies." *PMLA*, XXXVI, 1921, p.297)一文。弥尔顿《摘录簿》的校勘者鲁思·莫尔(Ruth Mohl)也认为弥尔顿在霍顿时代就阅读了蒙默思的杰弗里的拉丁语作品(耶鲁版《弥尔顿散文全集》,第一卷,第369页,注解②)。

这一创作计划。在随后不久的《剑桥手稿》中,我们发现弥尔顿的主要精力已经转向了《圣经》和盎格鲁—撒克逊历史题材。① 在草拟的 99 个题材中,他似乎最感兴趣的是《圣经》中的创世记故事。列于榜首的有三个题为"失乐园"的戏剧提纲和另一个更为详细的修改稿(《逐出乐园的亚当》),以及有关盎格鲁—撒克逊人的早期历史事件。亚瑟王的名字再也没有提到,取而代之的是西撒逊国王阿尔弗雷德大帝。在"不列颠历史"这一小标题下的第 24 个题材中,弥尔顿写道:

> 可以就阿尔弗雷德的统治时期写一首史诗,尤其是他将丹麦人赶出埃德林西,这一功勋堪与尤利西斯的业绩相媲美。②

当弥尔顿在《剑桥手稿》上写下这么多不着边际的创作题材之前,究竟发生了什么事,会导致诗人态度的彻底改变?根据 J. H. 汉福德的推断,弥尔顿出于为史诗创作收集素材的目的,在 1639 至 1640 年的冬季里广泛涉猎了各种英国的史料。从阅读笔记可看出他的研究工作进行得相当彻底:

> 第一步是通读比德(Bede)、马姆斯伯里(Malmesbury)、霍林谢德(Holinshed)、斯皮德(Speed)和斯托(Stowe)等人论述早期英国历史的著作。后四位作家的作品摘录在弥尔顿的《摘录簿》中混杂在一起,加上《剑桥手稿》中的确定证据,即组成了一个独立的阅读单元⋯⋯弥尔顿摘引的英国政论和法律作家——托马斯·史密斯爵士(Sir Thomas Smith)、兰巴特(Lambard),可能当时还有斯佩尔曼(Spelman)——充分证明这种潜心研读的范围之广。③

广泛阅读对诗人产生了双重效果:他的兴趣从虚无缥缈的不列颠传说逐渐转向了盎格鲁—撒克逊人的真实历史;而他早先在《圣诞晨赞》中已表现出来对于《圣经》主题的兴趣又得以复萌。

弥尔顿早先所闻有关亚瑟王和圆桌骑士的传说大都来自文学作品,例

---

① 该手稿现存剑桥大学三一学院图书馆。它共有七页,包括弥尔顿四首短诗的原稿和他亲笔写下的 99 个创作题材,其中 61 个是圣经题材,38 个取自早期英国历史,没有一个同亚瑟王传说有关。

② David Masson. *The Life of John Milton*, I. Rptd. Gloucester, Mass.: Peter Smith, 1967, p. 114.

③ 汉福德,《弥尔顿的自学年谱》(J. H. Hanford. "The Chronology of Milton's Private Studies." *PMLA*, XXXVI, 1921, p. 297);最后提到的三个人都是古英语学者。

如蒙默思的杰弗里的伪史,中世纪的浪漫传奇,以及斯宾塞等人的浪漫史诗。正如他几年后在《反驳一个谦卑的辩驳》(*Apology Against a Pamphlet*, 1642)中回顾自己成长历史时所承认的那样:"我当时沉醉在那些风格高雅的神话和浪漫传奇之中,它们用庄严的诗节讲述古代常胜君王创下的骑士业绩,后者的威名远扬基督教世界。"①毫不奇怪,当诗人接触到吉尔达斯和比德等人的早期权威历史著作时,对亚瑟王传说的历史真实性很快就感到了幻灭。弥尔顿对吉尔达斯的《不列颠的颠覆与征服》(1597年版,仅存十部有弥尔顿亲笔签名的私人藏书之一)作了密密麻麻的札记,②这是他早先历史观受到冲击的一个见证。在迟至1670年才出版的《不列颠史》(*The History of Britain*)中,弥尔顿指责杰弗里说,由于他"离真实的历史记载相距甚远,因此他书中的空洞断言无论多么离奇有趣,都不可信"③。这种怀疑还直接损害了弥尔顿本人对亚瑟王的评价:

> 至于亚瑟王,他是谁的后代至今仍有疑问……因为直到蒙默思的杰弗里给他加上彭德拉贡的姓氏之前,在确凿的历史记载中这人并不存在。正如他出身可疑,他的力量也未免可疑,因为巴顿山战役的胜利是否真是他的功劳仍不能肯定,吉尔达斯并没像前面论及安布罗斯那样提到他的名字。④

同样的怀疑口吻也出现在史诗《失乐园》之中,诗人在第九卷序曲中断然拒绝"刻画/传说中英雄在假设战场上/从事冗长而乏味的厮杀"(29—31)。

也正是这次对于原始史料的广泛研究,使弥尔顿首次看到了比德的《英国教会史》这部早期英国历史名著中关于开德蒙(Caedmon)的生动叙述。在《摘录簿》的"论诗歌"小标题下,诗人不无兴奋地写道:"比德讲述了一个奇

---

① Douglas Bush et al., eds. *Complete Prose Works of John Milton*. Vol. I. New Haven: Yale University Press, 1953, pp. 890—891.

② 参阅 J. M. 弗伦奇,《弥尔顿题注的吉尔达斯》(J. M. French, "Milton's Annotated Copy of Gildas." *Harvard Studies and Notes*, XX, 1938, pp. 76—80)。关于这十部书的书名,请参见上述文章。

③ Patterson, F. A. et al., eds. *The Works of John Milton*, X. New York: Columbia University Press, 1938, p. 106.

④ Ibid., p. 128.

妙而有趣的故事：一位英国人在上帝感召下，霎那间变成了诗人。"①比德的故事只保存了开德蒙古英语《赞美诗》的九行原文，然而他对于开德蒙接受神圣灵感过程的叙述确实相当完整。开德蒙是住在诺森布里亚一个修道院里的文盲猪倌，因一字不识而感到自卑。有一次他因为怕轮到自己唱赞美诗而中途退出了晚宴，回到猪圈里躺下休息。睡梦中出现了一个奇迹：

> 有一个人出现在他的睡梦之中，叫了他的名字之后，便指名要他唱赞美歌，"开德蒙，给我唱一支歌。"他答道，"我不会唱，这才是提前退席回来的原因，我回到猪圈里来，是因为我不会唱歌。"可是对方执意要他唱，"无论如何，你都得唱一首。"于是开德蒙就问："那我唱什么呢？"天使回答："就唱上帝创世吧。"突然间，优美的赞歌从这位猪倌的嘴里唱了出来，就连他自己也从未听到过。②

开德蒙醒来之后发现自己还记得那些诗句，并且能继续唱下去。此后他被希尔达修女所主持的威特比修道院所接纳，在那儿写下了许多《圣经》题材的诗歌。③

早在剑桥读书时，弥尔顿就信奉神授灵感，并开始准备创作《圣经》题材的诗歌。他在寄给好友迪奥达蒂的一首拉丁文诗歌《第六首挽诗》中描述了他新近创作的《圣诞晨赞》，竭力主张诗歌的灵感只能来自于上帝：

Daiis etenim sacer est vates, divumque sacerdos,
　　Spirat et occultum pectus et ora Iovem. （77—78）
在众神们看来，诗人就像是神圣的祭司，
从他心和嘴唇里发出的都是宙斯之声。（77—78）

同一信念后来又在1632年寄给不知名朋友的《十四行诗之七》及其给不知名朋友的附信中得以重申。

如上所述，弥尔顿在《剑桥手稿》中对盎格鲁—撒克逊题材表现出新的

---

① Douglas Bush et al., eds. *Complete Prose Works of John Milton*. Vol. I. New Haven: Yale University Press, 1953, p. 381.
② Bede. *The Ecclesiastical History of the English Nation*. Book IV, chap. 24. London: J. M. Dent & Sons, Ltd., 1954.
③ 1650年，当一批古英语宗教诗歌（*Genesis, Exodus, Daniel, Christ and Satan*）的手抄本被荷兰学者朱尼厄斯（Francis Junius）所发现时，它们立即被公认为是开德蒙的诗歌作品。然而，现代学者已近证明，它们并非出自同一位诗人的笔下。

兴趣。在 1641 年底写成的《论教会机构必须反对主教制》(*The Reason of Church Governmen*)第二卷序言中,他先对史诗的两种不同形式进行了精辟的分析,然后便转向了基督教英雄这一特定的史诗主题:

> ... and lastly, what king or knight before the [Norman] conquest might be chosen in whom to lay the pattern of a Christian hero. And as Tasso gave to a prince of Italy his choice whether he would command him to write of Godfrey's expedition against Lombards; ... The scripture also affords us a divine pastoral drama in the "Song of Solomon", consisting of two persons and a double chorus, as Origen rightly judges. And the "Apocalypse of St. John" is the majestic image of a high and stately tragedy ... ①
>
> ……最后[我所关心的是],在诺曼人征服之前究竟哪一位君王和骑士可以作为基督教英雄的典范。就像塔索让意大利的君王选择是否命令他来写戈弗雷对于伦巴第人的远征……正如奥里根所说,《圣经》的《所罗门之歌》也为我们提供了一部有两个人物和双重合唱队的神圣田园诗剧;《启示录》则是一部气势磅礴的崇高悲剧……

这段话对于我们理解弥尔顿新近的英国历史研究对于《失乐园》主题的潜在重大意义极有帮助。他最终选择了《旧约:创世记》作为他的史诗主题,而不是他早先设想的亚瑟王,或者如他在《剑桥手抄本》(Cambridge Manuscript) 所暗示的阿尔弗雷德王。

在弥尔顿大幅修改其史诗主题的过程中,作为"基督教英雄"典范的阿尔弗雷德王扮演了一个过渡性的角色。尽管亚瑟王也是"诺曼人征服以前"的君王,而且在斯宾塞的《仙后》中也是"基督教英雄的典范",但种种迹象表明弥尔顿此刻心目中的英雄是阿尔弗雷德王,而非亚瑟王。从 1639 至 1640 年间,弥尔顿在作品和信札中已经缄口不提亚瑟王的名字,而研读英国历史时涉及阿尔弗雷德王的几则札记则充满了溢美之辞。与上面提到过的《剑桥手稿》互为呼应。例如,弥尔顿在其《摘录簿》第 53 页上写道:

> The noble K. Alfred a great lover of learning. Malmesbur. Sto.

---

① M. H. Hughes, ed. *John Milton: Complete Poems and Major Prose*. New York: Macmillan Publishing Company, 1985, pp. 668—669.

> [page] 80. his excellent statute for training up all the English till 15 years old in learning. see Speed. in his life. (Yale, I, 378)
>
> 高贵的阿尔弗雷德王极其推崇学识。(马姆斯伯里·斯托,80 页)他的圣明法令规定所有英国人都要接受教育和训练,直至 15 岁。(耶鲁版弥尔顿散文全集,第一卷,第 378 页)

第 57 页上另有一条类似的英语笔记:

> The most renowned King Alfred was very well acquainted with Saxon poetry. Sto. [page] 80. (382)
>
> 闻名遐迩的阿尔弗雷德王深谙撒克逊诗歌。(斯托,第 80 页)(382)

在第 72 页"论偷窃和抢劫"的小标题下,还有一条记载将这位西撒克逊王标榜为执法如山的正义化身:

> Alfred also is said to have hung chains of gold and bracelets in the crosse high ways to see what theefe durst touch 'em, so severely was justice administered against him. Sto. out of Asserius. (386—387)
>
> 据说阿尔弗雷德还将金项链和手镯悬挂在交通要道的路口,看盗贼敢不敢碰它们,其执法之严可见一斑。(斯托引自阿什里斯)(386—387)

最后,《摘录簿》第 179 页"论法律"那一栏下,弥尔顿在记录"阿尔弗雷德将古代法律翻译成英语(斯托,80 页)"之后,又加了一句令人玩味的评论:"但愿他仍健在,帮助我们革除诺曼人的陈规陋习";充分表现了他对现存英国法律的厌恶和对往昔阿尔弗雷德王贤明统治的向往。尽管由于各种原因,弥尔顿没有实现用诗歌为阿尔弗雷德王树碑立传的梦想,[①]但他确实在 1670 年出版的《不列颠史》中用高度赞誉的口吻描绘了阿尔弗雷德王的功绩和人格,使之在充满灾难和战争的早期英国历史上占有一个特殊的崇高地位。同时,阿尔弗雷德王作为"基督教英雄"的完美形象也为弥尔顿创作《失

---

① P. F. 琼斯认为弥尔顿最终选择"失乐园"这个题材,是因为他对圣经历史深信不疑,而对早期英国历史则持怀疑态度(《弥尔顿与取自不列颠史的史诗题材》,PMLA,第 41 期,1927 年,第 901—909 页)。希尔则相信弥尔顿放弃写民族史诗的计划,是因为他在革命失败后对英国人民感到失望(《弥尔顿与英国革命》,伦敦:企鹅出版公司,1979 年,第 361 页)。

乐园》中的史诗英雄提供了依据。

第七节　古英语研究对于弥尔顿诗歌创作所产生的影响

诗人试图在盎格鲁—撒克逊历史中寻找"基督教英雄典范",这件事本身就具有深刻的历史背景,因为弥尔顿的态度转变与当时社会思潮的总趋势是相一致的,而这种社会思潮又与当时古英语研究在英国的兴起直接有关。

虽然少数古文物学家早在 16 世纪就开始了对早期英国历史的研究,但是都铎王朝的英国人对于他们的盎格鲁—撒克逊人祖先并没有特别的好感。直到 1597 年,伊丽莎白时代的著名文学评论家理查·哈维(Richard Harvey)还在用粗鲁的方式诅咒撒克逊人:"但愿他们像石头一样默默无闻,被人遗忘。"[①]弥尔顿在其早期作品中也流露出敌视撒克逊人的情绪。可是随着厄什大主教(Archbishop James Ussher)、罗伯特·科顿爵士(Sir Robert Cotton)、威廉·卡姆登、约翰·塞尔登和亨利·斯佩尔曼爵士等古文物家和撒克逊学者在 17 世纪英国文化生活中的影响日益扩大,无论保守党人还是议会党人对于研究撒克逊人的历史都表现出极大的兴趣。

除了弥尔顿在《摘录簿》里提到过的卡姆登、塞尔登、兰巴特(William Lambarde)和托马斯·史密斯爵士(Sir Thomas Smith)等人的历史著作之外,17 世纪的英国还出现了各种以盎格鲁—撒克逊历史为题材的文学作品。迈克尔·德雷顿的《福地》就是一部试图美化撒克逊人历史的典型作品。在这部长篇叙事性史诗中,诗人把撒克逊武士表现为虔诚的基督徒,并力图通过将他们与不列颠人同等对待的方式来强调民族的统一。这里我们可以看出一种微妙的态度变化,因为以前的亚瑟王传说把这位不列颠民族英雄所抗击的撒克逊人贬作凶恶的异教敌人。从该诗的下一段落中可以看出在不列颠人和盎格鲁—撒克逊人的地位之间已经达到了一种平衡:

The English and Wales Strive, in this Song,
　To whether, Lundy doth belong ...

[①] Richard Harvey. *Philadelphus, or a Defence of Brutus, and Brutans History*. London: J. Wolfe, 1593, p. 97.

> The Britaines, with Harpe and Crowd:
> The English, both with still and loud.
> The Britaines chaunt King Arthurs glory:
> The English sing their Saxons storie. (4. Argument)
>
> 在本诗中英吉利人与威尔士人
> 相互争斗,以决定伦敦城的归属……
> 不列颠人拥有竖琴和克鲁斯琴,
> 英吉利人的乐器则更包罗万象。
> 不列颠人称颂亚瑟王的光辉功绩,
> 英吉利人则吟诵撒克逊人的故事。(第四卷序言)

撒克逊历史题材也吸引了一些斯图亚特王朝的剧作家。根据格拉斯(S. A. Glass)的研究,写于1550至1755年间的现存剧作中有十几部采用了撒克逊历史题材,并以撒克逊人为主人公,如托马斯·米德尔顿(Thomas Middleton)的《肯特王亨吉斯特》(*Hengest, King of Kent*, 1616—1621),托马斯·赖默(Thomas Rymer)的《英王埃德加》(*Edgar, or The English Monarch: A Heroick Tragedy*, 1677)。[①] 这些17世纪文学作品都对撒克逊人作了理想主义的描写,过分渲染了他们的"基督教信仰"(《福地》,390)。弥尔顿在《不列颠史》中对撒克逊人更为切实的描写表明他在晚年纠正了这种言过其实的倾向,然而他有关英国早期历史,尤其是撒克逊英雄模式的研究,对确定《失乐园》的中心主题还是起了重要的作用。

弥尔顿把《新约:启示录》("Apocalypse of St. John")称作"崇高悲剧"一事同样发人深省,因其中心主题正是天国之战,或是圣米迦勒大天使与恶龙撒旦的生死决斗。后来成为《失乐园》中一个壮观意象的这场鏖战也可追溯到斯宾塞的《仙后》(圣乔治力克恶龙),以及《贝奥武甫》(主人公与怪物和火龙的殊死搏斗)和《创世记》B文本等古英语诗歌。这就再一次提醒我们注意弥尔顿与英国文学传统之间的关系,或者更明确一点,与17世纪古英语和撒克逊历史研究之间的关系。

古英语研究发端于16世纪。1535年1月15日,亨利八世与罗马教廷

---

① S. A. Glass. "The Saxonists' Influence on Seventeenth-Century English Literature." *Anglo-Saxon Scholarship: The First Three Centuries*. Berkhout, C. T. and M. M. Gatch, eds. Boston: G. H. Hall & Co., 1982, p. 97.

决裂,自封为英国教会最高首领,并宣布没收天主教修道院的财产。1536至1539年间,英国修道院凋零衰败,原存于各修道院的许多中世纪手抄本纷纷流散丧失。亨利八世指派著名古文物学者约翰·利兰巡视各地的修道院,为皇家图书馆收集这类手抄本。如在《文集》(*Collectanea*,1549)一书中,利兰就列举了他在阿波茨伯里(Abbotsbury)、汉普郡(Hampshire)、格拉德斯通伯里(Glastonbury)、珀肖尔(Pershore)、南威克(Southwick)、韦尔斯(Wells)等地修道院图书馆所找到的八部古英语手抄本。亨利八世力图想用这些古英语史料来证明英国的教会历史悠久,本来就不隶属于罗马教廷。这种政治需要从客观上推动了最初的古英语研究。

以利兰为代表的伊丽莎白时代古文物学者们拯救了一批珍贵的历史文化遗产,并开始对它们进行认真的研究。当时的一些权贵和教会领袖也为早期的古英语研究提供了赞助。马修·帕克大主教(Archbishop Matthew Parker,1504—1575)也委派了他的拉丁文秘书约翰·乔斯林(John Joscelyn)去各地教堂图书馆收集有关盎格鲁—撒克逊法律和教会史的手稿,并鼓励学者们对这些多为古英语写成的手稿进行研究。① 1561年起担任国务大臣的威廉·塞西尔(William Cecil)也藏有大量的古英语手稿,他在1562年允许古文物学者劳伦斯·诺埃尔(Lawrence Nowell)利用他的图书馆来编纂第一部古英语词典。诺埃尔花费了大量的时间来研究和抄写比德的《英国教会史》、《盎格鲁—撒克逊编年史》和其他许多劝诫文及法律文献。他很可能就在那儿发现了古英语史诗《贝奥武甫》,因为他在该手稿上留下了自己的签名和"1563年"等字样。威廉·兰巴特曾于1556年和诺埃尔一起在伦敦的林肯法学会(Lincoln's Inn)研读古英语和撒克逊历史。他发表的《盎格鲁—撒克逊法律文献集》(*Archainomia*,1569)被公认为现代古英语研究的第一部论著。

古英语研究的兴起对16世纪的英国文学产生了直接影响。斯宾塞等文艺复兴诗人竭力在诗歌作品中恢复源于古英语的词汇。泛指撒克逊人和不列颠人(甚至诺曼人)文化遗产的"古文物"在当时的文人圈子中倍受青睐:锡德尼(Philip Sidney)、沃尔特·瑞利(Walter Ralegh)、哈维(Gabriel Harvey,c.1550—1631)和斯宾塞等著名诗人和学者都以收藏中世纪的手稿

---

① 这批带有乔斯林批注的古英语手抄本现大部分存于大英图书馆。

为荣。正如罗斯蒙德·柯维教授所指出的那样：

> 最明显的例子就是锡德尼家族和哈维家族共同的朋友约翰·迪伊(John Dee)所阅读和注释过的大量手抄本。但是不那么明显的例子还有斯宾塞朋友圈子中收藏手抄本成为了一种风气：埃芬汉的查尔斯·霍华德勋爵(Charles Lord Howard of Effingham)(Marinell?)拥有约十八部各种各样的中世纪手抄本,现都藏于博德利图书馆,其中许多手抄本都有精美的装饰图案。沃尔特·雷利(Walter Raleigh)一部装饰精美的日祷书手抄本现藏于博德利图书馆(Bodl. Add. A185)。莱斯特(Leicester)拥有一部《布鲁特》的英语手抄本,还拥有一部夏蒂埃(Alain Chartier)的英语手抄本……一部属于锡德尼家族的,有袖珍画装饰的赞美诗手抄本(手抄本内的日历中记录了菲利普、玛丽等人结婚的日期)现分别藏于剑桥大学三一学院图书馆(Trin. Coll. Cambridge R. 17.2)和博德利图书馆(Bodleian MS 850)……安布罗斯·达德利(Ambrose Dudley)的妻子安妮·拉塞尔(Anne Russell)是迪伊的朋友和赞助者,她拥有一部大型的,字迹非常清楚的高尔《情人的忏悔》手抄本(*Confessio Amantis*, Bodl. 902),该手抄本中的 16 世纪注释中有一个括弧里居然有斯宾塞的拉丁语签名(Spenserus)。[①]

随着人们对于民族历史所产生的兴趣,以蒙默思的杰弗里的《不列颠列王纪》(*Historia Regum Britanniae*, c. 1136)、爱德华·霍尔(Edward Hall)的《兰开斯特与约克两大著名望族的结合》(*The Union of the Two Noble and Illustrious Families of Lancaster and York*, 1548)和拉斐尔·霍林谢德(Raphael Holinshed)的《英格兰、苏格兰和爱尔兰编年史》(*Chronicles of England, Scotland and Ireland*, 1578)等历史论著为基础的历史剧这一文学体裁在伊丽莎白时代的英国盛行一时。如莎士比亚就曾将约翰王到亨利八世的那段中世纪英国历史全都搬上了舞台。

通过创建于 1572 年的古文物学会(Society of Antiquaries),卡姆登、科顿和斯佩尔曼等人在 17 世纪过程中大大推进了古英语研究,并逐步扩大了它的影响范围。该学会的成员定期在科顿家中会面,交流思想和讨论问题。

---

① Rosemond Cuve. "Spenser and Some Pictorial Conventions." *Essays by Rosemond Cuve*. T. P. Roche, Jr., ed. Princeton: Princeton University Press, 1970. pp. 113—115.

科顿图书馆的丰富收藏为学者们研究早期英国历史和文化提供了取之不竭的原始素材。科顿和斯佩尔曼还慷慨资助了威廉·达格代尔(William Dugdale)、西蒙德·迪尤(Simonds d'Ewe)、威廉·萨姆内(William Somner)和亚伯拉罕·惠洛克等许多古英语学者。卡姆登于 1602 年重印了他的英国历史和地理名著《不列颠志》,在下一部中世纪编年史《英格兰、爱尔兰、诺曼底及威尔士古史辑存》(*Anglica, Normannica...*, 1603)中也保存了一些古英语文献。在《文物杂论》(*Remains of a Great Worke Concerning Britaine*, 1605)中,卡姆登又刊印了《主祷文》(*Lord's Prayer*)的两种古英语译文,并将它们分别与亨利二世、亨利三世和理查二世时期的译文进行比较,说明英语的进化和发展。同年出版了理查·维斯梯根(Richard Verstegan)的另一部重要著作《重振衰颓的才智》(*A Restitution of Decayed Intelligence*, 1605),主张英国人不必乞灵于不列颠人的古老传统,因为他们的撒克逊人祖先要比前者更为骁勇。① 维斯梯根以比德的著作为蓝本,重述撒克逊人迁移英国和皈依基督教的经过,并以崭新的笔触将撒克逊人描写成一个文明而虔敬的民族。此书还附有一个长达 32 页的词汇表,解释古英语的词源和词义。斯佩尔曼的贡献主要在于他的两部重要文集:《古文献研究》(*Archoeologus*, 1626)是有关盎格鲁—撒克逊法律的百科全书;而《英格兰教会会议,法令,法律及组织》(*Concilia, Decreta*, 1639)则汇集了大量珍贵的中世纪英国教会法和历史文献。他在剑桥为第二本书收集素材时,结识了剑桥大学图书馆馆长,阿拉伯语教授亚伯拉罕·惠洛克。斯佩尔曼向后者提出在剑桥开设古英语研究讲座的计划,为此惠洛克曾花了七年时间钻研古英语。但因当时没有适用的古英语语法和词典,计划一再被推迟。甚至在斯佩尔曼出资设立了这一讲座的职位后,刊印古英语语法(伊尔弗里克的语法手稿)和词典(诺埃尔和其他人的未完成手稿)的原计划仍因刊印历史文献的迫切需要而被延期。该讲座在 1643 年斯佩尔曼逝世以后最终被取消,然而它有个重要副产品,即惠洛克编辑的古英语文献《英国教会史》(*Historia Ecclesiasticae Gentis Anglorium*, 1643),其中附有《盎格鲁—撒

---

① 维斯梯根的这部著作是献给国王查理一世的,他在献辞中这样写道:"国王陛下继承了我们古代盎格鲁—撒克逊国王的尊贵王族血缘。"参见:S. A. Glass. "The Saxonists' Influence on Seventeenth-Century English Literature." *Anglo-Saxon Scholarship: The First Three Centuries*, 1982, p. 92.

克逊编年史》的古英语文本及拉丁语译文。另一位著名古英语学者塞尔登在《海洋封锁》(*Mare Clausum*,1635)中首次引用了涉及公海法的古英语文献;为牛津大学出版社提供古英语字体的铅字是他的另一个贡献。①

弥尔顿直接受到古英语研究影响的唯一确切证据是他对吉尔达斯《不列颠的颠覆和征服》一书的亲笔批注,其中"nest"(巢穴)一字采用了古英语特有的拼写方式。② 诗人对古英语的兴趣显然是有源可寻的:他的母校(伦敦圣保罗学校)校长亚历山大·吉尔就曾在《英国的语言》一文中狂热鼓吹英国的语言应保持古英语的纯洁性,主张抵制法语等外来语的影响;他的文学宗师斯宾塞也对源于古英语的词汇表现出异乎寻常的兴趣。海伦·达比希尔在校勘《失乐园》时发现诗人的一些特殊拼写法原来出自吉尔在《英国的语言》中制定的正字法;而 J. R. 布罗则发现《失乐园》中有些典型的本国词汇直接来自斯宾塞和莎士比亚。除上文所提到的《摘录簿》外,弥尔顿还在《论教育》一文中将"英国的撒克逊习惯法和其他法令"③列为必读的经典文籍,再次表明他熟谙帕克、兰巴特和斯佩尔曼等人的论著。H. F. 弗莱彻语气肯定地指出诗人在剑桥读书期间,惠洛克已是那儿的图书馆馆长;弥尔顿在 40 年代中写下的政论文显示出对《盎格鲁—撒克逊编年史》的透彻了解,而在 1643 年拉丁语译文出现之前,该书只有古英语手稿,惠洛克恰恰又是当时剑桥唯一通晓古英语的人。④

弥尔顿担任了共和政府的外交秘书,尤其是 1651 年 2 月发表了《为英国人民声辩》以后,赢得了学问渊博的国际声誉,成为伦敦学术圈子中的名人。马森在诗人的大型传记中提到,1651 年许多外国学者专程来英国拜访弥尔顿。其中德国纽伦堡大学的历史教授克里斯托弗·阿诺德于 1651 年 8 月 7 日从伦敦发出的信中提到了他跟弥尔顿的会晤:

> 在伦敦我有幸结识了大名鼎鼎的塞尔登……在由他掌管的科顿图

---

① 关于 17 世纪英国古英语研究的详细论述,请参见:Adams, E. N. *Old English Scholarship in England from 1566—1800*. Hamden: Archon Books, 1970, pp. 40—84.

② French, J. Milton. "Milton's Annotated Copy of Gildas." *Harvard Studies and Notes in Philology and Literature*. Vol. 20. 1938, pp. 76—77.

③ M. H. Hughes, ed. *John Milton: Complete Poems and Major Prose*. New York: Macmillan Publishing Company, 1985, p. 636.

④ H. F. Fletcher. *The Intellectual Development of John Milton*, II. Urbana: University of Illinois Press, 1961, p. 380.

第一章　弥尔顿与英国文学传统

> 书馆里,塞尔登几次让我参观了重要的古英语手稿;他还主动把我推荐给牛津大学的图书馆馆长,约翰·罗斯(John Rouse)……我还同詹姆斯·厄什(James Ussher)建立了极其亲密的友谊,后者是全爱尔兰的首席大主教。我住在威斯敏斯特时,来往最密切的是约翰·迪里(John Durie),这位和蔼可亲的先生最近被任命为皇家图书馆馆长。我常跟他坦诚地讨论新共和国的形势。弥尔顿,那位共和国的热心捍卫者,欣然加入了我们的交谈:他的措辞纯正,文笔简练;他在英国的旧神学家及其圣经注释问题上显示出渊博的学识,然而我认为他的观点似乎过于偏激……弗朗西斯·朱尼厄斯(Francis Junius)……目前正准备出版一部古英语语法和一部古英语词典,他还以最客气的方式向我解释了他近来的研究工作。①

我们可以从这封信中对1651年前后的伦敦学术界窥见一斑,当时古英语研究正处上升时期,群贤毕至,弥尔顿耳濡目染,受其影响在所不免。

阿诺德最后提到的那位朱尼厄斯(1589—1677)是一位荷兰学者,年轻时曾在姐夫沃西斯(G. J. Vossius)指导下研习语文学。1621年他来到英国,在著名收藏家阿伦德尔伯爵(Thomas Howard, earl of Arundel)家中任图书管理员和家庭教师,从那时起便投身于古英语研究,几十年如一日,成绩卓著,被 E. N. 亚当斯誉为"17世纪最伟大的古英语学者"。② 马森根据朱尼厄斯的外甥伊萨克·沃西斯(Issac Vossius)的私人信件推测,弥尔顿与朱尼厄斯之间是有交往的。当时弥尔顿的《为英国人民声辩》刚刚出版,而沃西斯是斯德哥尔摩瑞典皇家图书馆馆长。在1651年4月12日写给朋友海因修斯(Nicholas Heinsius)的信中,沃西斯初次读到这本小册子的激动心情跃然纸上:

> 弥尔顿的书昨天传到了这儿,女王把我那本借走了。我刚粗略地看了一遍。没想到英国人能写出这样好的文章。说真的,要是我没弄错的话,女王也十分喜欢它,除了一处之外。然而沙尔马修宣称:他将

---

① 转引自戴维·梅森,《弥尔顿传记》第四卷(Masson, David. *The Life of John Milton*. Vol. IV. 1859—1880. Rptd. Gloucester, Mass.: Peter Smith, 1968, pp. 350—355)。该信是写给乔治·里克特(George Richter)博士的,后者是阿尔托夫大学(University of Altorf)副校长。

② Adams, E. N. *Old English Scholarship in England from 1566—1800*. Hamden: Archon Books, 1970, p. 70.

使小册子的作者,连同整个英国议会,永无翻身之日。①

沃西斯急于了解更多有关这位"英国人"的情况;他在写给海因修斯的另一封信中请求后者打听弥尔顿的详细情况,并请他寄弥尔顿的另一本小册子,《偶像破坏者》(*Eikonoklastes*)。②

马森在诗人传记中提到的上述通信引起了评论家利弗的极大兴趣。他追寻到这些信件的出处,即彼得·伯曼(Peter Burmann)汇编的《名人信札手稿集》(*Sylloge Epistolarum a Viris Illustribus Scriptarum*, 1727),并且发现了被马森所忽视的另一个证据:在一封写于1651年7月8日的拉丁文信中,沃西斯这样告诉海因修斯:

> 我已经从舅舅朱尼厄斯那儿了解到关于弥尔顿的情况,舅舅跟他交往甚密。他告诉我弥尔顿被议会选为外交秘书,精通多国语言,出身尽管不很高贵,但也是来自殷实之家;而且还是帕特里克·扬的学生,殷勤礼貌,和蔼可亲,具有许多其他美德。③

沃西斯的描述与事实基本相符,因此他的说法是相当可信的。

弥尔顿与朱尼厄斯相识的其重要意义就在于下列事实:1651年初,那位荷兰学者在厄什大主教的图书馆里发现了《创世记》、《出埃及记》、《但以理书》、《基督与撒旦》等被人们称作"开德蒙诗歌"的古英语作品手稿。厄什大主教将这些手稿作为礼物赠给了朱尼厄斯,后者回国以后于1655年将它们在阿姆斯特丹刊印出版。这些古英语诗歌中,《创世记》同弥尔顿的《失乐园》无论在故事情节还是意象用语等方面都具有许多相似之处,④因而引出了一个令某些西方学者后来僵持不下的问题:弥尔顿究竟是否知道这首古英语宗教诗歌?

早在1880年,马森就已经注意到古英语诗歌中魔鬼的地狱独白与《失乐

---

① 转引自戴维·梅森,《弥尔顿传记》第四卷(Masson, David. *The Life of John Milton*. Vol. IV. 1859—1880. Rptd. Gloucester, Mass.: Peter Smith, 1968, p.317)。沙尔马修是法国人,当时被认为是欧洲最好的拉丁语学者;查理二世请他用拉丁语写了《为国王声辩》,谴责投票处死查理一世的英国国会。弥尔顿的小册子出版时,沙尔马修正客居于瑞典王宫。

② 同上书,第318页。

③ Lever, J. W. "*Paradise Lost* and the Anglo-Saxon Tradition." *The Review of English Studies*, XXIII, 1947, p.99.

④ 古英语《创世记》由两首诗的残本所组成:诗行1—234,852—2935被称作A文本,诗行235—851是B文本。后者的情节与《失乐园》十分相近。

园》中撒旦的独白在措辞和意象上有某种明显的偶合之处,但他怀疑诗人是否知道这部古英语《创世记》,因为当1655年该书出版时,弥尔顿早已是双目失明,而且

> ……他如何能够找到一个合适的人来帮他阅读这个有106页的四开本小书,这一点确实有点比较难理解,它包括了用古英语字体印刷的诗歌残篇,残篇中的诗歌并不分行,而且没有任何评论和译文。①

马森的巨型传记出版不久,R. P. 韦尔克就在《英语研究》(IV,1881)上撰文说弥尔顿的古英语知识相当可怜:因为他的《不列颠史》照搬了惠洛克在《盎格鲁—撒克逊编年史》拉丁语译文中的一个错误,并称《编年史》中关于布伦南堡战役的一段古英语叙事诗"不知所云"。韦尔克认为弥尔顿即使能找人代为朗读,也根本不可能读懂更为艰深的古英语《创世记》。

利弗则避开有关弥尔顿古英语知识的讨论,对上述问题做出了另外一种解释。他在仔细检查了沃西斯与海因修斯的通信和梅森提供的其他材料后断言:由于弥尔顿和朱尼厄斯在1651年过从甚密,加之他们对"开德蒙诗歌"具有共同的兴趣,因而诗人肯定知道朱尼厄斯新发现作品的内容,并且很可能是直接从后者那儿得知的。利弗进一步指出,这个新发现很可能导致弥尔顿将其五幕悲剧《逐出乐园的亚当》改写成长篇史诗《失乐园》。把两部作品加以比较,不难看出它们在精神和风格上的差异,而经过扩充的那些部分又和古英语《创世记》十分相似。②

笔者有幸在牛津大学的博德利图书馆亲睹朱尼厄斯手稿的摹真本(*The Caedmon Manuscript of Anglo-Saxon Biblical Poetry*, Oxford, 1927)。使我印象最深的是原手稿上清晰的字迹和颇具神韵的十五幅插图,其内容与弥尔顿的描述大致相符。原手稿的第四页插图表现叛逆天使的堕落,全图共分四个层次:路西弗(Lucifer)手握权杖,站在最上层通向一座富丽宫殿的阶梯上,叛逆天使们正在向他致敬,其中四位手捧象征野心的王冠;图的第二层,路西弗正在散发象征胜利的棕榈叶;再往下,可以看到基督手持三根长矛,在驱赶叛逆天使;撒旦落入了地狱深渊的最底层,后者被引人注目

---

① David Masson. *The Life of John Milton*. Vol. VI. Rptd. Gloucester, Mass.: Peter Smith, 1965, p. 557, n.

② Lever, J. W. "*Paradise Lost* and the Anglo-Saxon Tradition." *The Review of English Studies*, XXIII, 1947, pp. 99—106.

地表现为用"金刚石锁链和不灭刑火"(《失乐园》,I 48)禁锢在火焰湖之中的巨鲸列维坦(Leviathan),整个叛逆大军紧随其后:

> Hurl'd headlong flaming from th' Ethereal Sky
> With hideous ruin and combustion down
> To bottomless perdition ... (P. L., I 45—47)
> 倒栽葱,全身火焰,从九重云霄
> 带着可怕的堕落和毁灭摔下去,
> 跌入无底深渊……(《失乐园》,I 45—47)

手抄本中第16页插图重复了叛逆天使"倒栽葱"跌入列维坦血盆大嘴的情景。另一个十分相似的细节见于第九页插图:有一架梯子从乐园直达天堂,天门洞开,圣米迦勒天使长昂然立于中央,天使们侍立左右——这正是弥尔顿的撒旦从地狱去伊甸园的途中所看见的情景:

> ... far distant he descries
> Ascending by degree magnificent
> Up to the wall of Heaven a Structure high,
> At top whereof, but far more rich appera'd
> The work as of a Kingly Palace Gate
> With Frontispiece of Diamond and Gold
> Imbellisht; ...
> The Stairs were such as whereon Jacob saw
> Angels ascending and descending, bands
> Of Guardians bright ...
> The Stairs were then let down, whether to dare
> The fiend be easy ascent, or aggravate
> His sad exclusion from the doors of Bliss. (P. L., III 501—525)
> ……他很远就看见
> 有一个高大的物体一级级向上延伸,
> 直达天壁,其场面堪称蔚为壮观,
> 在那物体顶端还有更奇异的景象,
> 那是天国宫殿那富丽堂皇的大门,
> 门楣上镶嵌着金刚宝石和黄金,

第一章 弥尔顿与英国文学传统

> 闪闪发光……
> 那阶梯就像雅各在梦中所见那样,
> 天使们从那儿上上下下,一队队
> 盔甲铮亮的卫兵……
> 接着那梯子被放了下来,或许是
> 试探魔鬼是否敢上,或许是加剧
> 他被逐出幸福之门的凄惨悲切。(《失乐园》,III 501—525)

尽管"上天的梯阶"是一个家喻户晓的圣经引喻,可是在《旧约》中,雅各梦中看到天梯这一情节出现得很晚(《创世记》,28:12),而弥尔顿却像古英语诗歌那样把这一插曲挪到了前面。这似乎能够说明弥尔顿在构思《失乐园》时已经知道朱尼厄斯的新发现。后者在回荷兰之前,很可能曾经将该手稿本给弥尔顿看过。"开德蒙诗歌"的发现是17世纪古英语研究中的一桩大事,它也使人们对于古英语纯文学作品首次产生浓厚的兴趣。即使弥尔顿对古英语一窍不通,手稿中那些带有简短拉丁语注释的插图,尤其加上朱尼厄斯的解说,也足以在弥尔顿的心里留下鲜明而生动的记忆。

实际上,诗人的古英语知识并不真正构成他了解"开德蒙诗歌"内容的一个难以逾越的障碍。与马森关于古英语《创世记》"没有任何评论和译文"的说法相反,曾担任古文物学家协会秘书长的19世纪学者亨利·埃利斯爵士(Sir Henry Ellis)在其未出版的手稿中明确指出,17世纪50年代中有数种古英语《创世记》的拉丁语译义在伦敦流传。[①] 何况本书作者并不能完全同意韦尔克的武断结论,因为弥尔顿具有非凡的语言天赋,而且有数门古典语言的深厚功底和对本民族语言的真挚感情,他若想学习古英语决非难事[②];至于他照搬了《盎格鲁—撒克逊编年史》拉丁语译文的一个错误,那是完全可以理解的,因为拉丁语译文对于弥尔顿来说毕竟比古英语原文容易得多。

即使弥尔顿完全不知道"开德蒙诗歌"的存在,他也仍然可以通过间接的途径来接受古英语文学传统的影响。诸如《布鲁特》、《猫头鹰与夜莺》等早期中古英语诗歌,以及《珍珠》、《高文爵士与绿衣骑士》和《农夫皮尔斯》等

---

① 1988年,笔者在牛津时从渥太华大学的尼古拉·冯莫尔曾(Nicholas von Maltzahn)教授那里了解到这些手稿现存剑桥大学图书馆,此说尚待证实。

② 在牛津大学时,我曾经跟好几位古英语学者探讨过这个问题,他们基本上都同意我的看法,还举了一些真实的例子。

14世纪中古英语头韵诗作品均程度不等地继承了古英语诗歌的惯例和主题。如前所述,这些作品直接或通过斯宾塞或斯宾塞派诗人影响了诗人弥尔顿。

通过追溯弥尔顿对《失乐园》的创作构思过程,以及它与17世纪英国的文化和学术背景之间千丝万缕的联系,我们现在可以得出以下这两个结论:首先,英国文学传统在弥尔顿的青春时期就已经成形;第二,这个本土的英国文学传统对于弥尔顿创作《失乐园》的主题和风格具有毋容置疑的影响。关于这一点,我们还将在后面几个章节中具体分析和考证英国文学传统对于弥尔顿塑造撒旦这一人物性格的影响。论证英国文学传统对于《失乐园》的影响,对于理解和阐释弥尔顿的伟大史诗将能够提供一个新的角度。

第二章 "狡诈的诱惑者"

本书所关注的焦点是弥尔顿所塑造的撒旦形象。这是一个相当复杂和在作品中不断变化的一个艺术形象。在天国时,这位叛逆大天使名为路西弗,是天上最亮的一颗北斗星和一位骄矜而威严的军事首领。被上帝打入地狱之后,他的名字变成了撒旦,所扮演的角色也演变成了一位邪恶的地狱魔王。为了复仇,他潜逃出地狱,前往伊甸园引诱亚当、夏娃违抗上帝的禁令。至此,他又扮演了一位狡诈诱惑者的角色。本书以下三个章节将分别针对撒旦这一人物形象的最典型特征,进行细致的分析和比较,以求能够进而对弥尔顿《失乐园》的史诗主题做出客观而可信的阐释和评价。

第一节 魔鬼变换莫测的外表

《失乐园》中撒旦这一人物性格中最主要的特点之一是善于改变自己的形状。诗中魔鬼察颜观色,随机应变的细节比比皆是。他就是靠这种手段掩盖了自己的本来面目。

当他首次来到伊甸园,实施其引诱人类堕落的计划时,这种虚假的欺骗伎俩表现得尤为突出。他在这儿变换的大都是些兽形:

Then from his lofty stand on that high Tree
Down he alights among the sportful Herd
Of those fourfooted kinds, himself now one,
Now other, as thir shape serv'd best his end
…
A Lion now he stalks with fiery glare,
Then as a Tiger, who by chance hath spi'd
In some Purlieu two gentle Fawns at play. (IV 395—404)
然后撒旦从大树上的歇息之处

> 跳到地上,混迹于那些嬉戏玩耍的
> 四脚野兽之中,他一会儿变这个,
> 一会儿变那个,变形随心所欲,
> ……
> 先是目光炯炯,昂首阔步的雄狮,
> 其次又变成老虎,偶然遇见
> 两只驯善的幼鹿在林中游戏。(IV 395—404)

这种特定手法在诱惑夏娃一场有进一步的发挥;撒旦变作"野地里最狡猾的生物"和"最适于欺诈的精灵"来执行"他阴险的诱惑"(IX,86—90)。这些细节描写与篇首的史诗主题遥相呼应:"地狱的蛇,正是由于他的狡诈,/并且受其嫉妒和仇恨的唆使,/欺骗了人类的母亲"(I,34—36)。

同样的描写可见于斯宾塞的《仙后》。在第一卷里,"狡诈的大巫师"阿基马戈正盘算如何欺骗乌娜时,首先想到的便是把自己扮成兽形,"因为凭借高明的妖术,他可以/随心所欲地装扮成各种形状"(I,10—11)。诗中的特定场景和意象与《失乐园》有惊人的相似之处:

> He then devisde himselfe how to disguise,
> For by his mightie science he could take
> As many formes and shapes in seeming wise,
> ...
> Sometime a fowl, sometime a fish in lake,
> Now like a foxe, now like a dragon fell,
> O who can tell
> The hidden power of herbs, and might of Magicke Spell? (*F. Q.*, I ii 10)

> 他算计着该如何更好地伪装自己,
> 因凭借强大的魔法,他可以随意
> 把自己装扮成任何形状和模样,
> ……
> 有时是只飞鸟,有时又变成游鱼,
> 一会儿像狐狸,一会儿又像恶龙,
> ……唉,谁又能知道
> 药草的隐秘功效和咒语的魔力?(《仙后》,I ii 10)

第二章 "狡诈的诱惑者"

斯宾塞也不是弥尔顿之前唯一使用这些典型意象的诗人,因为这种表现方式也被菲尼亚斯·弗莱彻用来描写魔鬼:

To every shape his changing shape is drest,
Oft seemes a Lambe and bleates, a Wolfe and houles;
Now like a Dove appeares with candidebrest,
Then like a Falcon, preys on weaker foules;
A Badge neat, the flies his field nest;
But most a Fox, with stinke his cabin foules... (*Apollyonists*, II 6)

他变化多端,能随意改变形体,
常变作温顺羔羊,或凶恶豺狼,
此时是鸽子,挺着洁白的胸脯,
彼时又成猛隼,追逐羸弱的小鸟,
或是灵巧的獾,逃离野地的巢穴;
但最常变的是狐狸,浑身一股骚臭……(《地狱魔王》,II 6)

上面这几段描写有着明显的内在联系:它们都强调魔鬼变幻莫测的外表和随机应变的本领。我们从中可以对撒旦的欺诈本性窥见一斑。

魔鬼没有确定的形状这一概念是基督教神学中的一个传统说法。圣奥古斯丁甚至在《上帝之城》(*The City of God*)中提出,造成撒旦堕落的原因正是他多变的本性:"确实,要不是他游移不定的本性(多变然而却是善的,由至善和不变的上帝所创造的所有生物原本都是善的),决不会因出轨而招致罪恶。"①这种提法显然是在为上帝开脱责任,因为正是他创造了撒旦这个万恶之源;但它同时也说明自中世纪以来,人们普遍认为魔鬼具有令人难以捉摸的性格。G.B.拉塞尔在分析了中世纪的魔鬼概念以后着重指出,魔鬼为了骗人,可以变成任何能想象得到的形状。② 这种概念不可避免地表现在早期英国文学作品之中。例如乔叟《游乞僧的故事》(*The Friar's Tale*)里,法庭差役坚持向魔鬼打听他在地狱的"原形":

---

① M. J. Adler et al., eds. *Great Books of the Western World*. Vol. 18. Chicago: Encyclopaedia Britannica, Inc., 1980, p.586.
② J. B. Russell. *The Devil and Perceptions of Evil from Antiquity to Primitiue Christianity*. Ithaca: Cornell University Press, 1977, p.254.

"Nay certeinly," quot he [the Devil], "ther have we noon:
But whan us liketh, wekan take us oon,
Or elles make yow seme we been shape
Somtyme lyk a man, or lyk an ape,
Or lyk an angelkan I ryde or go." (Robinson's 2nd ed. p. 91, ll. 1461—1465)

"不行,"魔鬼说,"在那儿我们没有形体:
但我们想变什么,就能变成那种模样,
或至少让你看起来像那么个形状,
有时像个人,也有时像只猴子,
有时我还能装扮成为一个天使。"(《坎特伯雷故事集》,1461—1465)

就像上面提及的斯宾塞和菲尼亚斯·弗莱彻那样,文艺复兴时期的英国诗人广泛地接受了这个观点。

弥尔顿有一个鲜明的比喻,即撒旦"像一团黑雾匍匐爬行"(《失乐园》,IX 180)。[①]"黑雾"这个意象恰巧也是《仙后》中对妖孽和巫术常用的隐喻。例如杜埃莎(Duessa)这位"邪恶的巫婆"在凭借"她可憎的巫术"来改变自己形状时,总是招来"遮天蔽日的浓雾"(I, ii, 38);当斯宾塞描写撒旦给"七大罪孽"的游行队伍殿后时,也有"一团浓雾笼罩了大地"(I, iv, 36)。"无乐"(Sansjoy)武士也是靠同样的巫术死里逃生:当他被红十字骑士打败时,"一团黑雾/落在他身上,他顿时无影无踪,/隐身地遁了"(I, v, 13)。在《失乐园》中,弥尔顿的撒旦确实就像哈姆莱特所指那朵不断变化的云团一样令人难以捉摸:他首先像条鲸鱼,而后又依次变为狮子,老虎,狼,鸬鹚,蟾蜍,最终成了一条蛇。在整个史诗中,撒旦经历了一个有目共睹的蜕变过程。评论家们对于这种变化的讽喻意义已多有阐发,[②]然而对于它更为直接和明显的欺骗目的却没有引起足够的注意。

关于形体多变的描写可以追溯到奥维德的《变形记》和荷马的《伊里亚特》,在那儿异教的天神们可以随心所欲地改变自己或别人的形状。许多评

---

① 除了具有难以辨认的意义之外,黑色还象征罪恶。参看拉塞尔《魔鬼》:"黑色和黑暗几乎总是跟恶联系在一起,以与代表善的白色和光明相对"(第64页)。这对于《失乐园》和古英语《创世记》来说尤其正确,因为这两首诗都突出强调了光明和黑暗的意象对比。

② 其中最著名的评论见 C.S. 刘易斯,《失乐园导论》,1967年,第99—100页。

论家力图将撒旦跟这些古典范例联系起来。但我们必须注意到异教的古典文学和基督教的早期英国文学在变形描写上的一个重要区别。在基督教世界里,这种变为禽兽的做法通常被视为魔鬼及其信徒的巫术。尽管《失乐园》中有大量古典文学引喻,但它们一般都经过改编,以适应具有成见的宗教观念。当诗人在下列诗行里介绍堕落天使时,他的态度很难说是恭维的:

> Osiris, Isis, Orus and their train
> With monstrous shapes and sorceries abused
> Fanatic Egypt and her priests, to seek
> Their wandering gods disguised in brutish forms
> Rather than human. (*P. L.*, I 478—482)
> 奥西利斯,埃西斯,奥鲁斯,以及
> 他们的随从,用可怕的形状和巫术
> 蒙骗了盲信的埃及人及其祭司,
> 使后者把游荡的走兽,而不是人
> 奉为神祇。(《失乐园》,I 478—482)

这儿引喻了有关奥林匹亚天神为了逃避巨人堤福俄斯(Typhoeus)而变成兽形来到埃及的古典神话(《变形记》,V 319—331),但是诗人对于这些异教神祇的反感清楚地表现为一系列贬义的词语选择,后者将人物置于一种新的意义氛围之中。

"巫术"这个词,就像阿基马戈的"高明的妖术"(《仙后》,I ii 10),对于我们确认叛逆天使的本质具有极其重要的意义。基特里奇(G. L. Kittredge)在《古今英国的巫术》(*Witchcraft in Old and New England*, 1972)一书中证实,那些以兽形为主的魔鬼变形跟文艺复兴时期流传很广的巫术习俗有关:

> 从伊丽莎白继位到现在,女巫们都相信恶魔们可以变成动物的形状;这样,它们就可以作为供使唤的精灵来执行女巫的罪恶阴谋。①

弥尔顿对于这类流行的观念并非一无所知。在《失乐园》的一些重要段

---

① Kittredge, G. L. *Witchcraft in Old and New England*. New York: Atheneum, 1972, p. 174.

落里,我们确实发现撒旦及其追随者跟巫术有着不解之缘。从撒旦脑袋里崩迸而出,并且后来成为他乱伦情妇的"罪恶"就曾被诗人称作"蛇身女巫"(Snakie Sorceress, II 724);还有撒旦的喽罗们,他们的"巫术"已经在第一卷中得到了谴责,后又在万魔殿里玩弄巫术来驱除心头的苦恼和召唤虚幻的希望(II 566—568)。撒旦本人也依靠巫术制造出了把"地狱之火"(infernal flame)装入"空心机器"(into hollow engine)的大炮(VI 483—484),就连他作为堕落天使首领的超凡魅力在某种程度上也有赖于巫术的功效。第一卷中对撒旦重新组织叛军的描写使人联想起阿基马戈①用妖术召来罪恶精灵的情景:

> And forth he cald out of deepe darknesse dred
> Legions of Sprights, the which like little flyes
> Fluttering about his euer damned hed,
> A-waite whereto their seruice he applyes...(F. Q., I i 38)
> 他从阴森可怕的地狱深渊召来了
> 不计其数的鬼魂幽灵,就像苍蝇
> 一般围着他万恶不赦的头翻飞,
> 随时听候他的吩咐。(《仙后》,I i 38)

我们也可以在弥尔顿的其他诗歌中找到这样的例子。撒旦的原型之一,科马斯,就曾对他母亲[喀耳刻]的巫术了如指掌(《科马斯》,522),并在这部假面诗剧中一再被称为"巫师"(520,939)。

《失乐园》中至少有两个兽形意象跟巫术直接有关。如癞蛤蟆就是一个象征魔鬼邪恶的熟悉意象,并通常被认为是剧毒的。我们对《麦克白斯》中三位女巫用癞蛤蟆和其他污秽之物炮制毒液的场景记忆犹新。斯宾塞在《仙后》中明确告诉我们癞蛤蟆是"极毒的"(venemous, I iv 30),并经常把这个意象跟魔鬼联系起来:蛇妖"邪恶"临死前呕吐出"令人厌恶的青蛙和癞蛤蟆"(loathly frogs and toads, I i 20)。中古英语诗人莱亚蒙也曾详细描述过一位僧侣用巫术和癞蛤蟆的毒汁谋杀约翰王的事(Brut, III 109—111)。弥尔顿显然对这些文学典故非常熟悉,他在《失乐园》第四卷中把撒旦描绘成

---

① 阿基马戈在《仙后》中始终是一个撒旦式的诱惑者,第一卷末尾他的被擒与《圣经》中撒旦的下场(《新约:启示录》,20:1—3)完全相同。

第二章 "狡诈的诱惑者"

一只蹲在夏娃耳边的癞蛤蟆时,心里想到的肯定是这种令人作呕的巫术;

>   ...him [Satan] there they found
>   Squat like a toad, close at the ear of Eve;
>   Assaying by his devilish art to reach
>   The organs of her fancy, and with them forge
>   Illusions as he list, phantasms and dreams,
>   Or if, inspiring venom, he might taint
>   The animal spirits that from pure blood arise
>   Like gentle breaths from rivers pure, thence raise
>   At least distempered, discontented thoughts,
>   Vain hopes, vain aims, inordinate desires
>   Blown up with high conceits engendering pride. (IV 799—809)

>   ……他们发现撒旦
>   像癞蛤蟆一样蹲在夏娃的耳朵旁,
>   试图利用他可憎的妖术来达到
>   她想象的器官,并通过它们造成
>   他所希望的幻觉,想象和梦境;
>   或者通过灌输毒素来污染她
>   从纯清血液中腾升的勃然生气,
>   犹如清澈小溪滋生的雾气,从而
>   至少造成她心境的失衡和不满,
>   虚荣的希望和目标,非分的欲念,
>   煽起她狂妄的自负和恣意的傲慢。(IV 799—809)

后者撒旦"可憎的妖术"与叛逆天使的"巫术"互为呼应;而对人类之母"产生毒素"的癞蛤蟆这个丑陋意象,就像其他的兽形一样,预示了撒旦最终"卑鄙的堕落"(IX 113)。

鲸鱼是有关撒旦妖术的另一传统意象。弥尔顿在撒旦刚出场时,便将他描绘成巨鲸列维坦,其身躯就像是一座小岛,引诱着疲惫的水手上岸歇息(《失乐园》,I 200—208)。这里的意象和语汇都是直接取之于当时人们所熟悉的讽喻诗《动物寓言》(*The Bestiary*),其前身为古英语诗歌《自然哲理》(*Physiologus*)。① 后者篇幅过长,不适于在此全文引用,但从下列片断的现代英语译文中,我们仍然可以看出,弥尔顿的描述在其精神和词汇选择上与古英语诗歌《自然哲理》是多么的相近:

> The name of Fastitocalon is given him, the floater on ocean streams. His form is like a rough stone, as if the greatest of seaweeds, girt by sand-banks, were heaving by the water's shore, so that seafarers suppose they behold some island with their eyes; and then they fasten the high-prowed ships with cables to the false land, tie the sea-steeds at the water's edge, and then undaunted go up when he, skilled in treachery, feels that the voyagers are set firmly upon him, are encamped, rejoicing in the clear weather, then suddenly the ocean creature sinks down with his prey into the salt wave, seeks the depths, and then delivers the ships and the men to drown in the hall of death.②

人们给这个大洋漂浮物起名为法斯蒂托卡伦。它的形状就像是一块表面凹凸不平的巨石,就像是一簇庞大海藻在沙滩的包围下,在海边起伏波动;所以航海者用肉眼观察时,以为是看到了某个小岛;于是他们就用缆绳将海船拴在了这个虚假的海岛岸边,然后便无所畏惧地踏上了海岛。当精通于诈骗的巨鲸感觉到猎物们在它背上安营扎寨时,它马上就沉到了海底,将拴在他身上的海船和航海者们拖入了死亡的殿堂。

弥尔顿采用巨鲸这个意象的寓意显然是揭示撒旦的虚妄欺诈,以及受其假象欺骗的危险性。但具有讽刺意义的是,有些评论家确实被撒旦的虚

---

① 皮特曼最早指出古英语诗歌《自然哲理》对《失乐园》的潜在影响。他在对比了两首诗中的一些特殊表达方法以后,得出如下结论:鉴于诗歌语调处理的相似性,弥尔顿很可能读过那首古英语诗歌(J. H. Pitman. "Milton and the *Physiologus*." MLN, XL, 1925)。

② R. K. Gordon. *Anglo-Saxon Poetry*. London: J. M. Dent & Sons Ltd., 1957, p. 254. (*Physiologus*, pp. 6—31) The modern English translations of Old English poems in this dissertation are quoted either from Gordon's book or from S. A. Bradley (Transl. and ed., *Anglo-Saxon Poetry*. London: Dent, 1982), with a slight alteration of some phrases.

假外表所蒙蔽,他们甚至把列维坦的庞大身躯看作是撒旦伟大的标志。然而正如海伦·加德纳所指出的那样,"庞大"(huge)这个词跟"巨大"(large)和"伟大"(great)在意义上有细微的差别:它具有可怕,恐怖和凶兆等含义。①古英语诗歌对于这种形象的说教寓义是直言不讳的:

    Swa bið scinna þeaw,
  deofla wise, þæt hi drohtende
  turh dyrne meaht duguðe beswicað,
  and on teosu tyhta tilra dæda,
  wemað on willan, þæt hy wra e secen,
  frofre to feondum, oþ þæt hy fæste ðær
  æt þam w rlogan wic geceosa . (*Physiologus*, 31—37)
    这就是魔鬼
以及精怪们所惯用的方式:
他们用隐秘的力量将人领入歧途,
说服人们去破坏高尚的事业,
并费尽心机地引诱后者堕落,
故后者会试图从敌人处获得安慰,
直至死心塌地地与魔鬼为伍。(《自然哲理》,31—37)

这正是撒旦在《失乐园》所想做的,因为在上面提及的那个巨鲸类比之后,恶魔很快就从地狱的火焰湖里站起身来,对败兵残将们发表了他在诗中第一个蛊惑人心的演说,号召他们"再一次/兴兵发难,试一下还有多少东西/可以在天上收复"(once more / With rallied arms to try what may be yet / Regained in heaven..., I 268—270)。

第二节 "在圣洁外表下弄虚作假"

  巨鲸的讽喻触及了魔鬼变形的另一个方面。撒旦不仅能够变为野兽的形状;假如必要,他也能装扮成辉煌无比的圣洁形象。当风尘仆仆的撒旦路遇天使尤烈儿(Uriel)时,他决定向后者询问关于伊甸园的情况:

---

 ① Helen Gardner. *A Reading of Paradise Lost*. Oxford: The Clarendon Press, 1965, p. 48.

> But first he casts to change his proper shape,
> Which else might work him danger or delay:
> And now a stripling Cherub he appears,
> Not of the prime, yet such as in his face
> Youth smil'd Celestial, and to every Limb
> Suitable grace diffus'd, so well he feign'd;(P. L., III 634—639)
> 但他首先得改换自己的姿容,
> 否则会带来危险,并耽误使命:
> 于是他变成一个年轻的小天使,
> 虽未成年,但眉宇之间洋溢着
> 天使的青春笑颜,举止矫健,
> 风度翩翩,他化装得极为巧妙。(《失乐园》,III 634—639)

撒旦的伪装如此成功,就连尤烈儿这位"天国中视力最敏锐的天使"(The sharpest-sighted Spirit of all in Heaven,691),也暂时被这位"卑鄙的诈伪者"(the fraudulent Imposter foul,692)所欺骗。上述插曲并不是一个偶然的孤立事件;相反,它是一连串事件中的重要环节,反映出"那个曾经欺骗了整个世界的魔鬼或撒旦"(《新约:启示录》,12:8)的内在本质。

在《失乐园》中,弥尔顿似乎不加选择地使用了"神一般的"这个修饰词来形容诗中的三位主要人物:圣子、撒旦和亚当。这也许会给我们造成一个虚假的印象,即撒旦就像另外两位人物一样是诗中的正面英雄人物。然而,只要我们细读一下那些描写撒旦的段落,总是能够找到字里行间的反讽口吻。例如下面这一段描写撒旦从"阴间会议"出来的情景:

> ... and forth
> In order came the grand infernal peers,
> Midst came their mighty paramount, and seemed
> Alone th' antagonist of heaven, nor less
> Than hell's dread emperor with pomp supreme,
> And God-like imitated state...(P. L., II 506—511)
> ……从那儿
> 顺序走出地狱来的王公显贵,
> 簇拥着他们的尊贵魔王,似乎

第二章 "狡诈的诱惑者"

他是独一无二的天国劲敌,俨然
如地狱中至高无上的可怕皇帝,
以及神一般的假冒尊严。(《失乐园》,II 506—511)

诗人含蓄的笔调使我们意识到魔鬼浅薄的渎神行为。那些貌似崇高的词语与撒旦的邪恶本性形成尖锐的对比。其结果就造成一种刻意的荒谬:一位"神一般的"恶魔,他神圣的外表只是"似乎"如此,而他高贵的尊严竟是"假冒"的!

在另一场合,了解撒旦底细的天使亚必迭也曾对叛逆酋帅"至高无上"和"神一般的"外表感到迷惑不解。他意识到这种表面的崇高也许只是一种假象,于是便决定亲自动手来检验一下真相。诗人在作品中生动地描写了他的内心争执:

O heaven! That such resemblance of the highest
Should yet remain, where faith and reality
Remain not; wherefore should not strength and might
There fail where virtue fails, or weakest prove
Where boldest; though to sight unconquerable?
His puissance, trusting in th' almighty's aid,
I mean to try, whose reason I have tried
Unsound and false; nor is it aught but just,
That he who in debate of truth hath won,
Should win in arms, in both disputes alike
Victor; though brutish that contest and foul,
When reason hath to deal with force, yet so
Most reason is that reason overcome. (*P.L.*, VI 114—126)

天哪!这貌似天主的堂堂威仪
竟依然安在,而信仰和实质却
荡然无存。为何美德已经丧失,
而力量和威势却并未失去;为何
最虚弱者反显得最为英勇?
凭借上帝的帮助,我想要试探
他的力量,他的理智我已领教,

> 既邪恶又虚伪；而且最公平的是
> 在有关真理的辩论中获胜的人
> 也应在比武中胜出，两种竞赛
> 都是胜者；尽管这种竞赛过于粗暴，
> 但只有获胜的理智才算是理智。(《失乐园》,VI 114—126)

武力决斗的结局果然又一次证明撒旦徒有"这貌似天主的堂堂威仪"(VI 114)。

我们在《仙后》的第一卷中也可以找到非常近似的描写。斯宾塞作为第二篇章题记的四行短句开门见山地勾画出诗中两位臭名昭著的伪善者，阿基马戈和杜埃莎：

> The guilefull great Enchaunter parts
> The Redcross Knight from Truth：
> Into whose stead fair falshood steps
> And workes him wofull ruth.
> 这位刁猾狡诈的大巫师
> 将红十字骑士引入歧途：
> 真理被美貌的虚伪取代，
> 给骑士带来无穷的悲哀。

在前一个篇章中，阿基马戈扮成"一位老翁"(I i 24)欺骗了红十字骑士，现在他又摇身一变，装作那位圣洁的骑士来谋害天真无邪的乌娜。作为弥尔顿与早期英国文学之间的重要环节，斯宾塞的下列描写使我们同时想起了古英语《创世记》(441—444)中的魔鬼替身和《失乐园》中的撒旦：

> In mighty armes he was yclad anon,
> And siluer shield：upon his coward breast
> A bloudy cross, and on his crauen crest
> A bounch of haires discoloured diuersly,
> Full iolly knight he seemde, and well addrest,
> And when he sate vpon his courser free,
> Saint George himself ye would haue deemed him to be.（F. Q., I ii 11）
> 他立即换上庞大的盔甲和兵器，

第二章 "狡诈的诱惑者"

> 还有银色盾牌；在怯懦的胸脯上
> 有个猩红的十字，懦弱的头盔上
> 装饰着一撮色彩斑驳的野兽毛发，
> 活像个气宇轩昂的骑士披挂齐整。
> 而当他骑上那匹雄健的骏马时，
> 就连圣乔治本人也看不出破绽。(《仙后》, I ii 11)

阿基马戈的伪装再一次获得成功：乌娜看到她的"骑士"回到身边时，高兴得热泪盈眶(I iii 24)。杜埃莎这个"美貌的虚伪"化身也以同样的方式欺骗了红十字骑士。她靠假清白无邪轻易地赢得了他的信任，就连弗拉杜比奥对她的口头揭露也没有发生什么作用(I ii 45)。

阿基马戈和撒旦都是"诱惑者"的原型人物，为了达到欺骗的目的，他们可以变成俊美青年或光明天使的模样来蛊惑人心。早在古英语《创世记》的朱尼厄斯手稿插图中，撒旦就已经扮作一位眉清目秀的天使在乐园里引诱夏娃。这一传统描写手法显然并未在漫长的中世纪中泯灭，而到了文艺复兴时期它又再度出现。在《失乐园》第九卷约130行(549—678)的篇幅中，"诱惑者"这个词反复出现了五次，而且每次都带有一个意指假扮的修饰词。诱惑者的手段总是那么成功，以致弥尔顿在尤烈儿被骗以后，痛心疾首地发了如下议论：

> Hypocrisy, the only evil that walks
> Invisible, except to God alone,
> By his permissive will, through heaven and earth:
> And oft though wisdom wake, suspicion sleeps
> At wisdom's gate, and to simplicity
> Resigns her charge, while goodness thinks no ill
> Where no ill seems... (P.L., III 683—689)
> 伪善，这唯一无形可循的罪恶，
> 只有上帝才能知道，但由于他
> 宽容的意志，致使它独步于天地。
> 虽然智慧常保持清醒，但疑虑
> 却躺在智慧的门外，将责任
> 推给了单纯，而善良则过于相信

表面的现象……(《失乐园》,III 683—689)

这一评论也同样适用于斯宾塞的阿基马戈和杜埃莎,以及他们在英国文学中的原型。

斯宾塞"貌美的虚伪"(fair falsehood)这一概念显然跟兰格伦的《农夫皮尔斯》有关,后者让"圣教"夫人(Holy Church)告诉威尔:撒旦"曾是一位天使长",一位放弃真理去投靠虚伪的俊美骑士(C文本,I 107—110)。而兰格伦又可能是受了古英语宗教诗歌的影响。古英语《创世记》中的那位魔鬼因其"狡猾的诡计"和"虚伪"(531,579)而受到谴责。他也装扮成一位武士;而且就在他进入伊甸园之前,变成了一条大蛇——并非一个丑陋的形象,而是一个具有魅力的生物。夏娃不仅为它的谬论,也为它迷人的举止所迷惑;她这样告诉亚当:

> ... þes boda sciene,
> godes engel god, ic on his gearwan geseo
> þæt he is ærendsecg uncres hearran,
> hefoncyninges. (*Genesis B*, 656—659)

> ……这位俊美的信使
> 是上帝的善良天使,我从他外表
> 可以看出这位特使来自我们的主,
> 天国之王。(《创世记》B文本,656—659)

魔鬼的虚假外表这一根深蒂固的模式也表现在英国戏剧之中。汉尼斯·瓦特告诉我们,撒旦在《主的诱惑》(c. 1550)这个短剧中出现在基督的面前时,不是作为一个凶相毕露的怪物,而是看上去像一位虔敬的隐士。[①] 这样做的明确目的就是为了戏剧性地表现虚伪:

Satan. A godly pretence, outwardly, must I bear,
Seeming religious, devout and sad in my gear. (I 73—74)

撒旦:我必须外表装出神一般的模样,
我的装束应是神圣,虔敬和悲哀的。(I 73—74)

弥尔顿的史诗中也有几处戏剧性的场合充分揭示了撒旦的虚伪本质。

---

① Hannes Vatter. *The Devil in English Literature*. Bern: Francke Verlag, 1978, p. 108.

第二章 "狡诈的诱惑者"

在伊甸园的诱惑那一场,当夏娃被似是而非的谬论所迷惑,逐渐落入诱惑者的圈套时,诗人没有忘记描绘撒旦的矫揉做作:

> The tempter, but with show of zeal and love
> To man, and indignation at his wrong,
> New part puts on, and as to passion moved,
> Fluctuates disturbed, yet comely and in act
> Raised, as of some great matter to begin. (P.L., IX 665—669)
>
> 诱惑者装作对人既热情又爱护,
> 同时对他的不公正对待表示愤慨;
> 他开始扮演新的角色,鼓动激情,
> 心绪波动混乱而故作举止闲雅,
> 就像是要开始某件重要的事情。(《失乐园》,IX 665—669)

确实,撒旦在这首长诗里始终在"扮演新的角色"。只有当他独自站在尼法提斯山顶上沉思时,这位善变的恶魔才偶尔露出了峥嵘:

> Thus while he spake, each passion dimm'd his face,
> Thrice chang'd with pale, ire, envy and despair,
> Which marr'd his borrow'd visage, and betray'd
> Him counterfeit, if any eye beheld.
> ...
> Artificer of fraud; and was the first
> That practis'd falsehood under saintly show,
> Deep malice to conceal, couch't with revenge. (IV 114—123)
>
> 他就这样自语着,怨怒,嫉妒和
> 绝望,各种激情使他脸色阴沉,
> 变得铁青,损毁了他借用的面具;
> 如有人从旁观察,定会看穿伪装。
> ……
> 这位欺诈的巧匠,历史上第一位
> 在圣洁外表下弄虚作假的祖师爷,
> 心怀叵测,将复仇意图深深隐藏。(IV 114—123)

"在圣洁外表下弄虚作假"——这正是《失乐园》中魔鬼的真实写照。这儿的撒旦不可避免地使我们联想到早期英国文学作品①中"貌美的虚伪"这一主题。弥尔顿对于这一文学惯例显然已经习以为常;他笔下的亚当和夏娃在堕落之前就已经意识到了撒旦的"欺诈"(fraud,IX 287)和"伪装"(false guile,IX 306)。

第三节 诱惑者的如簧巧舌

作为诱惑者,撒旦的虚伪并不局限于形体外表的伪装;它也涉及这位魔鬼的如簧巧舌。评论家们一般都同意撒旦是一位能言善辩的政客和诡辩家,他可以使轻信的受害者相信黑就是白。这一点并不奇怪,因为斯宾塞的阿基马戈已经在油嘴滑舌这一方面树立了一个榜样:

> For that old man of pleasing wordes had store,
> And well could file his tongue as smooth as glas;
> He told of Saintes and Popes, and euermore
> He strowd an Aue-Mary after and before. (*F. Q.*, I i 35)
> 这老头有一肚子甜言蜜语,
> 并把舌头磨得像玻璃那么光滑;
> 他讲起圣徒和教皇来滔滔不绝,
> 且每说一句都祈祷"圣母玛丽亚"(《仙后》,I i 35)

撒旦关于自由和平等的雄辩演说常被引为他革命英雄主义的确凿证据,而他引诱夏娃堕落的诡辩在许多现代读者眼里似乎仍然无可非议。因此我们有必要剖析一下撒旦"巧妙的言辞"(persuasive words),它们在堕落天使和夏娃的眼里,都曾显得像是真理。

撒旦在圣子受膏即位后的煽动性演说是他"用造谣艺术/以假乱真"(calumnious art /Of counterfeited truth,V 770—771)的一个范例。他在这段著名的讲演中力图让追随者们相信天使们"自生,自长",在地位上跟圣子和上帝本人都是平等的;因此他们对于新任命的弥赛亚及天国之王都没有丝毫道义上的责任。这个哗众取宠的自由主张对于他的听众来说自然是十

---

① 例如菲尼亚斯·弗莱彻的《地狱魔王》和莎士比亚的《理查三世》、《奥赛罗》、《请君入瓮》等。

分顺耳的：

> ... ye know your selves
> Natives and sons of heaven possessed before
> By none, and if not equall all, yet free,
> Equally free; ...
> Who can in reason then or right assume
> Monarchy over such as live by right
> His equals, if in power and splendour less,
> In freedom equal? Or can introduce
> Law and edict on us, who without law
> Err not, much less for this to be our lord,
> And look for adoration to th' abuse
> Of those imperial titles which assert
> Our being ordained to govern, not to serve? (*P. L.*, V 789—802)

> ……你们知道自己
> 都是天上的子民，本来并不从属
> 于谁，假如并不全部平等，但也自由
> 同样自由……
> 谁又能在理智或权利上对那些
> 权利与生俱来的人们君临俯瞰？
> 或者对我们颁布法律和法令，
> 我们没有法律的时候也不犯错，
> 更不需要有人来充当我们的主人，
> 并指望我们会对他来顶礼膜拜。
> 这些都有辱于大家的赫赫名号，
> 我们理应治人，而不是治于人？（《失乐园》，V 789—802）

　　这番话对于煽起叛逆天使的嫉妒和怨恨是行之有效的。然而，撒旦作为自由斗士的外部形象却因下面两个因素而蒙受损害：首先他在圣子的真正地位这个问题上撒了谎；第二，上引段落的最后一行揭示出撒旦的真实意图并不是为所有的天使争自由和平等，而是出于个人的野心，即要"治人，而不是治于人"。

自由和平等是贯穿弥尔顿诗歌及散文作品的重大主题。他确信天使和人都是平等和自由的:"上帝没有制定人上人的特权;/这样的称号他为自己所保留,/人与人之间,只授于自由"(... man over men / He made no lord; such title to himself / Reserving, human left from human free, *P. L.* XII 69—71)。然而上帝和圣子的绝对权力,除撒旦外,却从未受到过质疑,因为他们是创世主,而其他的所有天使和人则都是创造物。在《基督教教义》这部神学著作中,弥尔顿证实上帝让基督生来就是当"一位国王"(a king)。这一说法在《失乐园》中几次得到了重复:拉斐尔告诉我们圣子"被伟大的天父封为弥赛亚,/受膏的王"(Honoured by his great Father, and proclaimed / Messiah King anointed, V 663—664);紧接着上帝又证实"国王弥赛亚……功绩而统治"(king /Messiah ... by right of merit reigns, VI 42—43)。就连撒旦私下也承认自己的反叛是"以怨报德"(he deserve'd no such return / From me),受了骄傲和野心的驱使(IV 41—45)。作为一位帮助人类恢复乐土的神人,基督的超凡力量在天国之战和宇宙的创造中得到了充分的验证。而另一方面,撒旦在侈谈平等的同时,却根本不愿意放弃他曾身居高位的天使等级:"因为地位和等级/跟自由并不矛盾,可以和谐共存"(... for orders and degrees /Jar not with liberty, but well consist, V 792—793)。

正如弥尔顿在诗的前面部分向我们透露的那样,"自由"(free)这个词在撒旦的嘴中有一种特殊的涵义,几乎跟"治人"(reign)是同义词。当他在谈论自由时,撒旦的思想总是集中在他个人的权力这一问题上。下面就是他在火焰湖里苏醒过来以后,对身旁那位别西卜(Beelzebut)所说的话:

  Here at least
  We shall be free; ...
  Here we may reign secure, and in my choice
  To reign is worth ambition though in hell:
  Better to reign in hell, than serve in heaven. (I 258—263)
  至少在这儿
  我们将是自由的;……
  在这儿我们可以称王称霸,而我
  宁可在地狱里称王,大展鸿图。

第二章 "狡诈的诱惑者"

在天堂侍奉,倒不如在地狱称王。①(I 258—263)

"称王"的渐强音在这儿完全压倒了"自由"的微弱回声。具有讽刺意义的是撒旦如此醉心于对权力的渴求,使得他永远不能得以自拔;正如亚必迭对他所指出的那样:"你自己并不自由,做了自身的奴隶"(Thy self not free, but to thy enthralled..., VI 181)。诗中有众多的细节表明撒旦在万魔殿里的统治就像是"大魔王"(Monarch)、"苏丹王"(Sultan)或"暴君"(Tyrant):他操纵了地狱会议,并将堕落天使们置于自己的专制统治之下;就连他的宝座也被醒目地置于万魔殿的最高处。撒旦的真实行为与他籍以唤起堕落天使们消沉勇气的"豪言壮语"(high words, I 528)之间形成的对比,清楚地证明了弥尔顿在诗首的陈述:

> ...what time his pride
> Had cast him out from heaven, with all his host
> Of rebel angels, by whose aid aspiring
> To set himself in glory above his peers,
> He trusted to have equaled the most high, (*P. L.*, I 36—39)

> ……他的妄自尊大
> 使他和所有叛逆天使被逐出天界,
> 当时他由于得到了叛军的支持,
> 就妄想置自己的荣耀于别人之上,
> 并自信能和至高无上的主分庭抗礼。(《失乐园》,I 36—39)

这段话告诉我们,撒旦的所谓"平等"并不意味着将自己降到与其他天使同等的地位,而是要凌驾于别人之上,并觊觎上帝的权杖。

撒旦与古英语《创世记》中魔鬼的对比发人深省。在古英语诗歌中,路西弗俨然是冥府的酋帅,周围簇拥着他的侍卫。就像弥尔顿的撒旦那样,他也"自信能和至高无上的主分庭抗礼"(to set himself in glory above his peers),并煽动堕落天使反叛。下面这段话反映了古英语诗歌中魔鬼的内心思想:

---

① 福勒(A. Fowler)认为这一说法在英国文学中司空见惯,例如菲尼亚斯·弗莱彻的《紫色岛》(*The Purple Island*), vii 10:"他们不屑于在天国侍奉上帝,/因此他们现在统治着地狱。"

　　　　　　Đuhte him sylfum
þæt he mægyn and cræft maran hæfde
tonne se halga god habban mihte
folcgestælna. Feala worda gespr c
se engel ofermodes. Đuhte turh his anes cræft
hu he him strenglicran stol geworhte
heahran on heofonum; cwæð þæt hine his hige speonne
þæt he west and nor wyrcean ongunne,
trymede getimbro; cwæð him tweo tuhte
þæt he gode wolde geongra weorðan. (*Genesis B*, 268—277)
　　　　　　他觉得自己
甚至比神圣的上帝还更加强大,
还要拥有更多的力量和计谋。
这位天使长说了许多狂妄的话,
他自以为凭借自己的膂力,可以
在天国建立更强大和高贵的王位;
他扬言要在西方和北方开始建造
王宫,并宣称他将不再满足于
依附上帝的统治。(《创世记》B 文本,268—277)

尽管这儿的描写尚欠细腻和优雅,古英语诗歌中的魔鬼却选择了同样的"欺诈"和"伪装"策略来进行诱惑及鼓动。但不同于弥尔顿笔下"对圣子/深怀嫉恨"(fraught /With envy against the Son of God, *P. L.* V, 661—662)的撒旦,魔鬼在古英语诗歌中只是被刻画成一位不忠的封臣,拒绝侍奉昔日的领主——"他……卑鄙无耻地背叛了主人,/并用恶意中伤和狂言来伤害后者。/他不愿继续侍奉上帝"(《创世记》B 文本,261—264)。①

《失乐园》第九卷的诱惑一场是整个圣经故事的核心,撒旦的巧妙骗术在那儿得到鞭辟入里的描述。这位"欺诈的巧匠"结合了伪装的外表和高深莫测的谬论,来实现引诱人类堕落的目的;正如撒旦后来在万魔殿里自夸的那

---

　　① "He... set himself up against his Master, resorted to malicious talk and boasting against him. He would not wait upon God." 圣子并没有出现在这首古英语诗歌中。

样:"我借用了蛇的兽形/去欺骗人类:我所怀有的只是/敌意"(... the brute serpent in whose shape / Man I deceived; that which to me belongs, / Is enmity, X 495—497);以及"我用诈术把他[人类]/骗离了创世主,更使你们惊讶的是/我只用了一个苹果"(... him [man] by fraud I have seduced / From his creator, and the more to increase / Your wonder, with an apple, X 485—487)。

的确,就是这个看来并不起眼的苹果(the fruit / Of that forbidden tree, I 1—2)造成了人类的堕落,并把死亡带到了世间。可是诱惑者是如何做到这一点的呢?《圣经》对此的叙述简洁而又明了,撒旦只是骗夏娃说人吃了禁果也不会死;她就轻易地相信了这种说法:

> 耶和华神所造的,惟有蛇比田野一切的活物更狡猾。蛇对女人说:"神岂是真说不许你们吃园中所有树上的果子吗?"女人对蛇说:"园中树上的果子,我们可以吃;惟有园当中那棵树的果子,神曾说:'你们不可吃,也不可摸,免得你们死。'"蛇对女人说:"你们不一定死,因为神知道,你们吃的日子眼睛就明亮了,你们便如神能知道善恶。"于是,女人见那棵树的果子好做食物,也悦人的眼目,且是可喜爱的,能使人有智慧,就摘下果子来吃了;又给她丈夫,她丈夫也吃了。[1]

但在《失乐园》中,弥尔顿补充了大量细节,精心描绘了撒旦的外部伪装及对真理的歪曲。例如当撒旦第二次进入伊甸园时,他就在重新考虑如何伪装自己,并很快决定"最适用于/他计谋的"工具便是蛇(which of all / Most opportune might serve his wiles, IX 84—85)。诗中详细描述了撒旦如何遍索山野,搜寻他所想要的那条蛇,以及他如何占有了这个狡猾的生物。当恶魔从蛇的口里钻进去,占据的它心胸时,后者的酣睡竟然未曾被打断:

> ... In at his mouth
> The Devil entered, and his brutal sense,
> In heart or head, possessing soon inspired
> With act intelligential; but his sleep

---

[1] 《新旧约全书·创世记》,南京:中国基督教协会,第3章,第1—6页。

Disturbed not... (187—191)

　　……从蛇的口里
魔鬼钻了进去,并很快就占据了
蛇那兽性的感官、心脏和指挥
其行动的头脑;但是并没有将它
从睡梦中惊醒……(187—191)

这条中了魔法的蛇显然具有两重性:弥尔顿一方面对它进行了道义上的谴责,称它为"恶魔"(the Evil One, 463)、"人类的敌人"(the Enemy of Mankind, 494),并诅咒它的"蛇舌"(serpent tongue, 529)和"欺诈性诱惑"(fraudulent temptation, 531);但另一方面,诗人又刻意强调它迷人的伪装:那高高昂起的头,"红宝玉般的眼睛"(carbuncle ... eyes)和"金碧辉煌的头颈"(burnished neck of verdant gold, 498—501):

　　Pleasing was his shape
And lovely; never since of serpent kind
Lovelier.... (503—505)

　　它的形体悦目
而又可爱,从那以后再也没有见过
如此迷人的蛇(503—505)

然而这条蛇最迷人的特点在于它思维和说话的能力。夏娃在听到这奇妙生物的声音时惊异万分:"这是怎么回事? 人的语言/竟出自兽类之口,并能表达思想?"(What may this mean? Language of Man pronounced /By tongue of brute, and human sense expressed? 553—554)这一切都是撒旦为了引诱人类堕落而设下的圈套,夏娃正是由于对这不寻常事物的好奇心而落入圈套:她急切地要求蛇对此做出解释:

　　How cam'st thou speakable of mute, and how
To me so friendly grown above the rest
Of brutal kind that daily are in sight?
Say, for such wonder claims attention due. (563—566)

　　作为兽类你怎能开口说话? 为何
你对我如此友善,超过了那些

我每天都能遇见的林间野兽?
你究竟怎么解释这件神奇的事。(563—566)

撒旦则以曲意奉承开始了他对夏娃的引诱:她被称作"天仙"(celestial beauty)和"女神"(goddess,547),以及"这美丽世界的女王"(Empress of this fair world,568)。这种溢美赞辞在他称夏娃为"当之无愧的万物主宰和宇宙女皇"(612)时达到了高潮:

> But all that fair and good in thy divine
> Semblance and in thy beauty's heavenly ray,
> United I beheld—no fair to thine
> Equivalent or second; which compelled
> Me thus, though importune perhaps, to come
> And gaze, and worship thee of right declared
> Sovran of creatures, universal Dame! (606—612)

然而所有的美丽和善良全都在
你的神圣形象和天使般光辉中
融为了一体——没有任何美貌
可以与你相比拟,它驱使着我
不顾礼仪廉耻,如此近距离地
凝视着你,并将你顶礼膜拜为
当之无愧的万物主宰、宇宙女皇!(606—612)

在整个诱惑过程中,撒旦都引诱夏娃把自己看作是高于凡人的女神或天使;只有通过这种虚幻的渴求,才能把她引上歧路去违背上帝的命令。夏娃果然上了当:她变得更为惊奇和"轻率"(unwary,614)。

按鲁思·莫尔(Ruth Mohl)的论点,撒旦在《失乐园》中对夏娃的奉承,还有他在《复乐园》里对基督的吹捧(III 7—30)及基督对于使臣的蔑视(IV 122—125),都反映出"弥尔顿对于为追求私利而迎合别人的虚假恭维深恶痛绝",因为诗人在其摘录本中"关于奉承"这一小标题下记录了卡纽特王(King Canute)斥责溜须拍马者的熟悉故事。[①] 当我们将古英语《创世记》中

[①] Ruth Mohl. *John Milton and His Commonplace Book*. New York: Frederick Ungar Publishing Co., 1969, p.54.

的诱惑场面跟弥尔顿在《失乐园》第九章中上述场景的描述比较一下的话，就不难看出莫尔的说法是可以成立的。

在古英语诗歌中，魔鬼替身欺骗夏娃的谎言可分为三个层次。在更为警觉的亚当面前碰了钉子以后，诱惑者就试图使夏娃相信他是上帝的使者或代言人。他软硬兼施，做到了这一点：先是凭借巧妙的伪装——"我不像是个魔鬼"(ne eom ic deofle gelic, 581)，后又威胁说如果亚当和夏娃不肯相信他，上帝就会迁怒于他们。紧接着，他又保证夏娃吃下苹果以后就可以看到人间所没有的东西，甚至包括上帝的宝座；这样她就可以获得天主的恩惠。另一个好处就是一旦她变得聪明，便可以更好地管束丈夫亚当。古英语诗人直截了当地揭穿了魔鬼的欺诈：

> Lædde hie swa mid ligenum and mid listum speon
> idese on þæt unriht, oð þæt hire en innan ongan
> weallan wyrmes geteaht, ...(*Genesis B*, 588—590)
> 他就这样用谎言和狡诈来引诱她，
> 对这个女人竭尽哄骗之能事，直至
> 毒蛇的思想开始在她心里逐渐形成……(《创世记》B 文本, 588—590)

弥尔顿的撒旦在引诱夏娃尝禁果时采取的方式略有不同，但他的言辞同样华而不实。一旦用恭维解除了夏娃的思想武装以后，他便开始暗示上帝的禁令也许是对她勇气或"美德"的一种考验：

> ... will God incense his ire
> For such a petty trespass, and not praise
> Rather your dauntless virtue, whom the pain
> Of death denounced...? (*P. L.*, IX 692—695)
> ……难道上帝会为了这
> 小小的过失大发雷霆，并以死刑
> 对你进行谴责和恐吓，而是不称赞
> 你大无畏的美德？"(《失乐园》, IX 692—695)

正如燕卜荪(William Empson)所指出的那样，撒旦有意曲解了上帝的禁令,以便使夏娃感到"关于这个谜语的答案必定是上帝要她去吃那个苹果"。①

但事情到这儿还没有完。撒旦接着又暗示上帝的命令也许是出于自私和嫉妒,其目的是为了保住自己的地位。唯恐夏娃仍未被说服,恶魔又进一步把上帝所判的死刑曲解为一种升华:它只是使人脱去人性,而变为神。最后,撒旦还竭力争辩说吃苹果的过失微不足道,因为"你们的知识对上帝有何害处?/他的树又怎能违反他自己的意志?"(What can your [Eve's] knowledge hurt him, or this tree /Impart against his will if all be his? 727—728)

上述这些理由,假如联系起来仔细考虑的话,是不连贯,不合逻辑和自相矛盾的;然而将它们孤立起来单独地看,却又显得十分逼真和雄辩,至少对于思绪波动,方寸已乱的夏娃来说确实具有这种效果:

  ... and in her ears the sound
Yet rung of his persuasive words, impregned
With reason, to her seeming, and with truth... (IX 736—738)
  ……在她的耳朵里
回响着他那巧妙的言词,充满了
理由,在她看来似乎蕴藏着真理……(IX 736—738)

况且这些欺骗性的论点还得到了藏身于蛇内的撒旦这一荒谬现实的证明。面对这个中了魔法的绝妙生物,夏娃终于被魔鬼的诱惑所折服:

How dies the serpent? He hath eaten and lives,
And knows, and speaks, and reasons, and discerns,
Irrational till then. ...
...
Here grows the cure of all, this fruit divine,
Fair to the eye, inviting to the taste,
Of virtue to make wise: what hinders then
To reach, and feed at once both body and mind? (IX 764—779)

---

① William Empson. *Milton's God*. London: Chatto & Windus, 1961, p.159: "... the answer to this elaborate puzzle must be that God wants her to eat the apple."

>这蛇为何不死？它吃了却还活着，
>懂事理，会说话，而且能掐会算，
>之前它并没有理智……
>……
>看来这真是能治百病的神圣果实，
>赏心悦目，招人食欲，而且还有
>使人聪明的效力：人们又何妨不
>伸手摘来直接滋养身体和心灵呢？（IX 764—779）

正如我们在古英语《创世记》B 文本中所已经看到的那样，毒蛇的思想，带着它所有的谎言和狡诈，开始在夏娃的头脑里逐渐形成。

第四节　撒旦的诡辩和伪善

对夏娃的诱惑一场为撒旦的伪善和作假手段提供了最有力的证明；弥尔顿笔下的魔鬼就是依靠这些伎俩为自己树立了一个虚假的形象。他坐在金碧辉煌的战车上，"威严如神明"（exalted as a god, VI 99）；但诗人马上就指出，他只是一尊"神圣天主的偶像"（idol of majesty divine, 101）。正如阿基马戈那位制造偶像的魁首，撒旦也是处心积虑地用假象将他人引入歧途。① 然而，无论其伪装如何狡诈和隐蔽，偶像制造者的真实面目迟早总要被揭露；何况弥尔顿在其政论文中表现出他是一位经验丰富的"偶像破坏者"（"Image-breaker"）。这里简单回顾一下他在那些小册子中是如何打破偶像的，也许能有助于我们对撒旦这个人物的理解。

1649 年，查理一世被处决以后不久，社会上便出现了一本为国王鸣冤叫屈的书，题为"圣王的肖像"（*Eikon Basilike*），流毒甚广。"这是一部矫揉造作的感伤杰作，一部忧郁而虔敬的冥思祈祷文集，据说是出自前国王本人之手……其实这部尊崇查理国王的虚构之作是由一名叫约翰·高登博士（Dr. John Gauden）的王党主教秘密撰写的。作者最终承认该书是他写

---

① C. 希尔指出，撒旦在引诱夏娃时所使用的语言（《失乐园》，IX 532—534）令人联想起骑士爱情诗中的偶像崇拜。

的。"① 为了揭露王党宣传的虚伪性,英国国会委托弥尔顿写文章回击"对前国王的偶像崇拜"(idolized meditations of the late King)。② 于是便产生了弥尔顿一篇著名的政论文《偶像破坏者》。

由于篇幅的关系,我们不可能在这儿涉及这篇长文中的所有精辟论断,但其中两点跟《失乐园》中撒旦的诡辩和伪善有直接的联系。首先,弥尔顿揭穿了关于查理国王殉教的拙劣神话,指出《圣王的肖像》"在虚伪和邪恶的前提下得出了许多动人和虔敬的结论,以此来欺骗不善于觉察这种自相矛盾的普通读者"③。如前所述,撒旦就是利用同样的策略来诱使夏娃吃禁果的。同时弥尔顿还一针见血地指出,国王靠虚伪的做作和表演来博得人们廉价的眼泪。

在揭露国王所谓"虔敬"(piety)和"殉教"(martyrdom)的虚假本质时,弥尔顿引用了莎士比亚戏剧中的一个人物作为例子:

> ……有些以前十分注意恪守礼节的英国人甚至把最虔敬的词语塞到一个暴君的口中……威廉·莎士比亚所塑造的理查三世满嘴的仁义道德和修身养性,跟此书中一些段落颇为相似,有些话听来竟如出一辙:"我想要满足的,"他说,"不仅有我的朋友,而且还有我的敌人。"④

这种比较具有重要的意义:它既表明了英国文学传统对于弥尔顿思想的巨大影响,同时又戏剧性地说明了虚伪这一抽象的概念。两年后,弥尔顿在《为英国人民声辩》中继续阐发了这同一个主题。他对暴君的本质重新举例作了说明:"暴君就像是舞台上的国王,是一位戴着面具的人在戏里扮演国王,他并不是真正的国王"(For a tyrant is but like a king upon the stage, a man in a vizar, and acting the part of a king in a play, he is not really a

---

① Parker, W. R. *Milton*: *A Biography*. Vol. I. Oxford: The University Press, 1968, pp. 360—361.

② 《都市信使报》,第 3 期,1640 年 6 月 6—13 日。援引自《约翰·弥尔顿的生平记载》,J M 弗伦奇编,II,1949—1958 年,第 225 页(J. M. French, ed. *The Life Records of John Milton*. Vol. 2. New Brunswick, New Jersey: Rutagers University Press, 1949—1958, p. 225)。

③ Douglas Bush et al., eds. *Complete Prose Works of John Milton*. Yale ed., vol. III, p. 373.

④ Ibid., p. 361.

king.）。①

　　撒旦就是这么一个"戴着面具"的人物，利用假象和诡辩来扮演他的各种角色。对于这种骗子该如何揭露呢？回答很简单：摘掉他的"面具"及驳斥他的谎言。弥尔顿在《偶像破坏者》中对查理一世就是这么做的，在而后两篇著名的政论文中，他对沙尔马修（Claudius Salmasius）和摩路斯（Alexander Morus）也是这么做的。《失乐园》当然不会例外，我们看到魔鬼"虚假的光辉"（false glitters）在诗中一些戏剧性的场面中多次被揭穿，无论是在形体上还是在口头上。

　　在弥尔顿的史诗中有两个戏剧性的场面，很贴切地反映出了撒旦的虚伪本质。例如在第六卷中，诗人特意安排"身裹金刚石和黄金盔甲"（armed in adamant and gold, 110）的撒旦和忠诚于上帝的天使亚必迭在两军对垒的阵前进行了一场决斗。乍看起来，双方的实力十分悬殊：当"高傲的劲敌用轻蔑的目光斜视"（the grand foe with scornful eye askance, 149）对方，夸口要让他尝尝厉害时，读者着实为后者捏了一把汗。然而两者刚一交手，形势便急转直下。在亚必迭的英勇攻击下，撒旦像泥足巨人一般倒了下去：

　　　　　　…ten paces huge
　　He back recoil'd, the tenth on bended knee
　　His massy Spear upstay'd. (193—195)
　　　　　　……他踉踉跄跄
　　向后倒退了十步，到第十步处，
　　才终于用重矛支撑住了屈膝。（193—195）

亚必迭的奋力一击足以揭示出恶魔在外表掩盖下的虚弱本质。关于这一点，我们在下一章中还要进行更加详细的分析。

　　另一个细节更具有象征性和发人深省。在《失乐园》的第四卷中，天使长尤烈儿告诫另一位天使长加百列（Gabriel）说，有一个魔鬼扮成善良天使偷偷闯进了伊甸园；当守卫乐园的天使卫兵们对入侵者进行搜捕时，他们发现撒旦正蹲在夏娃的耳旁施展巫术：

　　Him thus intent Ithuriel with his Spear

---

① Robert Fletcher, ed. *The Prose Works of John Milton*. London: Henry G. Bohn, 1896, p. 346.

第二章 "狡诈的诱惑者"

Touch'd lightly; for no falsehood can endure
Touch of Celestial temper, but returns
Of force to its own likeness, up he starts
Discover'd and surprised. (810—814)

伊修烈见此情景，便举起长矛
轻轻地触了他一下；因为无论怎样
伪装的东西，一经神器的接触，
便会立刻恢复原貌。撒旦惊跳起来，
顿时现出了原形。(810—814)

这儿的描写酷似斯宾塞《仙后》第一卷中的一个类似场景，在那儿虚伪的魔法师阿基马戈装扮成红十字骑士的模样，陪伴乌娜外出旅行，在路上偶尔跟异教骑士"无法"(Sansloy)狭路相逢。后者为了给已死的兄弟"无信"(Sansfoy)报仇，凶恶地直奔那位假扮的红十字骑士而来：

... that proud Paynim forward came so fierce,
And full of wrath, that with his sharp-head speare
Through vainely crossed shield he quite did pierce,
And had his staggering steede not shrunke for feare,
Through shield and bodie eke he should him beare:
Yet so great was the puissance of his push,
That from his saddle quite he did him beare:
He tombling rudely downe to ground did rush,
And from his gored wound a well of bloud did gush. (*F. Q.*, I iii 35)
……那位骄横的异教骑士纵马疾驰，
怒气冲冲，用他长矛的尖锐枪头
几乎完全穿透了假冒的十字盾牌，
若非战马出于恐惧而躲闪了一下，
他本来可以将对手的身体也刺穿。
这奋力一击的推力竟是如此之大，
使得对手从马鞍上面跌落了下来。
阿基马戈轰然地瘫倒在了地面上，
鲜血从他豁开的伤口处喷涌出来。(《仙后》, I iii 35)

"无法"骑士为杀死对手,满足了他誓为"无信"兄弟报仇的夙愿而感到高兴,但是上前仔细一看,他却厌恶地看到了"老阿基马戈白发苍苍的头颅"(同上书,38)。

同样,妩媚的杜埃莎也在诗歌作品中两次被剥下了画皮。第一次只是她原先的情人弗拉杜比欧(Fradubio)的口头揭露(《仙后》I ii 42),第二次却是杜埃莎这位外表看上去姿色迷人的女巫被当场剥去了伪装:

… that witch they disaraid,
And robd of royall robes, and purple pall,
And ornaments that richly were displaid;
Ne spared they to strip her naked all.
Then when they had despoild her tire and call,
Such as she was, their eyes might her behold,
That her misshaped parts did them appall,
A loathly, wrinckled hag, ill fauoured, old,
Whose secret filth good manners biddeth not be told. (F. Q., I viii 46)

……他们剥去了女巫的外衣,
华丽的绸袍和紫色的羊毛斗篷,
以及雍容华贵的各种外部装饰;
其余部分也全都剥了个精光。
然后,当那位女巫赤身裸体地
暴露在众人的目光注视之下时,
她那畸形的身体惊骇了大家:
面目可憎的巫婆,丑陋而衰老,
她的隐秘污秽令人无法描述。(《仙后》,I viii 46)

迷人的女巫被剥下伪装这一鲜明意象使读者生动地联想到撒旦在伊甸园中被护卫天使们当场捉住的尴尬处境。斯宾塞借乌娜之口为女巫的现形做了如下结论:

Such then (said Vna) as she semeth here,
Such is the face of falshood, such the sight
Of fowle Duessa, when her borrowed light
Is laid away, and counterfesaunce knowne. (F. Q., I viii 49)

(乌娜说道,)她现在这副模样

> 就是虚伪之本来面目,一旦
> 失去借用的光辉,伪装被揭穿,
> 杜埃莎的丑恶原形便暴露无遗。(《仙后》,I viii 49)

就像我们在上述场景中所看到的那样,杜埃莎"借用的光辉"(borrowed light)在撒旦"借用的面具"(borrow'd visage,《失乐园》IV 116)上得到了折射。

类似的平行描写也见于对于魔鬼狡辩的当面驳斥。在《失乐园》第五卷中,撒旦摇唇鼓舌地号召天使们起来反对上帝的"暴政";然而他的高谈阔论被亚必迭所打断。后者言之凿凿地谴责恶魔忘恩负义,歪曲了真相:

> O argument blasphemous, false and proud!
> Words which no eare ever to hear in Heav'n
> Expected, least of all from thee, ingrate,
> In place thy self so high above thy Peeres.
> ... unjust thou sayst,
> Flatly unjust, to binde with Laws the free,
> And equal over equals to let Reigne,
> One over all with unsucceeded power. (*P.L.*, V 809—821)

> 啊,你这亵渎的论调既虚伪又骄横!
> 在天国谁也不会听信这样的言论,
> 尤其是像你这样忘恩负义的家伙,
> 论地位你已远远超过了你的同辈。
> ……你这样说不公道,
> 简直颠倒黑白,岂有法律束缚自由,
> 让同辈人统治同辈人的道理呢?
> 上帝握有统治天国的永恒大权。(《失乐园》,V 809—821)

在古英语诗歌《埃琳娜》(*Elene*)中,"那位欺诈的恶魔"(898)也对弥赛亚进行了同样的攻击,指责后者从他手里剥夺了所有的权力:

> Feala me se hælend hearma gefremede,
> niða nearolicra, se ðe in Nazare
> afeded wæs. Syððan furtum weox
> of cildhode, symle cirde to him

æhte mine. Ne mot ænige nu
riht spowan. (911—916)
在拿撒勒长大成人的救世主,
给我造成了众多的伤害。
他乳毛未干,就想来抢夺
我多年积聚的权力和财产。
结果就造成了我不能继承
本该是我的东西。(911—916)

此时,我们又看到新近皈依基督教的犹大(他现在也是上帝的忠实侍奉者)挺身而出,对魔鬼貌似正确的谎言作了有力的驳斥,同时还嘲笑了他背叛上帝的愚蠢行动:

Ne þearft ðu swa swiðe, synna gemyndig
sar niwigan ond sæca ræran,
mor res manfrea, ...
　　　　... Wite ða þe gearwor
þæt ðu unsnyttrum anforlete
leohta beorhtost ond lufan dryhtnes, ... (939—951)
你满怀鬼胎,装着一肚子的坏水,
没理由装出一幅苦大仇深的模样,
你这丑恶的罪孽之王……
　　　　……你心知肚明,
正是出于你自己的骄矜和愚蠢,
才失去了天国的光辉和上帝的恩宠……(939—951)

这些不同作品中的类似描写并非纯粹出于偶然。它们强烈暗示出弥尔顿在描写圣经题材时所受早期英国文学中传统模式的影响。通过研究《失乐园》中的魔鬼形象和英国文学传统,使我们逐步认清弥尔顿史诗创作的特定文学背景对于我们理解作品的主题和人物具有很大的帮助。只有在与其他早期英国文学作品的不断比较中,我们才能真正懂得为什么诗人断言撒旦的超凡魅力和动人言辞只是"徒有其表,并无实质"(bore/Semblance of worth, not substance, P. L., I 528)。弄清了这一点,就为我们进一步分析撒旦的其他性格特征铺平了道路。

第三章 "为何最虚弱的反显得最英勇？"

正是由于撒旦的虚伪和狡诈，使得许多人都被他的外表形象所蒙蔽，从而误认为他是一位反抗暴君和追求民主、平等和自由的勇士和英雄。弥尔顿以细腻的笔法表现了撒旦作为一名强有力叛逆斗士的姿态与他虚弱本质之间的差别。然而要真正认清这种微妙的差别，我们仍然需要对于英国文学传统中的一些惯例进行深入的阐发，并且将撒旦作为一名异教武士的形象跟圣子的英雄形象进行一番对比。

第一节 撒旦的异教武士形象

《失乐园》中撒旦另一个最引人注目的形象特征就是其尚武精神。在诗的前半部分，他被刻意描绘成一位叛逆天使的"强大首领"（mighty chief，I 566）和"威严统帅"（the dreadful commander，I 589）。与其名字的希伯来语原意相符，撒旦确实是作为一名"强敌"（Adversary，I 629），妄图"用暴力或计谋来进行永恒的战争"（wage by force or guile eternal war，I 121），以跟上帝一争高低。弥尔顿描写撒旦及其追随者的意象大都取之军事环境，如头两卷中撒旦重新召集残兵败将的段落描写生动有力，而在第五、六卷中，天国的恶战又得以大书特书。

诗人显然有意对诗中撒旦和基督这两个人物形象进行了平行比较。"身束全能的武器，/虎腰佩带宝剑"（Almighty arms /Gird on, and Sword upon [his] puissant Thigh, VI 713—714）的圣子以堂堂武将的形象出现在战场上，其威仪被刻画得淋漓尽致：

> He in celestial panoply all armed
> Of radiant urim, work divinely wrought,
> Ascended, at his right hand Victory
> Sat, eagle-winged, beside him hung his bow

And quiver with three-bolted thunder stored,
And from about him fierce effusion rolled
Of smoke and bickering flame, and sparkles dire
Attended with ten thousand thousand saints... (VI 760—767)

他用天国的盔甲全身披挂停当,
其甲胄用璀璨宝石精制而成,
昂然屹立在战车上;右边坐着
长有鹰翼的"胜利",身旁挂着弓,
箭囊内存放三次连发的万钧雷霆,
他周围弥漫着浓密的滚滚硝烟,
以及闪烁的火焰和四溅的火星,
身后还跟随着无数天国雄兵……(VI 760—767)

这一奇妙的场景与前面描写撒旦出场的段落互成呼应;而那位叛逆首领的亮相一场也同样壮观和富有戏剧性:

High in the midst exalted as a god
The apostate in his sun-bright chariot sat
Idol of majesty divine, enclosed
With flaming cherubim, and golden shields;
...
Satan with vast and haughty strides advanced,
Came towering, armed in adamant and gold... (99—110)

这位变节者高高地坐在他那
像太阳一般辉煌的战车中央
俨然是一个威严神明的偶像;
四周辉映着金光闪烁的盾牌
和浑身喷射着火焰的众天使。
……
撒旦身裹金刚石和黄金的盔甲,
高视阔步象高塔一样昂然而来……(99—110)

作为"威严神明的偶像",撒旦的姿态确实非同寻常。在随后的激战中,这位昔日的天使长表现出了超人的勇气和力量;他的狡诈和随意改变形体

第三章 "为何最虚弱的反显得最英勇?"

的能力无疑增强了他的战斗力。此外,他那支纪律严明的行旅在武力上远远超过了人类历史上最强大的军队。这一切都似乎表明撒旦是一位英雄:甚至在上帝宣称要"凭功绩"把圣子举上高位之前,弥尔顿就已告诉读者,撒旦也是"凭功绩/登上恶势力的高位"(by merit rais'd /To that bad eminence,55—56)。

撒旦这种暧昧的功绩在评论家中曾引起过激烈的争论。激进的"撒旦派"评论家当然不会放过任何一个机会来称颂这位叛逆首领,将他描绘成敢于藐视上帝"暴政"(tyranny)的革命英雄。就连伍德豪斯这样一些保守的基督教评论家也觉得必须承认撒旦是一位"史诗英雄"(epic hero)。伍德豪斯试图将魔鬼的举止解释为"异教英雄主义"(pagan heroism),[1]但他所谓的"异教"(pagan)几乎完全是指荷马和维吉尔的古典史诗,而《失乐园》中根深蒂固的英国文学传统则完全受到忽视。

这种对英国文学传统的普遍漠视造成了一些误解。人们通常认为撒旦及其追随者们"不挠的意志"(1 106)是来自清教徒革命者的不屈精神。弗里曼(J. A. Freeman)在《弥尔顿与尚武的缪斯》(*Milton and the Martial Muse*,1980)中依然认为撒旦和叛逆天使们的军事行为从各种标准来判断都堪称楷模,完全可能是借以形容克伦威尔及其新模范军的(第 208—209 页)。然而这种将撒旦与特定历史人物对号的做法很容易将读者引入歧途。在弥尔顿的史诗中可找出许多自相矛盾的这方面细节,例如希尔就曾指出过撒旦与被弑国王查理一世之间的某些类比:他们都是从北方发难,挑起战争的;撒旦使三分之一的天使堕落成为他的追随者,而查理一世恰好受到了三分之一国会议员的支持;还有天国大战前两天的情形类同于 1642—1643 年那段时期,而第三天形势急转直下,就像是 1644—1645 年间。[2] 这种猜测跟弗里曼的一样都过于牵强。弗里曼宣称《失乐园》交织了两个传统:其一是赞颂武士;其二是鞭挞魔鬼"(第 220 页)。这儿只说对了一半;而当他武

---

[1] A. S. P. Woodhouse. *The Heavenly Muse*: *A Preface to Milton*. Toronto: University of Toronto Press, 1972, p. 209. "Pagan heroism is heroism built on the basis of pride, of a sense of personal honor, of egoism. Christian heroism is built on the service of God. Let us be quite clear that Satan is heroic, but with a pagan heroism: he has courage, daring, fortitude, and prowess; though even these he loses at last."

[2] Christopher Hill. *Milton and the English Revolution*. London: Faber and Faber, 1977, pp. 371—372.

断地认为弥尔顿把叛逆天使描绘成武士是一种"创新手法"(第 69 页),及以前"从未有过重要的先例"(第 63 页)时,他就大错特错了。

为了说明这一点,让我们再一次回到《失乐园》的文本。撒旦在诗中首次登场时就是一位金刚怒目的赳赳武夫:

> ...his ponderous shield
> Ethereal temper, massy, large and round,
> Behind him cast; the broad circumference
> Hung on his shoulders like the Moon...
> His Spear, to equal which the tallest Pine
> ...were but a wand... (I 284—294)

> ……他那原先在天庭
> 铸就的沉重盾牌,坚厚,庞大,而圆满,
> 把这个宽阔的圆形巨盾背在身后,
> 就好像把一轮明月挂在他的双肩
> ……
> 可用作战舰桅杆用的参天巨松,
> 跟他的长矛相比也不过是小棍。(I 284—294)

"就凭这个盾牌",布罗德本特(J. B. Broadbent)在《论〈失乐园〉的某些严肃主题》(*Some Grave Subjects*: *An Essay on Paradise Lost*, 1960)中一锤定音,"撒旦这位史诗英雄便远胜于戈里亚斯和阿喀琉斯"(第 73 页)。但这个结论下得未免有点过于轻率:须知武器精良和体格魁伟并非"史诗英雄"的唯一标准。试看斯宾塞笔下的反面人物奥戈格里欧(Orgoglio),其"致命的狼牙棒"(mortall mace)便大得吓人,犹如"一株歪斜不整的橡树"(a snaggy oak, *F. Q.*, I vii 10);还有弥尔顿本人对那些"好战而凶猛的面孔,/胆大妄为,骨骼高大的巨人们"(Giants of mighty Bone, and bould emprise, *P. L.*, XI 641—642)所进行的抨击。将弥尔顿的撒旦跟《仙后》中的"无信"三兄弟比较一下,可能会有助于我们理解这一问题。斯宾塞对"无信"是这样描述的:

> A faithlesse Sarazin all arm'd to point,
> In whose great shield was writ with letters gay
> Sans foy: full large of limb and euery ioint

第三章 "为何最虚弱的反显得最英勇?"

He was, and cared not for God or man a point. (F. Q., I ii 12)
一位奸诈的异教武士全身披挂,
巨型的盾牌上绘制着花体大字——
"无信":他体格魁梧,骨骼庞大,
对上帝和人都并无丝毫的畏惧。(《仙后》,I ii 12)

他的兄弟"无法"也是"全副武装,跨着高头大马"(Full strongly armed, and on a courser free)——"他目光严厉,似乎总在威胁人们/要进行残酷的报复"(His look was stern, and seemed still to threat /Creul reuenge..., I iii 30)。还有最后一位"无乐"(Sansjoy):

... an errant knight in armes ycled,
And heathnish shield, wherein with letters red
Was writ Sansioy, ...
Enflam'd with fury and fiers hardy—hed,
He seemed in hart to harbour thoughts vnkind,
And nourish bloudy vengeaunce in his bitter mind. (I iv 38)
……一位全副武装的游侠骑士
手提异教盾牌,上书猩红大字,
号曰"无乐"……
他怒气冲天,好似凶神恶煞一般,
仿佛头脑里蕴藏着邪恶的思想,
心里总是盘算着血腥的复仇"。(I iv 38)

正如我们在斯宾塞的《仙后》中所看到的那样,这三位恶魔都是武装到牙齿的巨人,手里都持有巨盾,长矛和大刀,它们正是哈里法(Harapha)在《力士参孙》(Samson Agonistes)中所吹嘘的那种"辉煌的武器"(glorious arms, 1130)[①]。

值得注意的是斯宾塞始终如一地把"无信"三兄弟称作"异教徒"

[①] 从英国广播公司第二电视台的一个节目(约翰·罗伯特评论世界历史的第四部分,"西方的胜利",1989年2月12日18点30分)中,我有幸目睹了奥斯曼帝国土耳其人的大刀,其形状颇为骇人。

(paynim),①因为弥尔顿在把撒旦及其追随者比作"精于格斗/或骑马投枪的异教武士精英"(the best of paynim chivalry /To mortal combat or career with lance, I 765—766)时,正是用了"paynim"这个词语。撒旦在《复乐园》中描绘壮观华丽的军事检阅时,再次使用了这个词:

... many Prowest Knights
Both Paynim, and the Peers of Charlemane,
Such and so numerous was thir Chivalrie. (P. R., III 340—342)
……许多最骁勇的武士
既有异教的,也有查理曼大帝的同辈人,
后者的骑士事迹不胜枚举,流传百世。(《复乐园》,III 340—342)

这儿我们面临着一个严肃的问题:这些"最骁勇的异教武士"(Prowest Knights, P. R., III 340)能否成为弥尔顿或斯宾塞诗歌作品中的英雄?我们认为回答是完全否定的。"无信"三兄弟尽管具有凶猛的外表和煊赫的武功,但他们在《仙后》中远远达不到英雄的标准。因为在文艺复兴时期英国文学作品中的英雄主义标准包含超量的德行,以区别于过度的恶行。魔鬼和异教武士的过人膂力和"辉煌武器"被他们的邪恶和道德沦丧所抵消。因此,他们对于"血腥复仇"(bloudy vengeaunce)的渴望只不过体现了一种野蛮性;而按照亚里士多德的理论,这正是用以衬托英雄美德的罪恶特征。②"无信"三兄弟是代表罪孽和邪恶的讽喻性人物。他们的名字("无信[仰]"、"无法[律]"、"无[欢]乐")反映出撒旦的内心特征,这决非出于偶然。在撒旦勇武的外表后面隐藏着恶意和残暴,就连他手下的叛逆天使也都是如此。当弥尔顿用激越高昂的史诗风格来铺写撒旦的"威武"之师时,他的十二名骁将却因一连串经过精心挑选的贬义词而受到诋毁。下面列出的这一组不祥字眼有助于我们重新认识这些野蛮的异教武士:首当其冲的亚扪人摩洛(Moloch)是一位"以人为牲,沾满血迹的可怕魔王"(I 392—393);

基抹(Chemos)是个为"摩押子孙所畏惧的诲淫之辈"(406),既"邪恶"(414)又"淫秽"(415),并显然跟"诽谤"、"凶杀"、"凶残淫逸"以及

---

① "Paynim"是斯宾塞爱用的一个词,在《仙后》中出现了25次以上。
② J. M. Steadman. *Milton's Epic Characters*. Chapel Hill: The University of North Carolina Press, 1968, pp. 24—25. 作者斯丹德曼对该问题有精辟的论述。

第三章 "为何最虚弱的反显得最英勇?"

"地狱"(417—418)联系在一起;

巴力(Baalim)和亚斯塔录(Ashtaroth)是既无性别又无形体的伪神和幽灵,"就像笨重的肉团:但可随时变形/或伸或缩,或明或暗"(428—429);

亚斯托勒(Astoreth)充其量只是个"妖艳的偶像崇拜者"(445);

塔末斯(Thammuz)用"淫邪的情欲"来勾引和"感染"叙利亚的少女(452—453);

大鯀(Dagon)是头具有"兽形"(459)的"海怪"(462),它的丑陋甚至使它自己的崇拜者都"觉得耻辱和畏惧"(464);

临门(Rimmon),另一位蔑视真神的妖怪,醉心于用"不洁的祭品"(464)来磕拜自己所征服的神祇;

俄赛里斯(Osiris),伊西斯(Isis),奥鲁斯这三位埃及神祇都"奇形怪状,长于妖术"(479),而且他们都呈"兽状"(487);

殿后的彼利(Belial)是堕落天使中最"荒淫"和"粗俗"(490—491)的一位;他的"罪孽"是"淫乐和暴力"(492),"酗酒横行"及"凶残的强奸"(502—505)。

这群五毒俱全的怪物竟能成为《失乐园》中的英雄,真是难以令人置信。上述描写倒是证实了《牛津英语大字典》中对"paynim"一词所下的定义:作为名词或形容词时,它意指"异教徒",尤其是"伊斯兰教徒"和"撒拉逊人"。这正是为什么斯宾塞称"无信"为"毫无信仰的撒拉逊人",以及为什么弥尔顿特意点明这十二名堕落天使后来都变成了东方异教徒崇拜的偶像(《失乐园》,Ⅰ 367—375)。①

通过把撒旦及其追随者描写成异教武士,弥尔顿诉诸了英国文学中一个根深蒂固的传统。菲尼亚斯·弗莱彻就曾以更露骨的方式探索过这个主题。他在《地狱魔王》(*Locusts or Apollyonists*, 1627)一诗中描写地狱加冕仪式时,直截了当地把魔鬼比作北欧海盗:

---

① P. L., Ⅰ 367—375: "... By falsities and lies the greatest part /Of Mankind they corrupted to forsake /God thir Creator, and th' invisible /Glory of him that made them, to transform /Oft to the Image of a Brute, adorn'd /With gay Religions full of Pomp and Gold, /And Devil's to adore for deities: /Then were they known to men by various Names, /And various Idols through the Heathen World."

143

> As where the warlike Dane the scepter swayes
> They crowne Usurpers with a wreath of lead
> And with hot steele... (*Locusts*, I 21)
> 正如好战的丹麦人所统治的地方，
> 他们给篡位者戴上铅制的王冠，
> 及用烧红钢铁煅成的王冠……(《地狱魔王》,I 21)

然而他最常用的类比还是奥斯曼帝国的土耳其人。该诗的第三篇章再次将魔鬼与异教徒的概念联系起来：

> Some fiends to Greece their hellish firebrands bring,
> And wake the sleeping sparks of Turkish rage;
> ...
> The (ah for pity) Muses now are slaves,
> Graces are fled to heav'n, and hellish Mohamet raves. (III 13)
> 有的魔鬼把地狱之火带进了希腊，
> 还唤醒了土耳其肆逆的沉寂火星；
> ……
> 缪斯(唉,真可怜)现在变成了奴隶，
> 美惠三女神逃回天国,可憎的穆罕默德恣意妄为。(III 13)

前者把撒旦称作"可憎的穆罕默德"，这在当时的英国诗歌作品中是司空见惯的，因为对于文艺复兴诗人来说，后者不仅是骗子，而且还是外来敌对势力的象征。① 菲尼亚斯·弗莱彻的长诗中涉及近代历史的这类引喻比比皆是，如：

> But Lucifer's proud band in prouder Spaine
> Disperse their troops: Some with unquench't ambition
> Inflame those Moorish Grandes, and fill their braine
> With subtile plots... (III 14)
> 路西弗的傲慢追随者们将大军散布在

---

① 1989 年在东西方掀起轩然大波的拉什迪事件看来只不过是这种中世纪西方偏见的一个回声。

第三章 "为何最虚弱的反显得最英勇？"

更为傲慢的西班牙，其中部分人煽动起
摩尔人首领的狂妄野心，并使他们的头脑
装满了阴险的计谋……（III 14）

弥尔顿笔下的"罪孽"（Sin）这一人物几乎肯定是来自弗莱彻的这首诗，①而把恶魔描写成异教武士的手法很难说会没有影响。但这并不意味着是弗莱彻或斯宾塞开创了这一文学惯例。早在兰格伦的《农夫皮尔斯》中，撒旦就曾是"上帝的骑士"（on of goddess knyghtes，C Text II 108），并以一位异教武士作为替身跟基督在耶路撒冷进行比武（C XXII）。古英语宗教史诗《圣安德鲁》反复称魔鬼的异教徒为"勇士"（hæleð 50）、"武士"（duguð，1270）和"侍卫"（þegnas, 43）。在古英语《创世记》B 文本中，作者这样描绘即将出发去引诱人类堕落的魔鬼替身：

Angan hineta gyrwan godes andsaca,
fus on frætwum, (hæfde fæcne hyge),
hæle helm on heafod asett and þone full heard geband,
spenn mid spangum...（442—445）
然后上帝的敌人开始披挂，
装束盔甲和兵器（他诡计多端），
他戴上隐秘的头盔，系好带扣，
并将它牢牢地缚住……（442—445）②

有这么多早期英国文学作品摆在我们面前，《失乐园》中撒旦的异教武士形象便是顺理成章，不足为奇了。

第二节 异教武士形象的渊源

尽管可以争辩说对宗教主题的尚武表现属于圣经和拉丁语文学的传

---

① 菲尼亚斯·弗莱彻，《地狱魔王》，I 10—11："地狱大门的守卫"是"罪恶"，/其形状不可名状，面目极其狰狞/……这是那条古蛇生养的第一位女人，/是由淫欲和习俗所养育的。"（Phineas Fletcher, *The Locusts*, I 10—11: "The Porter to th'infernall gate is Sin, /A shapelesse shape, a foule deformed thing... /... Of that first woman, and th'old serpent bred, /By lust and custom nurst,...")类似的描写还见于斯宾塞的《仙后》，I i 14。

② 在这首古英语诗歌中，撒旦被铁索锁在了地狱的底部。

统,但撒旦及叛逆天使作为异教武士的概念却是英国文学中的独特现象。在弥尔顿之前,没有任何一位希伯来或欧洲大陆诗人曾对撒旦作过类似的描写;①而在早期英国文学中,魔鬼的武士形象频频出现,人们对此已熟视无睹。

为说明这种独特性,我们有必要追溯一下该主题在圣经文学中的渊源。天国之战在《圣经》中只是隐约提及:"以赛亚书"称路西弗为"巴比伦王"(King of Babylonia),并说他是从天上坠落的"明亮之星"(bright morning star, 14:12);"以弗所书"中采用了上帝的盔甲这一隐喻:"穿戴上帝的盔甲,就能抵挡魔鬼的诡计"(Put on all the armour that God gives you, so that you will be able to stand up against the Devil's evil tricks, 6:11)。基督在"马太福音"中宣称他所带来的不是和平,而是"战刀"(a sword, 10:34);只有"启示录"才对天上的鏖战有一个粗略的勾画:

> 于是天上爆发了战争,米迦勒及其天使为一方,恶龙和他的天使为另一方;但恶龙被打败,天上再也没有其容身之处。这条恶龙,即那条叫魔鬼或撒旦的古蛇,曾经欺骗了整个世界。他被摔到了地上,还有他所有的天使。(12:7—9)

然而在这些叙述中,我们没有看到任何对于战争的具体描绘,而撒旦仍保持着恶龙的原始形象。

公元4世纪,西班牙诗人普鲁登蒂乌斯(Prudentius, 348—405)用拉丁语写了《灵魂的奋斗》(*Psychomachia*)。这首诗用圣战的方式讽喻性地描写了美德与恶行的斗争。诗中对于人格化善恶搏击的生动描写确实对中世纪欧洲戏剧和诗歌产生了很大影响。但由于拉丁语中的抽象名词都是阴性的,普鲁登蒂乌斯笔下的所有美德和恶行均属女性;这些巾帼女杰跟弥尔顿诗中的彪悍异教武士有着质的区别。

古英语宗教诗歌用独特的方式改写了《圣经》神话,以适应日耳曼英雄史诗的模式。其结果便成为一种部族间世仇的描写,而魔鬼们则披上盔甲,变成了异教武士。这种文学改编的主导思想反映在下面这段盎格鲁—撒克

---

① G. C. 泰勒在比较了《失乐园》和《创世周》这两首诗之后,不得不承认:《失乐园》第一、二卷中生动的撒旦形象,以及第六卷[天国之战]没有丝毫借鉴迪巴尔塔的痕迹(《弥尔顿对迪巴尔塔作品的运用》,坎布里奇:哈佛大学出版社,1934年,第72、85页)。

第三章 "为何最虚弱的反显得最英勇?"

逊人的格言之中:

> God sceal wið yfele...
> ...leaht sceal wiðystrum,
> fyrd wið fyrde, feond wið oðrum,
> lað wið laþe ymb land sacan,
> synne stælan. ("Maxims", II 50—54)
> 善必定跟恶相争……
> ……光明与黑暗决斗,
> 军队与军队鏖战,武士跟武士搏击,
> 仇敌必定跟对手争夺土地,你死我活,
> 采用暴力。(《箴言集》,II 50—54)①

于是我们便在古英语诗歌《圣格斯拉克》A 文本(*Guthlac A*)中看到了圣战的翻版;诗中魔鬼的凶猛劲旅跟上帝派来保护圣徒格斯拉克的天使军队之间展开了殊死的战斗。而圣徒本人也是一位"基督的士兵"(Cristes cempa, 262),但见刀光剑影,"尘嚣甚上","呐喊惊天"(Da wearð breahtm hæfen... wiðup astag..., 592—593)。在《圣安德鲁》(*Andreas*)一诗中,基督的十二位使徒被意味深长地称为"十二位名声显赫的武士,/主的侍卫"(twelfe under tunglum tireadige hæleð, / þeodnes þegnas, 2—3),基督本人则成了"天上的君主"(heofona heahcyning, 6)。另一方面,作为"魔鬼侍从"(deofles tegnas, 43)的默梅多尼亚人也是"尚武的民族"(hæleða eðel, 21),"凶恶的敌人"(hettend heorogrimme, 31),"嗜血的武士"(manfulra hloð, 42)。基督和魔鬼之间的圣战就这样被视为两个敌对部族间的纷争。诗中罗列的各种武器包括盾牌、剑、长矛、大刀等等。

在古英语《创世记》B 文本中,叛逆天使的变节受到盎格鲁—撒克逊伦理准则的谴责。诗中基督就像日耳曼部族的封建领主那样向他忠诚的侍卫提供保护和战利品;后者紧紧地团结在他周围。但这种特殊的关系被一位"体形魁伟,智谋过人"(swa swi ne geworhtne, / swa mihtigne on his modge ohte, 252—253),然而却被忘恩负义的天使所背弃:

---

① 这些在文艺复兴时期的英国仍是诗人喜爱的主题:如《失乐园》,VI 224:"军队与军队鏖战";《仙后》,I V 9:"一个是为了邪恶,/而另一个则为了正义而战。"

>   Lof sceolde he dryhtnes wycean,
> dyran sceolde he his dreamas on heofonum, and sceolde his drihtnetancian þæs leanes te he him on tam leohte gescerede—þonne lete he his hine lange wealdan.
> Ac he awende hit him to wyrsan þinge, ongan him winn up ahebban wiðþone hehstan heofnes waldend, þe siteð on tam halgan stole. (256—260)

> 他本理应
> 始终精诚效忠，服从圣主，
> 感激后者为他提供的恩惠……
> 但他却恩将仇报，挑动叛乱，
> 来反对位居宝座的天国君王。(256—260)

撒旦在这儿是一位居心叵测的佞臣，无耻地背叛了君主。这样他就违背了日耳曼部族社会中约定俗成的道德观念，放弃了侍臣的首要职责，并给自己钉上了耻辱柱。

基督教神学和日耳曼部族社会观念的这种奇异混合对于新近皈依基督教的盎格鲁—撒克逊人来说是十分自然的。因为改变信仰是一件微妙的事，要想指望人们在一夜之间改变思维方法是不现实的。英国早期的基督教使团对于这个问题采取了一种得体的方式：他们没有试图立即摧毁旧的异教传统和习俗，并代之以正统基督教的宗教体系和仪式。相反，他们力图在旧的概念中注入新的意义，使它们为基督教服务。一个有名的例子就是教皇格雷戈里(Pope Gregory)写给正在前往英国途中的修道院主持梅利特斯(Abbot Mellitus)的信：

> 该国崇拜偶像的寺院不应毁掉，而只需毁掉其中的偶像；在寺院中洒上圣水，设立祭坛，并放置圣骸。如果这些寺院坚固可靠，就必须把它们从尊崇魔鬼改造为侍奉真正的上帝。当地人看到寺院没有被毁，他们就会从心中除去谬误，了解并尊崇上帝。由于他们熟悉这些地方，也就会更愿意去。①

---

① 比德：《英国教会史》，第一卷，第 30 章（Bede. *The Ecclesiastical History of the English Nation*, Book I, Chapter 30）。

第三章 "为何最虚弱的反显得最英勇?"

这种温和而稳健的政策产生了深远的影响;而通过洒"圣水"和放置"祭坛","圣骸"来改造异教寺院的方法也同样隐喻性地运用于古英语诗歌之中。以《贝奥武甫》为例:这部典型的日耳曼英雄史诗中,零星的《圣经》故事被穿插在史诗情节之中,成了英雄传说的一部分。诗中的怪物格兰德尔(Grendel)被归入了该隐(Cain)的家族:

... se grimma gæst Grendel haten,

... him Scyppend forscrifen hæde

in Caines cynne—þone cwealm gewræc

ece Drihten, þæs þe he Abel slog;... (*Beowulf*, 102—108)

创世者将他跟该隐的后代

一起放逐——因为他杀死了亚伯,

永恒的主对谋害者进行了惩罚……(《贝奥武甫》,102—108)

而当贝奥武甫在怪物之母的"残忍魔掌"(grimman grapum, 1542)下挣扎时,正是上帝("神圣的上帝",1152;"智慧的上帝",1154;"天国的仲裁者",1555)在这危急时刻把他解救出来,并向他显示了墙上那把"古老而长大的宝刀"(eald-sweord eotenisc, 1558),贝奥武甫就是用此刀杀死了报仇心切的格兰德尔之母。诗中语汇带有浓郁的基督教色彩。贝奥武甫向赫罗斯迦显示残留的华贵刀柄时,诗人特意点明那上面刻着圣经中巨人反叛及其毁灭的故事。① 尤其耐人寻味的是格兰德尔这个角色反映出盎格鲁—撒克逊人对于魔鬼的看法。如上所述,这怪物被归属于该隐的后代。诗人把许多古英语中指称魔鬼的词用到了他的身上。他被反复称作"死亡的阴影"(deað-scua, 160)、"罪恶的幽灵"(werga gast, 1747)、"可怕的怪物"(atol æglæca, 1592)、"地狱里的死敌"(feond on helle, 1274),以及"上帝的仇敌"(godes andsaca, 786;1683)。格兰德尔不仅对人类横施暴虐,而且还"与上帝势不两立"(he [wæs] fag wið God, 811)。更为重要的是,作为"人类的敌人"(feond mancynnes, 164, 1276),这个怪物有时也被描述为人——"这个被诅咒的人"(wonsæli wer, 105)、"冷酷心肠的武士"(gromheort guma, 1682)。论武艺他当然是"超群的"(se mæra, 763);他的凶悍横暴也是远近闻名。贝奥武甫到来之前的十年中,他在丹麦飞扬跋扈,并未遇到过一个

---

① 参看《贝奥武甫》1688—1693 行。

敌手：

> Swa rixode ond wið rihte wan,
> Ana wið eallum, oð þæt idel stod
> husa selest.（*Beowulf*, 144—146）
> 就这样他横行霸道，蔑视法律，
> 以一当百，誓与丹麦君臣为敌，
> 直至豪华酒厅人去楼空。(《贝奥武甫》，144—146)

诗人还进一步告诉我们，他一意孤行，执迷不悟，拒绝与丹麦人谈判赎杀金。① 这些有声有色的细节描写为我们理解《失乐园》中的撒旦提供了很好的文学背景。

两种不同文化的影响往往是相互渗透的。一方面，基督教因素被吸收到异教英雄史诗的结构之中；另一方面，有些异教观念也逐渐转化为基督教的概念。"Wyrd"在古英语中原指操纵人生的无常命运；但在波伊提乌《哲学的安慰》(*The Consolation of Philosophy*)这一长诗的古英语译文中，它被解释为一位侍奉上帝的神祇。"Lof"原指靠膂力赢得的世俗声名，可在《航海者》(*The Seafarer*)这首诗中，它却是指以善行和勇气战胜魔鬼的德望：②

> Forton þæt bið eorla gehwam æfter cwetendra
> lof lifgendra lastworda betst,
> þæt he gewyrce, ær he on weg scyle,
> fremum on foldan wið feonda nit,
> deorum dædum deofle togeanes,
> þæt hine ælda bearn æfter hergen,
> ond his lof siþþan lifge mid englum
> awa to ealdre, ecan lifes blæd,
> dream mid dugetum.（*The Seafarer*, 72—80）

---

① 参看《贝奥武甫》，第 154—156 页。赎杀金是一种古日耳曼习俗：人们为了平息仇杀而向敌对部族交纳一定数目的钱。

② J. M. 埃文斯在《失乐园与创世记传统》(牛津大学出版社，1968 年，第 144 页)中讨论了这个重要的问题。(Evans, J. M. *Paradise Lost and the Genesis Tradition*. Oxford: The Clarendon Press, 1968, p.144.)

故而对每个人来说,生前的名声
死后发扬光大,堪称最佳的墓志铭。
即上路之前要争取尽量多做善事,
勇敢地站出来反对魔鬼的邪恶,
这样子孙后代才能够顶礼膜拜,
使他的名字流芳百世,成为圣贤,
而他永恒生命和快乐的光辉
也将跟天使般名垂千古。(《航海者》,72—80)

古英语《圣安德鲁》和《圣格斯拉克》属于一种称作圣徒传记的文学体裁。从这种体裁中,我们可以看出盎格鲁—撒克逊社会的另一种变化。自从基督教在公元597年传入英国以后,修道生活逐渐被社会所接受,许多武士变成了著名的隐士和宗教人物。默西亚王国的圣格斯拉克就是这样一个例子。传说他在一次严肃的冥思反省之后,突然决定放弃军事生涯,去荒野做隐士。[①] 蒙克威尔茅斯(Monkwearmouth)和贾罗(Jarrow)这两个著名修道院的创始人本尼迪克特主教(Benedict Bishop)在入教会之前也曾为诺森布里亚(Northumbria)国王奥斯温(King Oswin)冲锋陷阵。[②] 他们的生平一旦写成诗歌,作品中充满英雄主题和意象就不足为奇了。尽管这些作品都只是讽喻性地描写善恶之争,但诗中却用了古英语英雄史诗中大量的惯用词来渲染主人公的尚武品质。如前所述,圣安德鲁被称作基督十二骁将之一。他在去默梅多尼亚解救圣马修的航海旅行中又进一步被描绘成贝奥武甫式的英雄,不畏艰险地去帮助另一位赫罗斯迦——只是这一次他所执行的是上帝的使命。盎格鲁—撒克逊英雄诗歌的伦理道德最典型地反映在下列场景之中:即圣安德鲁的随从在危急关头拒绝将他单独留在这条充满了危险的船中:

Hwider hweorfað we hlafordlease,

[①] 参见迈克尔·斯旺顿,《乔叟以前的英国文学》,伦敦:朗曼出版公司,1987年,自第142页起(Michael Swanton. *English Literature before Chaucer*. London: Longman, 1987, p. 142 ff.)。格斯拉克生于公元673年,是默西亚王国的王室成员和一个偏远地区的军事首领。二十四岁时,他弃军离家,在雷普顿进了修道院。两年后,他避入荒野做了隐士,714年逝世。

[②] Dorothy Whitelock. *The Beginnings of English Society*. London: Penguin Books, 1987, p. 36.

geomormode, Gode orfeorme

synnum wunde, gif we swicað þe? (405—407)

我们能去哪儿呢,没有主人,

充满忧伤,失去了所有的财产,

带着罪孽感,假如我们抛弃你?(405—407)

然而这位"身经百战的武士"注定不是凭借武艺取胜,而是靠祈祷、耐心等待和以威严的方式忍受默梅多尼亚人的严刑拷打,就像《十字架之歌》(The Dream of the Rood)中的基督这位年轻武士那样。

手持长刀的格斯拉克不失为一个英雄形象,但我们被告知他也始终是"一位在心里/为上帝而战的武士"(swa sceal orette a in his mode / gode campian, 344—345)。这种英雄模式跟古典史诗和中世纪浪漫传奇中的英雄显然有所不同。它包括主动和被动这两种坚忍刚毅的形式:既承认尚武的潜能,同时又着眼于受苦忍耐和对上帝的遵从。这为我们理解《失乐园》中的英雄模式提供了一条线索,因为该诗既非对武力的赞颂,也绝不是单纯的兵器展示。

第三节 奥斯曼帝国的阴影

在中古英语时期(1100—1500),英国文学被置于诺曼底人和法国文化的影响之下。然而本国的文学传统(主要是头韵诗歌和英雄主题)仍然在一些诗人的作品中流传了下来。将头韵诗体的中古英语亚瑟王传奇跟它们的法国同名作品相比较,玛格丽特·施劳奇(Margaret Schlauch)发现两者之间有显著的区别:法国作家更强调骑士之爱的微妙心理描写,而英国诗人则着力描写亚瑟王及其圆桌骑士的军事征战和比武场面。[①] 海伦·加德纳在研究中世纪和文艺复兴时期诗歌时,也觉察到英国诗歌中基督的武士形象跟欧洲(尤其是法国)诗歌中的柔顺形象截然不同。她指出由于方济各会教派的广泛影响,早期欧洲文学和视觉艺术中基督的君王形象逐渐被所谓"方济各会式的温柔"所取代,其主要意象就是圣母膝上的婴儿和十字架上的"悲哀

---

① Margaret Schlauch. *English Medieval Literature and Its Social Foundations*. London: Oxford University Press, 1956, pp. 184—188.

之人"(the Man of Sorrow)。① 然而《十字架之歌》中基督的武士形象则或多或少地在英国宗教诗歌中保存了下来。以15世纪诗人邓巴的一首赞美诗为例,开篇便是对圣战的赞颂:

> Done is a battell on the dragon blak,
> Our campioun Chryst confoundet hes his force,
> Theyettis of hell ar brokin with a crak,
> The signetriumphal rasit is of the Croce,
> …
> Christ with his blud our ransonis dois indoce. (1—7)
> 同黑龙的战斗已经结束,
> 我们的勇士基督挫败了敌人;
> 地狱的大门被砰然打开,
> 十字架的胜利象征升起在眼前。
> ……
> 基督用血为我们偿清了赎金。(1—7)

诗歌的主题是基督的复活,一种耐心忍受和英勇搏斗的独特混合体。诗人采用了熟悉的譬喻来表现这种双重的刚毅:

> He for our saikthat sufferit to be slane,
> Andlyk a lamb in sacrifice was dicht,
> Is lyk a lyone rissin up agane.
> And as a gyant raxit him on hicht… (17—20)
> 他为了我们而惨遭杀害,
> 就像是一只用于祭奠的羔羊;
> 他又像是雄狮重新站了起来,
> 巨人般升上了高高的天空……(17—20)

诗歌结尾处依然回响着盎格鲁—撒克逊英雄诗歌的铿锵之音:"赎金已支付,囚徒得以解放,/战场被占领,妖魔落花流水"(The ransoun made, the

---

① Helen Gardner. *A Reading of Paradise Lost*. Oxford: The Clarendon Press, 1965, p.150.

prisoneris redeemit; /The field is win, ovecummin is the fo...36—37).①

加德纳在指出上述区别时自然是独具慧眼,但严格说来,圣战在中世纪后期的欧洲文学和视觉艺术中并非完全没有表现,②只是这种表现往往跟英国文学中的英雄主题有所区别。R. D. 弗赖伊在对该题目颇有见地的研究中,曾经列举过这样一个例子:

> 新教徒早期刊行的圣经插图不仅继承了戎装天使的传统,而且大大促进了全副武装的妖魔军队这样一个概念。在1522年的威登堡圣经(即首版路德德文译本)中,克拉那奇把叛逆天使描绘成身着盔甲的武士。多数戴着皮帽,其首领是头顶王冠的撒旦。克拉那奇笔下盛装的妖魔武士看起来就像是正在参加宫廷比武的侍臣。十二年后,当廷代尔的《新约》作为第一部英国新教译本出现时,书中的木刻圣战插图在构图和总体效果上都是直接模仿克拉那奇刊本的。但两者也有重要的区别:在后一本圣经中忠于上帝的天使们无疑都身着欧洲时尚的衣着,而撒旦的士兵则穿着土耳其人的盔甲。这使我们联想到弥尔顿竭力想把撒旦称为"苏丹王",而把后者的追随者比作来自西亚的野蛮异教军团。(《失乐园》,I 384,764)③

文艺复兴时期英国人对于土耳其人的敌视是可以理解的,因为自14世纪东方扬起战争的硝烟以来直到17世纪,奥斯曼帝国的阴影一直笼罩在英国人心里。弗朗西斯·培根在一篇随笔中写道:"奥斯曼家族现在令世人丧胆。"④理查·诺尔斯(Richard Knolles, c. 1550—1610)在名噪一时的《土耳其史纲》(*The Generall Historie of the Turkes*, 1603)中以同样令人震惊的词语作为开场白:"辉煌的土耳其帝国,当今世界的恐怖。"⑤历次十字军东征

---

① 参阅拙译邓巴的全诗,见海伦·加德纳,《宗教与文学》,四川人民出版社,1989年,第166—167页。
② 意大利瓦尔瓦索尼的《天使长》(1590)及荷兰封丹尔的《路西弗》都以圣战为主题。R. M. 弗赖伊的《弥尔顿的意象与视觉艺术》(普林斯顿,1978)一书提供了这一题材在欧洲艺术中的一些例子。
③ R. M. Frye. *Milton's Imagery and the Visual Arts: Iconographic Tradition in the Epic Poems*. Princeton: Princeton University Press, 1978, p. 46.
④ 《培根全集》,伦敦:亨利·博恩,1824年,第368页。
⑤ S. C. Chew. *The Crescent and the Rose*. New York: Oxford University Press, 1937, p. 114: "The glorious Empire of the Turks, the Present Terror of the World."

第三章 "为何最虚弱的反显得最英勇?"

中,有许多英国的骑士亲身经历了反对异教武士的战争。乔叟在《坎特伯雷故事》的总引里突出介绍了作为基督教英雄典范的武士:

> ... in the Grete see
> At many a noble armie hadde he be,
> At mortal batailles hadde he been fiftene,
> And foughten for oure feith at Tramyssene
> In lystes thries, and ay slayn his foo. ("General Prologue", 59—63)
> ……他远度重洋;
> 是许多十字军东征大军中的一员。
> 他曾参加过十五次殊死的大战役,
> 在特利姆森为维护基督教信仰
> 决斗过三次,每一次都杀死了对手。("总引",59—63)

在莎士比亚的《威尼斯商人》中,另一位参加了十字军东征的贵族也夸耀他的弯刀:

> That slew the Sophie, and a Persian Prince
> That won three fields of Sultan Soliman. (M.V., II i 25—26)
> 曾杀死过萨非王和三次打败过
> 索里曼苏丹王的波斯王子。(II i 25—26)

弥尔顿在《失乐园》中反复称撒旦为"至高无上的皇帝"(Emperor with pomp Supreme, II 510),"显赫的苏丹王"(great Sultan, I 348),"专制暴君"(Tyrant, IV 394)和"人魔王"(Monarch, II 467),其目的就是要把他的武士形象跟强悍的奥斯曼苏丹王联系起来,后者长期以来对基督教世界构成了极大的威胁。

弥尔顿笔下撒旦的专制本性值得注意,因为"土耳其专制暴政"(Turkish tyranny)这一提法在文艺复兴时期的欧洲相当流行。弥尔顿的一位同时代政论作家詹姆斯·哈林顿(James Harrington,1611—1677)在《大洋共和国》(Oceana)中把土耳其帝国描绘成历史上唯一的绝对专制政体,宣称土耳其人"除了奴役之外,几乎不知道还有任何其他的情景"。① 有证据表明弥尔顿跟哈林顿持相同的政治观点:1683 年 7 月 2 日,牛津大学图书馆前的大院里公开烧毁了哈林顿的这部名著;同时烧毁的其他二十二部政治论著中包括了布坎南《论苏格兰人的王权》,霍布斯的《列维坦》和"弥尔顿为弑君辩解的几篇文章";因为根据大学校务会通过的法令,这些书"对神圣的国王,王权政体,及整个人类社会进行了各种诋毁"。② 牛津的编年史家安东尼·伍德还告诉我们,在《大洋共和国》于 1656 年出版之后,有一批政论作家经常在酒店和咖啡馆会面,来"进行有关政府和建立共和政体的讨论……我们的作家[哈林顿]和 H. 维尔是这个俱乐部的首要人物,此外还有西里亚克·斯金纳,一位商人的儿子,这位思维敏锐的青年是约翰·弥尔顿的学生"。③

弥尔顿很早就受到了敌视东方异教徒的思想熏陶。他的小学校长亚历山大·吉尔出版的三部书之一《圣经的神圣哲学》,就曾通过详尽的例证来攻击土耳其人及其他异教徒。从现存资料看,诗人似乎对"土耳其专制暴政"尤感兴趣。在其《摘录簿》的"暴政"这一副标题下,弥尔顿曾摘录过下面这段文字:

> Thuanus tells us that King Charles IX, the Queen Mother, and others took counsel together at Blois to make the French monarchy a Turkish tyranny; and he gives at length the very cogent arguments for doing this as set forth by a certain Poncetus. ④
>
> 图文努斯告诉我们,查理斯九世、太后和其他人正在布卢瓦商议如何把法国的帝制改变成土耳其专制暴政;而且后来他提出一个非常令人信服的观点,即所有这一切都是由一个叫庞塞特斯的人所策划的。

数年之后,弥尔顿把这一段材料有效地运用在他的政论文中,来反驳奥蒙德侯爵有关爱尔兰公理会教徒实行"货真价实的土耳其专制暴政"的指责。诗

---

① Douglas Bush et al., eds. *Complete Prose Works of John Milton*. Vol. 3. New Haven: Yale University Press, 1953—1980, p. 453 n.
② Anthony a Wood. *Athenae Oxenienses* (with additions and a continuation by Philip Bliss). Vol. III. London: Oxford University Press, 1817, p. 1122.
③ 同上书,第 1119 页。斯金纳是弥尔顿一家的密友,并据信是一部弥尔顿传记的匿名作者。
④ Patterson, F. A. et al., eds. *The Works of John Milton*. Vol. 18. New York: Columbia University Press, 1931—1940, p. 184.

第三章 "为何最虚弱的反显得最英勇?"

人指出这种专制暴政正是查理国王多年来处心积虑想要得到的东西。①

我们看到撒旦在《复乐园》里像土耳其的苏丹王那样从他追随者那儿接受绝对的效忠和敬意:

> Unanimous they all commit the care
> And management of this main enterprize
> To him their great Dictator, whose attempt
> At first against mankind so well had thriv'd
> In Adam's overthrow, and led thir march
> From Hell's deep-vaulted Den to dwell in light,
> Regents and Potentates, and Kings, yea Gods
> Of many a pleasant Realm and Province wide. (P. R., I 111—118)

> 他们一致同意把这重大事业
> 及其烦恼和管理都托付给
> 这位大独裁者,他引诱人类
> 堕落的首次企图得到了成功,
> 结果使亚当堕落,并领着他们
> 从黑暗深渊来到光明的地方,
> 摄政王、权贵、国王,还有天神,
> 来自许多快乐的王国和领地。(《复乐园》,I 111—118)

在《失乐园》中,当撒旦完成诱惑人类堕落的使命,从伊甸园归来时,这种含蓄的比喻就变得更为鲜明和富有戏剧性:

> Thir mighty Chief return'd: loud was th'acclaim:
> Forth rush'd in haste the great consulting Peers,
> Rais'd from thir dark Divan②, and with like joy
> Congratulant approach'd him, who with hand

---

① Patterson, F. A. et al., eds. *The Works of John Milton*. Vol. 3. New York: Columbia University Press, 1931—1940, p. 313.

② John Toland, ed. *The Oceana of James Harrington, and His Other Works*. London, 1700, p. 392: "The [Turkish] Prince accommodated with a Privy Council, consisting of such as have bin governors of Provinces, is the Topstone: This Council among the Turks is call'd the Divan, and this Prince the Grand Signior."

Silence, and with these words attention won. (X 455—459)

他们的强大首领回来了:欢声雷动;

正在开会的头领们匆忙走了进来。

他们来自阴暗的枢密院,以同样的喜悦

过来向他表示祝贺;后者用手势

示意安静,果然吸引了大家的注意力。(X 455—459)

通过用现代土耳其苏丹王的形象来引证撒旦的专制暴政,弥尔顿显然是想使读者把叛逆天使的首领看作罪恶力量的一个象征,而不是一位崇高的革命战士。在这方面,他遵循了菲尼亚斯·弗莱彻和斯宾塞等英国前辈诗人的足迹。

第四节 异教武士形象的特征

17世纪中人们对于英国盎格鲁—撒克逊传统的重新发现也促进了把撒旦及叛逆天使跟异教武士相联系的倾向。早期的撒克逊史学家总是过分强调他们祖先的基督教信仰。例如在威廉·卡姆登对英国历史的叙述中把撒克逊人描绘成"好战、常胜、坚定、强壮"和虔诚的民族,简直就是撒拉弗天使般的形象:

> This warlike, victorious, stiffe, stowt, and rigorous nation, after it had as it were taken roote heere about one hundred and sixtie yeares, and spread his branches farre and wide, being mellowed and mollified by the mildenes of the soyle and sweete aire, was prepared in fulness of time for the first spirituall blessing of God...①
>
> 这个好战、常胜、坚定、强壮和严谨的民族在此扎根一百六十年之后,将其分支传播到了遥远的地方,在肥沃土地和清新空气的熏陶下变得成熟和温和,这就为他们首次获得上帝的精神祝福做好了准备……

类似的理想化描写也出现在迈克尔·德雷顿的《福地》中。诗人在刻画

---

① William Camden. *Remaines of a Greater Worke, Concerning Britaine, the Inhabitants Thereof, Their Languages, Names, Surnames, Empreses, Wise Speeches, Poesies, and Epitaphes*. London: Waterson, 1605, p. 9.

第三章 "为何最虚弱的反显得最英勇?"

撒克逊人的英雄形象时,极力赞颂他们新近获得的宗教虔敬:

... when the Christian fayth in them had thorougly wrought,
Of any in the world no story shall us tell,
Which did the Saxon race in pious deeds excell. (II 388—392)
当基督教信仰在他们身上彻底扎根时,
世上所有的故事中都再也找不到
像撒克逊人这样虔敬的事迹。(II 388—392)

另一位学者,罗伯特·鲍威尔(Robert Powell),把阿尔弗雷德王和查理一世的传记合编成一卷,竭力称颂这"一对无与伦比的国王具有宗教、虔敬、忠诚……正义、宽容、真理、温顺、节制、忍耐、禁欲"①。弥尔顿本人似乎也为这种热情所感染,至少在某一时期是如此;因为他把阿尔弗雷德王列为一首英雄史诗的潜在题材,②并在他或其他"诺曼底征服前的国王或武士"身上看到了"一个基督教英雄的模式"。③ 在另一篇论离婚的早期小册子中,弥尔顿跟其他撒克逊史学家一样赞颂"我们英国那位给罗马帝国进行了洗礼的康斯坦丁王";他甚至骄傲地宣称英国必须永不"忘记它曾教诲其他民族如何生活的先例"。④ 然而这种有关民族神话的浮夸概念很快就被一种更为成熟的看法所取代,这是由于他在写《不列颠史》时对盎格鲁—撒克逊人作了深入研究的结果,更重要的还有革命实践的严酷教训。⑤ 从《失乐园》最后两卷米迦勒天使长的叙述中,我们可以看到弥尔顿将历史的真正进程视为基督和撒旦之间的根本较量,而这一进程是不能用古典或浪漫史诗中的英雄样式来表现的。因为它是如此错综复杂和神秘莫测,人们需要坚定信仰才能理

---

① Robert Powell. *The Life of Alfred, or Alured: The First Institutor of Subordinate Government in This Kingdom, and Refounder of the University of Oxford, Together with a Parallel of Our Sovereign Lord, K. Charies untill This Yeare*, London: Badger, 1634, p.151.
② John Milton's Cambridge Manuscripts, Subject 24 of "British Tragedies". (Masson, *Life*, II, 1965, p.114.)
③ Douglas Bush et al., eds. *Complete Prose Works of John Milton*. Vol. 1. New Haven: Yale University Press, 1953, pp.813—814.
④ 同上书,第2卷,第231—232页。
⑤ Christopher Hill. *Milton and the English Revolution*. London: Faber and Faber, 1977, p.361 ff.

解"天道"(the ways of God to man, P. L., I 26)。①

第九卷的开篇(1—45行)非常重要,因为它揭示了两个令人困惑的问题。首先,它说明《失乐园》与古典史诗和浪漫传奇的不同之处在于这首诗并不是为了战争而描写战争。弥尔顿笔下的战争跟"阿喀琉斯的盛怒"(Achilles' wrath, 5)或"假设战场上的虚构骑士"(fabl'd Knights / In Battles feign'd, 31)等"无聊"主题截然不同;他要描写的是"善战胜恶","光明战胜黑暗","生命战胜死亡"等重大决战。因此《失乐园》具有一个"更崇高的主题"(higher argument, 42);与古典或浪漫的英雄史诗相比,它不仅毫不逊色,而且显得"更为英勇"(Not less but more Heroic, 14)。第二,弥尔顿宣称诗中圣战的决定因素并非武功,而是"坚忍不拔和壮烈牺牲/这更为崇高的刚毅精神"(the better fortitude / Of patience and Heroic Martyrdom, 31—32)。以上这两点再次将弥尔顿的史诗跟英国文学传统紧紧地连接在一起。

作为基督的"大敌"(grand Foe, VI 149),魔王在鏖战中的精湛武艺是不言而喻的:

      Satan, who that day
Prodigious power had shown, and met in Arms
No equal, ranging through the dire attack
Of fighting Seraphim confus'd...(P. L., VI 246—249)

  撒旦在那一天
 凶猛异常,武勇无比,他在
 撒拉弗天军紊乱的战阵中冲撞,
 如入无人之境地……(《失乐园》,VI 246—249)

他对麾下大军的指挥若定,以及他巧设炮阵的刁钻狡诈,都证明他是"世间的强者"(worldly strong, XII 568)。

在这一方面,早期英国文学作品中也有众多类似的描写。如斯宾塞就曾大肆渲染"无法"武士的膂力:

---

① 米迦勒在预示了人类历史的发展及基督的复活之后,告诫亚当:"别以为他们(撒旦与基督)的战争/只是普通的决斗,或简单的受伤……/要完成你所祈求的事物,/就必须遵从上帝的法律"(XII, 386—397)。

第三章 "为何最虚弱的反显得最英勇?"

For he was strong, and of so mighty corse,
As ever wielded speare in warlike hand,
And feats of arms did wisely understand. (F. Q., I iii 42)
他是如此强健,身躯如此魁伟,
好战的手中挥舞着可怕的长矛,
十八般武艺样样都精通娴熟。(《仙后》,I iii 42)

"无乐"武士在跟红十字骑士这一基督形象决斗①时,也显示了惊人的力量:

The Sarazin was stout, and wondrous strong,
And heaped blows like yron hammers great:
For after bloud and vengeance he did long.
...
Both striken strike, and beaten both do beat,
That from their shields forth flyeth firie light,
And helmets hewen deepe, shew marks of eithers might. (F. Q., I V 7)
这个撒拉逊人身材魁梧,极为强壮,
抡着兵器就像是巨大的铁锤飞舞,
因为他渴望的正是血腥的复仇。
……
俩人交手不分千秋,奋力鏖战,
从他们的盾牌上爆出明亮的火星,
头盔上深深的刀痕显示出各自的神力。(《仙后》,I V 7)

从这个意义上说,《农夫皮尔斯》中的魔鬼替身也是强者,因为他在跟基督的比武中杀死了对手。同样,《圣安德鲁》中的异教武士对于"驰骋打仗"(mortal combat or career with lance)更是行家里手,且看:

Beonas comon
wiggendra reat, wicgum gengan,
on mearum modige, m elhegende,

---

① 斯宾塞在《仙后》(I v 8) 中把这两位敌手分别表现为"恶龙"(Dragon) 和"鹫头飞狮"(Gryfon)。恶龙是人们熟悉的撒旦原型;而鹫头飞狮则是基督的象征。

scum dealle. (*Andreas*, 1094—1097)
>   武士们来了
> 一群豪杰侠勇骑着高头大马,
> 这些勇士在马背上出言狂妄,
> 他们武艺高强。(《圣安德鲁》,1094—1097)

魔鬼及其异教武士的毁灭力量是真实而可怕的,但它绝不属于英雄主义的范畴,至多它只是一种虚假的英雄主义,因为正如米迦勒天使长告诉亚当的那样,魔鬼及其追随者尽管可以自夸"杰出的武勇和辉煌的功业"(acts of prowess eminent / And great exploits),但他们"真正的英雄美德却空空如也"(of true virtue void, *P. L.*, XI 789—790)。

有一个必须面对的问题是古典文学对于弥尔顿英雄主义描写的影响。在描绘撒旦为之"心高气傲"的叛逆天使军队时,诗中的许多引喻显然来自古典英雄史诗:

> Ten thousand banners rise into the air
> With orient colours waving...
>   ...anon they move
> In perfect phalanx to the Dorian Mood
> Of flutes...
>   ...such as raised
> To highth of noblest temper heroes old
> Arming to battle... (*P. L.*, I 545—567)
> 一万面旌旗在空中高高地竖起,
> 东方的旗帜迎风飘扬……
>   ……他们立即
> 排成精确的方阵出发,伴随庄严的
> 多利安横笛……
>   ……鼓吹起
> 古代英雄豪杰戎装出征时那种
> 最高昂的情绪……(《失乐园》,I 545—567)

这儿的"方阵"是指古罗马军队的队形,而"多利安横笛"则暗指著名的斯巴达武士。两者均是古典史诗中的"英雄豪杰"。许多人把这一特定段落看作是撒旦英雄形象的确凿证据,而这种看法似乎在下列对比中得到了证实——弥尔顿把撒旦及其随从跟"弗勒格拉的巨人族"(Giant brood / Of Phlegra, I 576—577)、亚瑟王(580)、阿里奥斯托(Ariosto)《疯狂的奥尔兰多》(Orlando Furioso)的主人公(585)和查理曼大帝(586)等相比较,并得出结论:"古来有名的军队/在武力上都无法跟他们[叛逆天使]相比"(thus far these [rebel angels are] beyond / Compare of mortal prowess, 587—588)。

其实这并不能真正说明撒旦的本质。人类的军队本来就不可能跟堕落天使们等量齐观,况且在激越高昂的铺写下掩盖着一种不祥的反讽基调。撒旦的大军只是在"外观装束"(in guise)上才这么"森严"(horrid)和"可怕"(dreadful, 563—564),因为所有那些高调的史诗修饰语一旦用于描绘罪恶的力量,便显得空洞,虚幻和荒唐。尤其读完该诗的第六卷之后,这种感觉就变得更加明显。弥尔顿在那儿点明这支道德沦丧的军队实际上只有虚假的英雄气概,"精确的方阵"(perfect phalanx)其实不过是个掩人耳目的"骗局"(hollow cube, VI 551—555)。撒旦麾下大军那层表面的英雄色彩在这里已经黯然失色。

弥尔顿引喻古典英雄史诗的真正意图并不只是为了表白自己忠于这一传统,而经常是一种对它心照不宣的批评。这种批评在第九卷的开篇已有清楚的表述,而在长诗的末尾则通过圣米迦勒之口而变得更为坦率和直言不讳:

> For in those dayes Might only shall be admir'd,
> And Valour and Heroic Vertu call'd;
> To overcome in Battle, and subdue
> Nations, and bring home spoils with infinite
> Man-slaughter, shall be held the highest pitch
> Of human Glorie, and for Glorie done
> Of triumph, to be styl'd Great Conquerours,
> Patrons of Mankind, Gods, and Sons of Gods,
> Destroyers rightlier call'd and Plagues of men... (XI 689—699)
> 因为那时只有膂力才受到赞美
> 并把它称作武勇和英雄美德;
> 用武力打败敌人,征服民族,

杀人如麻,并且携带战利品
　　凯旋而归,这就算是人世间
　　无上的光荣,而且因为胜利的
　　荣誉,被称为伟大的征服者,
　　人类的恩主,神明和诸神之子,
　　更正确的称号应是破坏者和瘟神……(XI 689—699)

人们还应注意到叛逆天使所举起的"一万面旌旗"其实来自"东方"。它们再次使我们联想到"鞑靼人退出俄国"或"巴克特里亚王储撤离/土耳其新月之角,并扫荡了/阿拉丢尔王国以远"的异教"大军团"(X 431—435)。这又表明弥尔顿有意无意地把撒旦及其叛逆天使跟那些来自东方的异教武士联系在一起,后者曾以他们的强悍凶猛和纪律严明而闻名于世。文艺复兴时期的一位英国作家,塞巴斯蒂安·蒙斯特(Sebastian Munster)提供了如下的报告:

> The Turks have a marveylous celerity in doing, a constancy in daungers and observation of the Empyre. They will swimme over very deepe and daungerous waters, they passes over straung hils, and being commaunded they go throughe thicke and thinn headlonge, having no regard of their lives, but of the Empyre. Most apt and readye to suffer festinge and watchinge. There is no sedition amongest them, no tumult. (*Straunge and Memorable Things*, XXXIV)[①]
>
> 　　土耳其人干事异常敏捷,为维护帝国的利益坚定不移,不畏艰险。他们会游过湍急的河流,翻越陌生的山岭,执行命令时勇往直前,想到的只是帝国,对自己的生命在所不惜。他们最善于耐饥和值夜。在他们中间没有暴动和骚乱。(《奇异和难忘的事物》,第 34 章)

土耳其人的良好军事素质这一事实丝毫没有改变关于他们残暴和道德堕落的西方既成观念。这些刚烈的武士仍然是基督教世界最危险和不共戴天的敌人。

　　如上所述,弥尔顿的史诗中也可见到意大利浪漫史诗的痕迹,后者也是

---

　　① 转引自:S. C. Chew. *The Crescent and the Rose*. Oxford: Oxford University Press, 1937, p. 107.

有关基督教骑士对异教武士的战争。但究其主旨,那些浪漫史诗的精神跟《失乐园》大相径庭。下面这个小小的插曲是颇有启示的:在《疯狂的奥尔兰多》第一篇章中,基督教骑士里那多(Rinaldo)与异教武士费罗(Ferrau)用决斗的方式来断定谁有权利向他俩都倾心的女子求爱。但是当里那多发现安杰丽嘉(Angelica)已经逃走时,他提议立即休战去追赶那位女子。撒拉逊人费罗不仅同意了,而且还慷慨地邀请里那多同骑一匹马去追安杰丽嘉。阿利奥斯托禁不住在此大发感慨:

> Oh gran bonta de' cavallieri antiqui!
> Eran rivali, eran di fe diversi,
> e si sentian degli aspri eolpi iniqui
> per tutta la persona anco dolersi;
> e pur per selve oscure e calli obliqui
> insieme van senza sospetto aversi. (*Orlando Furioso*, I xxii)
> 古代的骑士是多么纯洁高尚!
> 他俩是情敌,又有不同的信仰,
> 但转眼间他俩却同骑一匹骏马
> 去追赶他们的情人,相互信任,
> 穿越阴暗的树林和弯曲的小径。(《疯狂的奥尔兰多》,I xxii)

阿里奥斯托的浪漫情感促使他把异教武士理想化地描绘成"高尚的野蛮人"(noble savage)。这跟英国宗教诗歌中对于异教武士的处理截然不同。我们简直不能想象撒旦跟基督能这么友善地退出战场。

第五节 撒旦与基督武士形象的对比

《失乐园》中对撒旦的刻画跟对基督形象的塑造总是相对应的。这样,魔鬼的虚假英雄主义就为诗中真正的英雄模式,即基督的英勇刚毅,提供了一个参照物。如果说撒旦的力量在于毁灭,在于从善中"发现恶"(to find means of evil),以及"用暴力或诡计"向上帝和人类"挑起不可调和的持久战争"(To wage by force or guile the eternal war / Irreconcilable, *P. L.*, I 165;121—122);那么基督的力量就主要体现在创世和为赎回人类罪孽所作的牺牲上。在叛逆天使的暴乱给天国带来灾难性的破坏之后,上帝将重建宇宙的伟大使命郑重地委派给圣子去执行：

> And thou my Word, begotten Son, by thee
> This I perform, speak thou, and be it done:
> My overshadowing spirit and might with thee
> I send along, ride forth, and bid the deep
> Within appointed bounds be heaven and earth,
> Boundless the deep... (P. L., VII 163—168)
> 你，我的言语和亲生儿，我将
> 通过你开口说话来完成创世工程：
> 将庇荫一切的精神和力量赐予你，
> 派你驾车前往下间，命令大海
> 在规定的范围内分隔为天与地，
> 那大海无边无垠……（《失乐园》，VII 163—168）

随后在天使们盛赞创世伟业的颂歌里，弥尔顿又进一步明确肯定了圣子的超凡神力：

> Great are thy works... infinite
> Thy power...
> ... greater now in thy return
> Than from the Giant Angels; thee that day
> Thy Thunders magnifi'd; but to create
> Is greater than created to destroy. (VII 602—607)
> 主啊，您的工程浩大，力量
> 无边……
> ……您的这次凯旋
> 比战胜魔鬼归来还要更加伟大，
> 当初您的万钧雷霆就已赞美了您；
> 但创造比生来就是毁灭更加伟大"。（VII 602—607）

单就破坏力而言，堕落天使们确实超过了史诗和浪漫传奇中最著名的英雄——"因为自有人类以来，从未见过/这样雄厚的兵力……他们的勇武/远非人间的勇士所能比拟"（For never since created man, / Met such

imbodied force... Thus far these beyond / Compare of mortal prowess...,
P. L., I 573—588)。相形之下,好天使们的武功在战场上也只能跟叛逆天使交个平手。弥尔顿这样描述撒旦与天使长米迦勒的决斗:

> Together both with next to Almighty Arm,
> Uplifted imminent one stroke they aim'd
> That might determine, and not need repeat,
> As not of power, at once; nor odds appear'd
> In might or swift prevention... (VI 316—320)
> 两雄都使出仅次于全能者的膂力,
> 高举武器,想凭借致命的一击
> 使对方一蹶不振,而终定乾坤;
> 就双方的膂力和敏捷而言,几乎
> 不分高下……(VI 316—320)

但是米迦勒有"从上帝武库中"取来的神剑,使他终于能砍伤叛军的强大首领。

"上帝武库"(Armoury of God, 321)这一圣经引喻在此处显然有对上帝"服从"和"信仰"的蕴义("以弗所书",6:11),因为在《失乐园》的结尾,圣米迦勒向亚当预言上帝将派"安慰使者"约翰去人间"通过爱/传播信仰……指示他们一切真理的道路,/并用上帝的精神武器来抵御/撒旦的攻击,消灭他的火箭"(the Faith / Working through love... To guide them in all truth, and also arm / With spiritual Armour, able to resist / Satan's assaults, and quench his fierye darts..., XII, 489—492)。通过这一意象,古英语英雄史诗和圣徒传记的熟悉混合再次清楚地表现出来。英国宗教诗歌中的基督教英雄就通常是用这种特殊的神圣武器来最终消灭强大敌人的。亚必迭凭借其信仰打倒恶魔的戏剧性场面正是这样的一个例子。亚必迭坚信天赐的神力,出击前他虔敬地祈祷上苍的保佑:

> ... let me serve
> In heaven God ever blest, and his divine
> Behests obey, worthiest to be obeyed,
> ...
> So saying, a noble stroke he lifted high,

Which hung not, but so swift with tempest fell
On the proud crest of Satan...(VI 189—191)

　　……且让我
在天国服侍福泽无边的上帝,
遵循他最值得服从的命令,
……
说着,便高高举起手中武器,
像旋风疾雷一般击中了
撒旦华丽的头盔……(VI 189—191)

令人难以置信的是,魔军的"强大首领"(mighty chief)竟不堪一击,连连后退,跌倒在地上。斯宾塞的《仙后》中也有一个类似的插曲:红十字骑士被蛇妖"谬误"(Error)所缠住,几乎窒息而死。就在这一危急时刻,身旁的乌娜及时提醒他要诉诸于基督教信仰:

His lady sad to see his sore constraint,
Cri'd out, Now Sir knight, shew what ye bee,
Add faith unto your force, and be not faint:
Strangle her, else she sure will strangle thee. (F. Q., I i 19)
这位仕女悲伤地看着他被紧紧缠住
喊道,勇敢的骑士,显示出你的本色,
给力量再加上信仰,决不要灰心:
快掐死她,否则她将要掐死你。(《仙后》,I i 19)

奇迹终于发生了,红十字骑士全力挣脱了一只手,死死掐住了妖魔的咽喉,很快将她置于死地。

"给力量再加上信仰"(adding faith to the force)这一熟悉的模式,在圣米迦勒对亚当的说教中得以重复。① 它还可追溯到盎格鲁—撒克逊诗歌:从圣经阐释的意义上讲,贝奥武甫用以杀死格兰德尔之母的那把宝刀也是出于"上帝武库"。在另一首古英语诗歌《埃林娜》中,国王康斯坦丁单凭在自己的大军前面高举神圣的十字架就击退了野蛮的异教军队。圣安德鲁在被

---

① 《失乐园》,XII,576—583:"在你相应的/知识上再加上实践,加上信仰,/德行,忍耐,节制,还有爱……"

捕后受尽了严刑拷打,但他依靠上帝的一个奇迹获得了最后的胜利;而这也是靠他的坚定信仰和热忱祈祷所取得的。基督手中的雷霆也是同样的神圣奇迹,他以此轻而易举地征服了撒旦的军队,并把他们驱入地狱的深渊。

  基督的圣洁奠定了《失乐园》中真正的英雄模式。它是主动的,因为基督在气概上能压倒撒旦的炫耀武力;它也是被动的,因为它强调圣子对上帝的信仰和服从。基督在天国之战中是典型的史诗英雄——"他正气凛然,令人不敢仰视;/他义愤填膺,对敌人发出震怒"(His count'nance too severe to be beheld / And full of wrath bent on his Enemies,VI 825—826)。然而基督最突出的英雄主义并不在于他的武功,而是在于对神力的坚信和甘愿受苦的决心。亚当在长诗的末尾处终于体会到了这种更为崇高的刚毅精神:

>Henceforth I learn, that to obey is best,
>And love with fear the only God...
>Still overcoming evil, and by small
>Accomplish great things, by things deem'd weak
>Subverting worldly strong, and worldly wise
>By simply meek...(P. L., XII 561—569)

>因此我体会到最好的品德是服从,
>爱慕和敬畏唯一的上帝……
>永远以善制恶,并以细微的小事
>创成大业,还要以表面上的弱者
>战胜世间的强者,并且以朴拙
>来战胜世间的智巧……(《失乐园》,XII 561—569)

  撒旦虽然武艺高强,但其本质却是虚弱的。只有上帝才具有真正的力量。恶魔习惯性的炫耀武力恰恰从反面证明了自己的虚弱;因为按照基督教的教义,力量本来就是创世主的馈赠,而被创造的天使或人并没有理由夸耀自身的力量。圣加百列在撒旦吹嘘自己武功时毫不客气地打断了他的话头:"撒旦,我知道/你的力量,你也知道我的力量,/它们都不是你我固有,而是神赐的;/所以自夸勇力是极其愚蠢的"(Satan, I know thy strength, and thou know'st mine, / Neither our own but giv'n; what folly then / to boast what arms can do, IV 1006—1008)。在反叛上帝的同时,撒旦实际上已经釜底抽薪,脱离了力量之本。拉斐尔的解释对此具有画龙点睛的

作用:

> For strength from Truth divided and from Just,
> Inlaudable, naught merits but dispraise
> And ignominie, yet to glorie aspires
> Vainglorious... (P.L., VI 381—384)

> 因为武力一旦跟真理和正义分离,
> 便不足挂齿,反而招来骂名
> 和耻辱,奢望荣耀却只能获得
> 虚荣……(《失乐园》,VI 381—384)

弥尔顿本人也在《复乐园》中辛辣地嘲弄了撒旦对于"尘世膂力和脆弱武器"(fleshly arm, and fragile arms)的"徒然"炫耀(vain, III 387)。

参照英国文学传统,对《失乐园》中的英雄主题作了上述剖析之后,我们终于能够有几分把握地得出如下结论:撒旦的巨盾和长矛并非英雄主义的象征,充其量只是"笨重的军械什物"(cumbersome Luggage of war),它们"证明了……人类的软弱,而不是力量"(argument of ... human weakness rather than of strength, P.R., III 401—402)。

第四章　罪孽的讽喻

在塑造撒旦这一人物形象的性格特征时，弥尔顿继承和发展了早期英国文学作品中的一些讽喻手法和传统。因而理解这一讽喻传统的特点和本质，对于我们认识撒旦这一人物形象的性格特征具有发人深省的效果。然而，弥尔顿并没有简单地将撒旦塑造成为一个讽喻性的人物。他借鉴了伊丽莎白时代悲剧中将反面人物塑造成为善恶混杂的矛盾性格这一特定手法，从而将撒旦变成了一个复杂而生动，有血有肉的真实人物形象。

第一节　两种不同类型的讽喻手法

圣子与撒旦之间激烈的斗争在本质上被认为是对立意志的冲突——前者试图从恶中得出善，而后者却想以善来制造恶。这一点在这部史诗的开端就已经非常清楚，当时撒旦为了使他战败的军队从迷茫和沮丧中振作起来，在列队的叛逆天使面前宣布了这个观点：

To do aught good never will be our task,
But ever to do ill our sole delight,
As being the contrary to his high will
Whom we resist. If then his providence
Out of our evil seek to bring forth good,
Our labour must be to pervert that end,
And out of good still to find means of evil;... (P.L., I 159—165)
行善决不是我们的任务，
作恶才是我们唯一的乐趣，
反抗上帝至高无上的意志，
其乐无穷。如果后者想要

从我们的恶中寻找善的话,
我们的目的就是要颠覆此目标,
试图从善中找到作恶的途径。(《失乐园》,Ⅰ 159—165)

这种"邪恶"策略潜在的宗教含义伴随着撒旦坠落后的每一个动机和行为。就在他与罪孽和死亡会面的那令人厌恶的片段之前,《失乐园》的故事场景象征性地从华丽奢侈的万魔殿转换到了那终年被死亡阴影所笼罩,无比凄凉荒芜的地狱:

A Universe of death, which God by curse
Created evil, for evil only good,
Where all life dies, death lives, and Nature breeds
Perverse, all monstrous, all prodigious things,
Abominable, inutterable, and worse
Than Fable yet have feign'd, or fear conceiv'd,
Gorgons and Hydras, and Chimeras dire. (Ⅱ 622—628)

这是死亡的宇宙,是上帝用诅咒
制造的恶,但对恶来说却是完美无缺,
在那儿生死颠倒,反常的自然
所繁殖的全是极其狰狞古怪的东西,
令人厌恶,不可名状,甚至远比
神话所臆造的怪物还更加恐怖,
如蛇发怪葛共、多头蛇海德拉及喷火的基抹拉。(Ⅱ 622—628)

在弥尔顿的一篇早期学术演讲稿《是否白昼要比夜晚更加美好?》(*Whether Day or Night be the more Excellent?*)中,上述这些邪恶的怪物被讽喻性地描述成罪孽感的良心谴责。① 因此,地狱中让人触目惊心的黑暗可以被视为是撒旦心灵的缩影。通过"罪孽"和"死亡"这些讽喻性的人物角色,诗人使我们的注意力集中到了邪恶的真实丑态上,而它此前一直都被撒旦这个作恶者令人目眩的光彩所掩盖。

当撒旦在去伊甸园的路上靠伪装而骗过大天使乌列时,弥尔顿马上就

---

① *Prolusion I*:"... you will meet nothing but the goblins and phantoms and witches which Night brings in her company from the subterranean regions..." (Masson, *Life*, Ⅰ, p. 278).

第四章　罪孽的讽喻

对罪恶表示了谴责:"伪善,这是唯一到处招摇撞骗,/难以识破的罪恶,只有上帝知道……"(Hypocrisy, the only evil that walks / Invisible, except to God alone..., *P. L.*, III 683—684)。在这里,撒旦的形象已经被人格化的邪恶所取代。邪恶的寓意也出现在这部史诗的其他部分。《失乐园》卷四以地狱魔王为其反叛行为而感到一闪而过的担忧为开端,但是他的担忧马上就被拥抱邪恶的新决心而制止:"别了,悔恨!对我来说,所有的善都已丧失。/邪恶,你就是我的善……"(Farewell Remorse: all Good to me is lost;/ Evil be thou my good..., IV 109—110)。纵观全诗,撒旦被叫做"恶魔"(the Evil one, IX 463)或是"邪恶的始作俑者"(Author of evil, VII 362);甚至当大天使米迦勒和天使军团向撒旦发出挑战时,他仍在傲慢地吹嘘着他那毁灭性的邪恶事业:

> The strife which thou call't evill, but we style
> The strife of Glory, which we mean to win,
> Or turn this Heav'n itself into the Hell
> Thou fabl'st, here however to dwell free,
> If not to reign:... (VI 289—293)
>
> 你把这场争斗称作邪恶的战争,
> 我们却视其为光荣斗争:并求必胜,
> 还要将你所谓的天国变成地狱;
> 无论如何,我们将在此自由居住,
> 假如不是统治……(VI 289—293)

在上面所引用的这个段落中,全副武装的撒旦俨然以邪恶的化身而自居。

在这一方面,撒旦使我们回想起班扬(John Bunyon,1628—1688)《圣战》(*Holy War*,1682)①中的魔鬼(Diabolus)。这两个人物之间存在着一些相似性:两者都是纪律严明的军队的统帅,两者都选择人类作为其复仇的目标,而且两者都被刻画成邪恶的象征。然而班扬以一种略微不同的方式来

---

① 班扬的散文体讽喻故事的主题也是关于人类的堕落与救赎。人类灵魂(Man soul)之城落到了魔鬼(Diabolus)的手上,随后又被基督(Emmanuel)夺回。下面的引文摘自1921年伦敦塞缪尔·巴格斯特及儿子出版有限公司(Samuel Bagster & Sons, Ltd.)的版本。

处理他的人物,因为他的魔鬼仅仅代表了一个抽象的观念,而非一个可信和逼真的人物角色。在作品中一个发人深省的场景中,魔鬼这样描述了他盔甲的功能:

> My helmet, otherwise called head-piece, is hope of doing well at last... My breast plate is a breast of iron... in plain language it is an hard heart... My sword is a tongue that is set on fire of hell... My shield is unbelief... Another part or piece, said Diabolus, of my excellent armor is a dumb and prayerless spirit that scorns to cry for mercy... (*Holy War*, 50—52)
>
> 我的头盔,或称护头片,代表最终能成功的希望……我的胸甲是铁甲……简言之,是一颗坚硬的心脏……用地狱之火锻造的剑是我的舌头……我的盾牌就是无信仰……我精良盔甲的另一部分或部件,魔鬼说道,就是这颗瘖哑、从不祈祷的灵魂,它不屑于乞求怜悯……(《圣战》,50—52)

把弥尔顿的撒旦跟班扬的魔鬼作一个比较,我们不难辨认出他俩之间的不同点,因为撒旦那个"庞大的盾牌"(ponderous shield)和沉重的长矛(《失乐园》卷一,第285—292行)跟班扬笔下魔鬼那些象征性的武器截然不同。在弥尔顿的撒旦身上,邪恶的讽喻在很大程度并非显而易见的,我们必须不时地通过撒旦自己的声明或通过诗人对传统意象的特别处理才能意识他的邪恶,以及这些邪恶代表的《圣经》内涵;然而班扬的讽喻则更像是对邪恶的图示,其意义清楚地显示在表面上。

弥尔顿的撒旦要比班扬的魔鬼更具人性化。在试图揭示隐含的罪恶含义时,弥尔顿常常把撒旦这个"邪恶的始作俑者"放在人类的处境中,并且赋予他适当的人类经历。当撒旦向坠落天使的军队讲演时,他的情感被刻画得既生动又细致:

> Thrice he assayed, and thrice in spite of scorn,
> Tears such as angels weep burst forth; at last
> Words interwove with sighs found out their way... (*P. L.*, I 619—621)
> 他三次想要开口,但三次都泣不成声,

> 天使般的眼泪①不禁夺眶而出,终于
> 撒旦声泪俱下地开口说道……(《失乐园》,I 619—621)

我们永远不能指望一个像班扬的魔鬼那样的角色能够具有如此复杂的感情,无论是假装的还是真实的。不仅在公开场合,甚至在不易察觉的私下里,撒旦也显示出他仍然残存着一丝良知。在随后进行诱惑的邪恶计划之前,撒旦曾在刹那间为夏娃"温柔而具有女性美"(卷九第 458 行)的仙女般形象所折服:

> That space the Evil One abstracted stood
> From his own evil, and for the time remained
> Stupidly good, of enmity disarmed,
> Of guile, of hate, of envy, of revenge... (IX 463—466)
> 一瞬间,恶魔站在那儿茫然若失,
> 似乎忘记了自身的邪恶,甚至
> 还有向善之心,放弃了敌意、
> 欺骗、憎恨、忌妒和复仇……(IX 463—466)

同样,这种对撒旦人物性格的现实主义描写在《圣战》中根本就是无法想象的。

善与恶之间的武力冲突是中世纪描写内心伦理道德矛盾最典型的一种讽喻形式。这种传统是由一首题为"灵魂之战"(*bellum intestinum*)的讽喻诗所开创的,该诗作者是 4 世纪的拉丁语诗人普鲁登提乌斯。然而,C. S. 刘易斯在分析《爱的讽喻》(*Allegory of Love*)里普鲁登提乌斯式的讽喻传统的同时,也指出了它的局限性:

> 虽然灵魂之战确实是所有讽喻手法的根源,但是同样真实的是,只有最拙劣的讽喻才会把这种内心的斗争用激烈的战斗形式表现出来。

---

① 此前只有莎士比亚的《请君入瓮》剧中提到了"天使的眼泪",见 II ii 117—122:
> ... but man, proud man,
> Dress'd in a little brief authority,
> Most ignorant of what he's most assur'd
> (His glassy essence), like an angry ape
> Plays such fantastic tricks before high heaven
> As makes the angels weep; ...

抽象的概念因为内心的冲突而鲜活起来；但是当它们有了生命以后，诗人必须要审时度势，更加巧妙地处理虚构的故事才能成功。①

弥尔顿用具体和真实的细节把撒旦及其追随者描述为异教武士，以及后者在模仿古典史诗英雄的同时所做出的反常行为，从而更具有技巧性地表现了这场天国之战。班扬对魔鬼的刻画采用了常见的图解手法，②这在艺术层面上还处在较低的层次。丘（S. C. Chew）在《人生的朝圣之旅》(*The Pilgrimage of Life*)中讨论了这后一种特殊的讽喻模式，而且他还举了两个例子：第一个例子是托马斯·亚当姆斯（Thomas Adams）题为"驶向圣地的精神航行者"(*The Spiritual Navigator Bound for Holy Land*, 1615)的一篇布道文中所提到的讽喻化的罪恶，在这篇布道文中，大海被阐释为整个世界，波浪代表被虚荣的风所吞噬的骄傲，泡沫是贪欲，湍流是愤怒；撒旦像往常一样以列维坦的形象出现，而剑鱼如同灵魂之剑是撒旦的敌人。③另一个例子是《主教威廉·考珀作品集》(*Works of Bishop William Cowper*, 2nd ed., London, 1629)这本书扉页上象征基督教骑士挑战死亡的小插图。在这儿，盔甲的各个部分同样被赋予抽象的品质。书中还附了一首诗，以帮助我们理解这幅画的每个细节：这位基督教骑士携带信仰之盾牌，戴健康之头盔，佩真理之腰带，以及穿正义之胸甲。在他的脚下是被打败的敌人"死亡"。④

正如我们在前一章中所指出的那样，弥尔顿还探索了"上帝的武器库"(the Armoury of God, *P.L.*, VI 321)的圣经内涵。米迦勒在亚当堕落后对他进行的警告似乎确认了"基督教信仰"(Christian faith)所隐含的意义：

... from heaven

He [God] to his own a Comforter will send,

...

To guide them in all truth, and also arm

---

① C. S. Lewis. *The Allegory of Love: A Study of Medieval Tradition*. Oxford: The University Press, 1936, p. 68.

② 图解式讽喻的书籍(Emblem books)在十六七世纪的英国非常流行。这些书包含了关于普通物体的图画，同时配上一些短诗来说明如何使用这些物体来教导适合生活和品行的真理。最早的英国象征书很可能是杰弗雷·惠特尼（Geoffrey Witney）的《图解式讽喻的选择》(*Choice of Emblems*, 1586)，而最著名的当属弗朗西斯·夸尔斯（Francis Quarles）的《图解式讽喻》(*Emblemes*, 1635)。

③ S. C. Chew. *The Pilgrimage of Life*. London: Oxford University Press, 1973, p. 75.

④ 同上书，第142页，见插图6。

With spiritual armour, able to resist
Satan's assaults... (XII 485—492)

　　　　……从天国
上帝将派安慰者去安抚他自己的造物,
……
指引他们走上通向一切真理的道路,
用精神的盔甲武装起来,以抵抗
撒旦的攻击……(XII 485—492)

然而,弥尔顿并未始终不渝地把"上帝的武器库"这一隐喻发展成为持续的讽喻。当善良天使们在新发明的恶魔般的大炮前跌倒时,这一隐喻被削弱了。面对好天使们所遭受的挫折,诗人抱怨他们的盔甲过于笨重:

The sooner for their arms; unarmed they might
Have easily as Spirits evaded swift
By quick contraction or remove; but now
Foul dissipation followed and forced rout,
Nor served it to relax their serried files. (VI 595—599)

因穿盔甲而纷纷倒下;未穿盔甲时
这些天使们倒可以轻易地躲闪,
可以更快地收缩或移动,可如今
只见得他们跌跌撞撞,溃不成军,
但却仍能保持那密麻麻的阵势。(VI 595—599)

这种真实的描写,尽管是基于理性的思考,仍不可避免地破坏了这种根据《圣经》而预设的讽喻一致性。

《圣战》中的一个突出特点是具有象征意义的地名和拟人化的角色。被魔鬼所困的城市叫做人心,而魔鬼的九位将领都有诸如狂怒、暴怒、诅咒、贪婪、狱火、折磨、不适、坟墓、无救这样的名字。基督的将领则被依次叫做定罪、审判和执行,而他们的下属是雷电、悲伤、公平、恐怖、传统、睿智等。在《失乐园》中,弥尔顿将他所叙述的内容限制在《圣经》历史的框架中,而很少采用如此明显的拟人化手法。①《失乐园》中好天使和恶天使的名字主要都来自《圣经》。

在这儿,我们可以区分两种不同类型的讽喻:班扬对于魔鬼的人物性格刻画可以被称为是"标签式的"讽喻,它作为一种表达抽象观念的途径,是有意识地塑造虚构作品最常见的一种形式,或正如柯勒律治所说,仅仅是"把抽象观念翻译成图画般的语言"。②如果说班扬的寓言始自抽象观念,那么弥尔顿对撒旦和基督的讽喻性叙述则主要是基于他们的性格特征,用物化的象征手法来表现历史人物以及他们所代表的道德力量和精神力量。弥尔顿在这类讽喻性的表述中选择了暗示而非明示。因此,他所塑造的撒旦是一个更加复杂的人物,后者身上的潜在含义需要后代的批评家费尽全力地加以解读。在这个揭示与阐释的过程中,深谙英国文学传统同样是必不可少的。

第二节 撒旦与邪恶三位一体

不可否认的事实是,讽喻是构成《失乐园》的模式之一。在弥尔顿对撒旦生动刻画的背后是一部罪孽的讽喻,而这在中世纪与文艺复兴时期的英国文学作品中是最常见的。天使长拉斐尔(Raphael)在开始长篇叙述撒旦的反叛和坠落来启发亚当时,似乎已经暗示着这个事实:

> High matter thou injoin'st me, O prime of men,
> Sad task and hard, for how shall I relate
> To human sense th' invisible exploits
> Of warring Spirits…
>   … yet for thy good
> This is dispens't, and what surmounts the reach

---

① 当然,弥尔顿所采用过的最突出拟人化形象是罪恶和死亡。在第二卷中,我们也能找到夜、混沌、自然、"热、冷、湿、燥四个凶猛的战士"(894—898),投机、骚扰、混乱、乱纷纷(965—967);还有在第三卷中出现的智慧、单纯、疑心、善良(686—688),黑暗,光明(712—713)。但是这些角色对史诗的主要内容来说并不是至关重要的。

② 出自柯勒律治的《政治家手册》(Statesman's Manual),被伯罗(J. A. Burrow)在《中世纪作家和作品》(Medieval Writers and Their Work. Oxford, 1982)中所转引,第 89 页。

第四章 罪孽的讽喻

> Of human sense, I shall delineate so
> By lik'ning spiritual to corporeal forms,
> As may express them best, though what if Earth
> Be but the shadow of Heav'n, and things therein
> Each to other like, more than on Earth is thought? (*P. L.*, V 563—576)
> 人类始祖啊,你要我做的可是件大事,
> 既可悲又难说,以人类的感官和悟性,
> 怎能讲解目不可视的天使战争中的
> 输赢业绩呢……
> 　　……然而为了你的缘故,
> 我不妨说一说;依照人类感官
> 所能理会到的,用人类肉体形式
> 来尽量表达天使之间的事务:
> 人间虽只是天国的影子,但两者间
> 相似程度要比人们所臆想的多得多?(《失乐园》,V 563—576)

这是弥尔顿有意识地改写《圣经》中的历史事件和人物及其在超感官世界中的道德和精神意义,从而使之能够被人类理解的一个例子。"用人类肉体形式来尽量表达天使之间的事务"(By lik'ning spiritual to corporeal forms)揭示了撒旦性格的一个新的方面,那就是有关罪孽的基督教概念。

骄矜是撒旦性格中最突出的方面之一。由于骄矜,路西弗反抗上帝而从天国坠落至地狱。一部在切斯特组剧中的早期神秘剧《路西弗的坠落》(*The Fall of the Lucifer*)①将路西弗描写成一个大天使,他的主要特点就是因自己的美貌和崇高而变得骄矜。在当上了权势仅次于上帝的天国大天使之后,路西弗就是这样夸耀自己的:

> Ah! ah! that I am wonderous bright
> among yow all shyning full cleare!
> of all heaven I beare the light
> thoughe God himself, and he were there. (105—108)

---

① Hermann Deimling, ed. *The Chester Plays*. London: Oxford University Press, 1892, pp. 9—20.

啊！我的光芒是多么的耀眼，
在你们所有人当中鹤立鸡群！
在整个天国中，我的光芒不亚于
上帝，尽管上帝本人就在天上。(105—108)

他的自我陶醉在他渴望得到上帝宝座时很快就变成了篡位的野心：

I am pereles and prince of pryde,
for God him self shynes not so sheene.
Here will I sit now in this stid,
to exalt my selfe in this same seat;
behold my body, both handes and head!
the might of god is marked in me. (163—168)
我是无可匹敌的骄矜君王，
因上帝本人也没我那么耀眼。
如今我也将坐在这个地方，
把我自己提升到这个宝座；
看我的身体、双手和头脑！
我身体上有上帝神力标记。(163—168)

在路西弗坠落地狱之时，他的形象也随之被丑化了，而他的头衔也变成了魔王(Primus Demon, 208 ff.)。①为凯德蒙手稿《创世记》B 文本而画的插图很好地展现了路西弗的骄矜，以及他后来的丑陋形象。在这首古英语诗歌中，我们能够找到一段类似的话，它解释了路西弗如何最终堕落成撒旦：

Ða spræc se ofermode cyning, þe ær wæs engla scynost,
hwitost on heofne and his hearran leaf,
drihtne dyre, oð hie to dole wurdon,
þæt him for galscipe god scylfa wear?
mihtig on mode yrre. Wearp hine on þæt morðer innan,

---

① 弥尔顿最初构思《失乐园》时，是想把它写成剧本的，这也从侧面说明，他的撒旦形象受到了中世纪戏剧的影响。在 15 世纪中，英国神秘剧主要由四个组剧所组成：切斯特组剧(25 部剧)、约克组剧(48 部剧)、韦克菲尔德组剧(32 部剧)以及林肯组剧(42 部剧)。当然，切斯特组剧大概是最早的一个。

niðer on þæt niobedd, and sceop him naman siððan,
cwæð se hehsta hatan sceolde
Satan siððan, het hine þære sweartan helle
grandes gyman, nalles wið god winnan. (338—346)
然后骄矜国王开口说话,在天国中
他曾是最耀眼和明亮的一颗明星,
上帝视其为亲信,提升他为大天使,
直至他和追随者们变得得意忘形。
上帝因他的傲慢从心底感到震怒,
故而使他陷入痛苦,坠入死亡深渊,
并将其改名为撒旦,命令他去掌管
黑暗地狱,绝不能违抗上帝的旨意。(338—346)

弥尔顿在《失乐园》中延续了英国文学中的这一传统。比如,在尼发底山(Mount Niphates)上撒旦这样回忆起他昔日在天国的地位:

　　　　　　... lifted up so high
I deigned subjection, and thought one step higher
Would set me highest,... (IV 49—51)
　　　　……升到那么高的地位,
我便不愿服从,妄想再进一步,
要升到最高位,……(IV 49—51)

然而,恰恰是他的"骄矜和更糟的野心"(Pride and worse Ambition, IV 40)导致了他的堕落。天使长拉斐尔在这部史诗的其他地方说明路西弗"由于他的傲气,而觉得不能忍受"(could not bear / Through pride)弥赛亚受膏的场景,并且认为这场景"对于他自己是一个损害"(thought himself impair'd, V 664—665)。弥尔顿甚至不厌其烦地好几次在诗歌中解释从路西弗到撒旦,这名字是如何发生变化的。①

---

① 《失乐园》卷五,第 658—659 行:"他现在叫撒旦,原名已经不再在天国存在……"(Satan, so call him now, his former name / Is heard no more in heaven...);卷七,第 131—135 行:"你要知道,路西弗从天上坠下(这样称呼他,因为他曾在天使中,比那星中之星,更加光亮)……落到他如今所在的地狱……"(Know then, that after Lucifer from heaven / [So call him, brighter once amidst the host / Of angels, than the star among] / Fell into his place...)

同样由于骄矜，撒旦决心逃离地狱去"欺骗人类的母亲"（deceive the Mother of Mankind, I 36）。早期的英国文学作品把撒旦看到人类幸福时的自尊心受伤视作理所当然，因为《圣经》本来就是这样写的。古英语的《创世记 B》同样强调了这一点：

>...þæt me is on minum mode swa sar,
>on minum hyge hreowe, þæt hie heofonrice
>agan to aldre. (425—427)
>……此事令我心如刀割，
>并让我的自尊心受损，即他们将能
>永远拥有天国。(425—427)

在描写这一特定的方面时，弥尔顿又再次转向了他的英国前辈们，以求能遵循他们的榜样。

跟往常一样，弥尔顿的眼睛牢牢地盯着自己的模仿对象埃德蒙·斯宾塞。在《仙后》中，斯宾塞曾用下面这种方式来介绍路西弗拉（Lucifera），这位骄矜之宫的女王：

>High above all a cloth of State was spred,
>And a rich throne, as bright as sunny day,
>On which there sate most braue embellished
>With royall robes and gorgeous array,
>A mayden Queene, that shone as Titans ray,
>In glistring gold, and peerlesse pretious stone:
>Yet her bright blazing beautie did assay
>To dim the brightnesse of her glorious throne,
>As enuying her selfe, that too exceeding shone. (F. Q., I iv 8)
>在至高处铺着一张富丽堂皇的地毯，
>还有个黄金宝座，如艳阳天一样闪亮，
>宝座上坐着一位童贞女王，服饰艳丽，
>身穿华贵的长袍，佩戴鲜艳的首饰，
>在闪光的金子和稀世宝石的映衬下，
>她就如太阳神的光芒一般夺目闪耀；
>然而她那熠熠生辉的美貌却在试图

使那光辉灿烂的宝座变得暗淡无光,

正如嫉妒本身那样,她闪耀得过头了。(《仙后》,I iv 8)

这些熟悉的句子使我们立即联想到《失乐园》第二卷的开头,傲慢的地狱之王穿戴得就像一位东方的苏丹。撒旦与路西弗拉之间的相似性简直是惊人的:

High on a Throne of Royal State, which far
Outshone the wealth of Ormus and of Ind,
Or where the gorgeous East with richest hand
Show'rs on her Kings Barbarous Pearl and Gold,
Satan exalted sat, by merit rais'd
To that bad eminence; and from despair
Thus high uplifted beyond hope, aspires
Beyond thus high, insatiate to pursue
Vain War with Heav'n, and by success untaught
His proud imaginations thus display'd. (II 1—10)

撒旦以赫赫的王者气概,高高地

端坐在皇帝宝座上,后者的豪华,

远胜过奥穆斯与印度的显赫财富,

或奢华的东方,不惜将金银珠宝,

像雨一样洒在他们的君王头上;

他凭实力登上高位,意气飞扬,

在绝望之余出乎意料地能升到

如此高度,更激起他的狼子野心,

虽经对上帝交战屡遭徒劳败绩,

却不灰心,向部下披露傲慢遐想。(II 1—10)

同样身穿"艳丽"(gorgeous)服饰端坐在高高的宝座上,同样被"闪光的金子"(glistring gold)和"宝石"(pretious stones)所围绕,万魔殿的地狱之王和骄矜之宫的童贞女王看上去仿佛就像是用一个模子刻出来似的。甚至连他们俩的名字也密切相关:路西弗拉的名字显然是来自路西弗①,而路西弗则是撒旦的另外一个称呼。正如道格拉斯·布鲁克—戴维斯(Douglas Brook-Davis)所指出的那样,路西弗拉作为撒旦式骄矜的化身,正是通过她与法厄同的联系而确定的,后者的故事自从中世纪以来一直被解读成路西弗反抗上帝的一个寓言。②

撒旦的"帝王的骄矜"(Monarchal pride, *P. L.*, II 428)正是对路西弗拉"皇家气派"(Princely state, *F. Q.*, I iv 10)的刻意模仿。路西弗拉最典型的特征是她那双老是朝上看的、骄傲的眼睛,因她"的确蔑视"(did disdayne)所有"卑微的"(lowly)事物(*F. Q.*, I iv 10)。同样,撒旦的习惯性表情就是"鄙视"(disdainful, *P. L.*, II 680)、"蔑视"(contemptuous, IV 885)或是"嘲讽"(in scorn, IV 902)。作为普路托(Pluto)和普罗塞尔平娜(Prosepine)的女儿,路西弗拉并不是王国的合法统治者:

> But did usurpe, with wrong and tyrannie
> Vpon the scepter, which she now did hold:
> Ne ruld her Realmes with lawes, but pollicie,
> And strong aduizement of six wizards old
> That with their counsels bad her kingdom did yphold. (*F. Q.*, I iv 12)
> 但通过行恶和暴行,她篡夺了权杖
> 如今这一权杖就掌握在她的手里:
> 她并非用法律统治王国,而用计谋,
> 以及手下六个老巫师的强大法术,
> 靠其坏主意,她确实掌控了全王国。(《仙后》,I iv 12)

巧合的是,撒旦也是自立的君王。作为一个暴君,他是用十二个异教徒神祇来统治地狱,而非"六个老巫师"。

---

① 在拉丁文中,路西弗(Lucifer)的意思是"带来光的人"(Luci—,Lux—光),路西弗拉(Lucifera)就是在路西弗的名字上加后缀-a,即表示阴性名词的屈折字尾。

② Douglas Brook-Davis. *Spenser's Faerie Queene: A Critical Commentary on Books I and II*, 1977, p.45. 在《仙后》卷一第四章第九节中,斯宾塞把路西弗拉描写为"就像太阳神最美丽的孩子那样闪烁着极度的光芒……"(Exceeding shone like Phoebus fairest childe...)。然而,在古希腊神话中,法厄同是太阳神赫利俄斯的儿子。他掌管他父亲的四轮马车,结果对马匹失去控制,他的马车最后离地面太近了。宙斯为了挽救地界不至于被火烧毁,用雷电劈死了法厄同,然后法厄同坠入了波江。

第四章 罪孽的讽喻

在《仙后》的第一卷中,斯宾塞创造了另一位讽喻人物,那就是奥戈格里欧。身为泰坦式的巨人,奥戈格里欧是作为骄矜的互补象征而与路西弗拉联系在一起的。①这个可怕的反面角色与魅力迷人的路西弗拉形象有较大的反差。作为"一个凶恶而可怕的丑陋巨人"(An hideous Geant Horrible and hye, F. Q., I vii 8),奥戈格里欧更接近于撒旦另一个作为魔王的自我,他那"令人畏惧的力量"(dreaded power)、"令人毛骨悚然的凶神恶煞面容"(staring countenance stern),尤其是他"沉重的步伐"(stalking steps, I vii 10)都让我们联想到叛逆天使们那位盛气凌人的首领。因此在接下来的那一段中,斯宾塞描述了这个怪物如何危险地逼近了被施了魔法的红十字骑士:

> ... he gan aduance
> With huge force and insupportable mayne
> And towardes him with dreadfull fury praunce; ... (F. Q., I vii 11)
> ……他带着
> 巨大的力量和不可抵挡的惯性大步向前,
> 怀着可怕的怒气朝着他走去;……(《仙后》,I vii 11)

在这里,奥戈格里欧的巨大步伐使人清楚地联想到弥尔顿的史诗《失乐园》中相对应的描述:

> Satan was now at hand, and from his seat
> The Monster moving onward came as fast,
> With horrid strides, Hell trembled as he strode. (P. L., II 674—676)
> 撒旦现在已经走近,那怪物离座相迎,
> 用可怕的步伐气势汹汹地向前走去;
> 脚步沉重,踏得地狱都震颤起来。(《失乐园》,II 674—676)

跟撒旦一样,奥戈格里欧具有超人的力量,但也是跟撒旦一样,在面对神力时他的表现相当怯懦。斯宾塞告诉我们奥戈格里欧是"由烂泥做成的庞大怪物,/外强中干,体内填满了邪恶的罪行"(monstrous mass of earthly slime / Puft up with emptie wind, and fild with sinful crime, F. Q., I vii 9)。这一

---

① 奥戈格里欧(Orgoglio)这个名字在意大利语中就是"骄矜"的意思。

生动的形象比喻在《失乐园》卷四中撒旦到达目的地伊甸园时也再度出现。撒旦因为擅自进入伊甸园而被守护的天使们所逮捕,他试图抵抗时那"鼓胀"(puft-up)的外表确实很吓人:

> ... Satan alarm'd
> Collecting all his might dilated stood
> Like Teneriff or Atlas unremov'd:
> His stature reacht the Sky, and on his Crest
> Sat horrorPlum'd; nor wanted in his grasp
> What seem'd both Spear and Shield... (V 985—990)

> ……撒旦受惊之余
> 鼓起所有的力量站着,身体庞大,
> 就像忒涅列夫岛或阿拉特斯山一样
> 肖然不动。他的身材直指天穹,
> 在他头盔上坐着饰有翎毛的"恐怖";
> 手中似乎握有矛和盾……(V 985—990)

尽管如此,当加百列指着"天上的预兆"(celestial Sign, 1011)警告撒旦,他的这种尝试不仅徒劳,而且后果可怕时,这个样子唬人的泥足巨人瞬间气馁了下来:

> This Fiend look up
> His mounted scale aloft: nor more; but fled
> Murmuring, and with him fled the shades of night. (IV 1014—1016)

> 恶魔仰头一望,
> 见空中自己的秤盘翘起,便不再言语
> 口中喃喃而逃,夜色也随他逃遁。(IV 1014—1016)

为了理解斯宾塞在表现"骄矜"时所采用的双重写作手法,参照一下乔叟《坎特伯雷故事集》中的《牧师的故事》,可能会对我们有所帮助。在《牧师的故事》中,乔叟对这一致命的罪孽作了精彩的分析:"骄傲有两种方式,其一是在人的心中,其二是表现在外"(Now been ther two manneres of Pride, that oon of hem is withinne the herte of man, that oother is without).① 撒旦"伪装的光辉"(《失乐园》卷十,第 452 行)和路西弗拉"显赫的光辉"(《仙后》卷一第四章,第 16 行)类似,是"表现在外"的;然而他那冷酷坚硬的心却像奥戈格里欧的,是内在的。与斯宾塞的剖析方法(即用不同的人物来反映撒旦性格中的不同侧面)相反,弥尔顿采用了一种综合性和包容一切的独特人物性格塑造方法。事实上,弥尔顿笔下撒旦的性格极为复杂,几乎囊括了乔叟的牧师所列举的有关骄矜的所有"细枝末节"——"不服从(Inobedience)、傲慢(Avauntynge)、虚伪(Ypocrisie)、争斗(Strif)、藐视(Countumacie)、无礼(Presumcioun)、不敬(Irreverence)、固执(Pertinacie)、虚荣(Vayne Glorie)等等。②

撒旦的骄矜经常被用来与普罗米修斯的骄傲相提并论。虽然普罗米修斯受到无休止的折磨,但他仍然反抗宙斯这个万神之王。在《解放了的普罗米修斯》的序言中,雪莱公开宣称:

> ...the only imaginary being resembling in any degree Prometheus, is Satan;... The character of Satan engenders in the mind a pernicious casuistry which leads us to weigh his faults with his wrongs, and to excuse the former because the latter exceed all measure.③

> ……无论如何,与普罗米修斯相似的的虚构人物唯有撒旦;……撒旦这个人物使我们头脑产生了一种有害的诡辩,导致我们把他所受到的不公正对待与他过错进行比较,并因前者而原谅后者,因为前者远远超过了后者。

尽管如此,这两个人物之间还是有着重大的区别。普罗米修斯是人类的恩人,他把火种和智慧带到这个世界上,希望人类能够享受文明的成果。正如雪莱自己所提到的那样:

> He gave man speech, and speech created thought,
> Which is the measure of the universe...(*Prometheus Unbound*, II iv

---

① Robinson, F. N., ed. *The Complete Works of Geoffrey Chaucer*. London: Oxford University Press, 1957, p. 240.
② Ibid., p. 230.
③ Roger Ingpen and W. E. Peck, eds. *The Complete Works of Percy Bysshe Shelley*. Vol. II. London: Ernst Benn Company, pp. 171—172.

72—73)
他给予人类以语言,语言产生思想,
而思想则是整个宇宙的衡量标准……
(《解放了的普罗米修斯》,II iv 72—73)

另一方面,撒旦来到伊甸园是为了实施他引诱人类堕落和复仇的邪恶计划,而这一计划实际上"把死亡和人类的悲哀带来人间"("Brought death into the world, and all our woe," *P. L.*, I 3)。他想要让人类坠落的罪恶意图和行动已经远远超出了雪莱所认为的"过错"之极限。普罗米修斯之所以反抗宙斯,是因为他知道后者一个重大的秘密,而且他非常确信自己的潜在力量。而人类的敌人撒旦则十分绝望地知道他对上帝的背叛是一场没有希望取胜的战争:

None left but by submission, and the word
Disdain forbids me, and my dread of shame
Among the Spirits beneath, whom I seduc'd
With other promises and other vaunts
Than to submit, boasting I could subdue
Th' Omnipotent. (IV 81—86)
除了臣服,我没有任何其他选择。
可蔑视使我无法接受,而且我没脸
去见阴间的幽灵们,我曾经用
虚假保证和豪言壮语去引诱他们,
不肯臣服,吹嘘说我能够征服
全能的上帝。(IV 81—86)

从天国坠落之时,撒旦就已经被剥夺了他所有的意志力。在他孤注一掷地冒险去引诱人类的过程中,只有罪恶在驱使着他。

"忌妒"(Envy)显然是撒旦所具有的第二种致命罪孽。他是一位"将所有乐事都视作不快的/魔王……(the Fiend / Saw undelighted all delight…, IV 285—286)。当他第一眼看到伊甸园时,

Such wonder seized, though after Heaven seen
The Spirit malign, but much more envy seiz'd

At sight of all this world beheld so fair. (III 552—554)
那恶魔虽见过天庭,但看到如此奇景
也觉得惊诧不已;他看到这儿的景色
竟是如此美丽,便顿时妒火横生。(III 552—554)

来到伊甸园内,撒旦正好撞见人类纯真父母互表爱意的场景,于是"魔王见状/因嫉羡转过头去,却又心生恶念,/对他们侧目而视……"("aside the devil turned / For envy, yet with jealous leer malign / Eyed them askance..." IV 502—504)。在这里,我们又会注意到弥尔顿对忌妒的理解与其英国前辈们是相近的。请注意他在以下诗行中所使用的意象:

> As when a prowling Wolf
> Whom hunger drives to seek new haunt for prey,
> ...
> Or as a Thief bent to unhoard the cash
> Of some rich Burgher...
> So clomb this first grand Thief into God's Fold: ... (IV 183—193)
> 好比一只徘徊的狼
> 受饥饿的驱使去寻求新的猎物,
> ……
> 又好比一个小偷,一心要窃取
> 某位富人的钱财……
> 就这样,这首位大盗闯进了神的羊圈……(IV 183—193)

如果我们把上面段落中的撒旦与斯宾塞笔下在骄矜之堂(The House of Pride)大门前由七大罪孽所组成的庆典游行队伍当中的"忌妒"作一番比较,我们就会发现英国文学传统对弥尔顿的意象产生了令人印象深刻的影响:

> ... malicious Envy rode
> Upon a rauenous wolfe, and still and chaw
> Between his cankred teeth a venemous tode,
> That all the poison ran about his chaw;
> But inwardly he chawd his own maw

At neighbours wealth, that made him euer sad. (F. Q., I iv 30—35)

……恶毒的"忌妒"骑在

一头饿狼上,不断地用他的烂牙

咀嚼着一只毒汁四溅的癞蛤蟆,

所有的毒汁都从他嘴角流淌下来;

但是在体内他还嚼着自己的胃

因他邻居的财富让他妒忌不已。(《仙后》,I iv 30—35)

饿狼、癞蛤蟆和小偷——所有这些意象都与弥尔顿的撒旦密切相关,而且这些意象还将弥尔顿跟斯宾塞、乔叟和其他英国诗人联系在一起。比如,在《仙后》接下来的两个诗节中,我们进一步得知还有"一条可恶的蛇"(an hatefull Snake)秘密地盘踞在"他的胸口"(in his bosome, I iv 31),"他憎恨一切美好的事物和善良的行为"(He hated all good workes and vertuous deeds, I iv 32)。诗节的最后一句摹仿了《牧师的故事》中的说教:"忌妒抗拒一切美德,抗拒一切善行"(Envy is agayns alle vertues and agayns alle goodnesses)。[1]

"因为实际上,谁要是忌妒他的邻居,"牧师接着解释到,"他通常还伴着忿怒,在言行上他的忿怒处处针对他所忌妒的人"。[2] 事实上,撒旦有罪,不仅仅因为他在不顾一切地执行引诱任务时表现出的"无限忿怒"("infinite wrath," P. L., IV 74),而且因为他与"罪恶"乱伦苟合所表现出的纵欲,或者他的另一个自我"死亡"所表现出的贪食(II 845—849)。

既然弥尔顿打算证明他"更崇高的主题",我们不得不从讽喻的角度来分析撒旦的性格。史诗中有这样一个场景:撒旦在"罪孽"身上看到了他自己的"完美形象"——一群叛逆天使们在天堂里密谋叛乱,突然间从撒旦的脑袋里迸裂出一个"全副武装的女神"。"罪孽"生动而详细地向撒旦回忆起她的出生情况:

Amazement seized
All th' host of heav'n, back they recoiled afraid

---

[1] Robinson, F. N., ed. *The Complete Works of Geoffrey Chaucer*. London: Oxford University Press, 1957, p. 242.

[2] Ibid., p. 244. "For soothly, whoso hath envye upon his neighbor, anon he wole comunly fynde hym a matere of wratthe, in word or in dede, agayns hym to whom he hath envye."

第四章 罪孽的讽喻

> At first, and called me Sin, and for a sign
> Portentous held me; but familiar grown,
> I pleased, and with attractive graces won
> The most averse, thee chiefly, who full oft
> Thyself in me thy perfect image viewing
> Becam'st enamored;... (II 758—765)

> 天使们都惊讶不已,
> 所有的天使最初都一齐惊愕地后退,
> 并管我叫"罪孽",认为是不祥之兆。
> 后来逐渐熟悉了,连最讨厌我的
> 也喜欢我的妩媚和魅力,尤其是你。
> 你从我身上看到自己的完美形象,
> 便开始与我爱恋……(II 758—765)

当他俩在地狱大门不期而遇时,撒旦承诺把"罪孽"和"死亡"带到天堂,在那儿他们可以"安居"并且奴役人类(dwell at ease, 840—841)。

在分析《失乐园》时,费里(A. D. Ferry)认为撒旦遇见"罪孽"和"死亡"的这个场景是"这首史诗中一直被延续的讽喻情节"。[①]由于"罪孽"是从撒旦自己的脑袋里蹦出来的,而"死亡"是他们结合的产物,这三个人物角色构成了邪恶三位一体,刚好可以和圣父、圣子、圣灵构成的神圣三位一体相对应。弥尔顿的这个邪恶三位一体让我们联想到《仙后》第一卷中的"无法"、"无信"、"无乐"三兄弟或三条恶龙,以及英国中世纪道德剧中出现的由肉身、世界和魔鬼组成的邪恶三位一体。弥尔顿对英国文学中讽喻传统的借鉴是相当重要的。正如费里所一针见血地指出的那样:"撒旦是谎言之父,罪孽之父,而且从某种特定意义来讲,还是讽喻之父。"[②]

第三节 宗教讽喻的多层次寓意

然而,虽然弥尔顿从早期的英国文学中继承了讽喻传统的一些特征,但

---

① A. D. Ferry. *Milton's Epic Voice: The Narrator in Paradise Lost*. Cambridge, Mass.: Harvard University Press, 1963, p.131.
② Ibid., p.133.

是《失乐园》中的讽喻却在本质上不同于以往英国作家们所用过的讽喻,就像它不同于班扬在《圣战》中的描述那样。我们之前已经指出,弥尔顿笔下的撒旦不单单是抽象观念的一个表现形式,他还被认为是圣经中的一个历史人物,一个具有复杂情感和多种能力的人格化角色。弥尔顿用非凡的艺术手法来处理这部虚构的作品,并使之成为具体表达圣经故事和宗教历史的真实作品。这就是为什么他笔下的撒旦成为如此吸引人角色的原因。与之形成对比的是,在其他英国文学作品中的魔鬼经常显得比较沉闷、片面和让人反感。例如在《仙后》中,撒旦身上的各种品质分别由阿基马戈、杜埃莎、路西弗拉、奥戈格里欧、三无兄弟、恶龙以及其他讽喻人物来体现。当真正的撒旦这个角色跟在七大罪孽后面出场时,他丑角般的滑稽形象却令人大跌眼镜:

> And after all, vpon the wagon beame
> Rode Sathan, with a smarting whip in hand,
> With which he forward lasht the laesie teme. (*F. Q.*, I iv 36)
> 在所有这些人物的后面,撒旦坐在
> 马车的车辕上,手里握着带刺的鞭子,
> 鞭打着懒惰的辕马,促使他们前行。(《仙后》,I iv 36)

在《农夫皮尔斯》的 B 文本中,撒旦也是一个不真实的角色。比如,在对手耶稣到来之时,魔鬼们举行了一个荒诞的会晤,与上帝四个女儿们的会晤恰成对比。这次会晤也有四个恶魔角色参加:路西弗、撒旦、哥布林(Gobelyn)和魔鬼。① 即使在古英语《创世记》B 文本中,也由于中世纪人们关于撒旦被巨大锁链困于地狱的信念而对撒旦这个人物的性格塑造产生不利影响。因此,引诱人类堕落的任务只能交给他的副手来完成。

为了说明弥尔顿在塑造撒旦人物性格时的不同之处,我们必须分析中世纪和文艺复兴时期英国文学的思想背景,尤其是讽喻这个概念在中世纪时的意义以及诗人弥尔顿对《圣经》的独特领悟,因为《失乐园》的叙述归根到底是弥尔顿本人对《圣经》所包含真理的解读。

---

① 在《农夫皮尔斯》的 C 文中,许多其他魔鬼也参加了这次会议,包括玛洪、瑞格摩费恩、贝利尔和阿斯特罗。在中世纪文学中,魔鬼的名字有点混乱,因为在中古时代早期"路西弗"这个名字有时用来指基督这个带来光的人。只有到晚期的中世纪文学,"路西弗"才和撒旦一样普遍地成为魔鬼的名字。在《农夫皮尔斯》的 B 文中,"错误"和"虚假"这类人格化的形象也同样象征撒旦。

第四章　罪孽的讽喻

讽喻(allegory)这个词的最初意思是"另一种说法"(other speech)。因为希腊语"Allegoria"是由 Allos(其他的)和 agoreuein(公开讲演)这两个词复合组成。讽喻作为一种修辞手法，出现在很多古典史诗当中。早期基督教时代《圣经》的评注者们首先对讽喻的多种意义进行了区分。在中世纪，许多人已经认识到《圣经》可能包含了多层意思。希波的圣奥古斯丁(St. Augustine of Hippo, 354—430)指出，"对《旧约》的意义可以有四种区分法：分别根据历史、起源论、类推法和寓言。"①圣格列高利(St Gregory, c. 540—604)也注意到"圣经以其语言的方式，超越了所有的科学，因为同一个句子在描述事实的同时还揭露了神秘的真理"②。

13世纪重要的神学家托马斯·阿奎那在他的《神学大全》中精辟地阐述了这种多重解读《圣经》的理论：

　　……圣经的作者是上帝，该书靠上帝的神力传达上帝的意旨，不仅仅通过文字(人类也能做这个)，而且通过事物本身……因此，用文字表示事物的第一种指代关系属于第一层意义，它是历史的或字面的意义。在另外一种指代关系中，由文字表示的事物本身也有指示意义，这种指代关系被称做宗教意义，它以字面意义为基础和前提。这个宗教意义又可以被区分为三种意义：当旧约中的事物被用来象征新约中的事物时，那就是讽喻意义；当跟基督有关的事或者象征基督的事被用于我们该做的事，那就是道德意义；当提到所有这些都与永恒荣耀有关，那就是神秘意义。③

不过讽喻手法并不局限于宗教作品。随着13世纪30年代基洛姆·德·洛利思《玫瑰传奇》上篇(Guillaume de Lorris, first part of *Le Roman de la Rose*)的出现，人们越来越普遍地开始在世俗的爱情诗中使用讽喻手法。因此，对于精神层面意义的关注成为中世纪文学的主导因素。意大利诗人但丁(公元1265—1321年)在他的《会饮篇》(*Il Convivo*)中试图把上述四重解读理论普遍地运用到文学阐释之中。他几乎没有改变原有术语，但却用更直接明白的语言重新定义了这个四重解读理论：

---

① St. Augustine of Hippo. *Of the Value of Belief*, III.
② St. Gregory. "Moralia." *Precepts*, X i.
③ Hazard Adams, ed. *Critical Theory since Plato*. New York: Harcourt Brace Jovanovich, Inc., 1971, pp. 118—119.

……文学作品可以主要从四种意义上来理解,而且应该根据这四种意思来阐释文学作品。第一种是字面意义,它没有超越文字本身严格的界限;第二种是讽喻意义,它被这些故事的外衣所掩盖,是隐藏在美丽虚构下的真理;……第三种是道德意义,它是老师们在专心阅读作品时为了自身和听众的益处而需要观察寻找的;……第四种被称作是神秘意义,也就是说,它位于感官之上;当一部作品即使在字面上都通过文字所指代的事物来进行宗教意义的阐述而且暗示它属于永恒荣耀的更重要的问题时,就产生了神秘意义……①

中世纪英语文学的特点就是它有意识地努力获得宗教或讽喻层面的意义。我们已经注意到在另一部世俗的古英语史诗《贝奥武甫》中,诗人把格伦德尔(Grendel)归为"该隐的后代"(Caines cynne, 107);丹麦国王赫罗瑟加奉劝贝奥武甫别骄傲时所提及的那位邪恶国王赫拉莫德(Heremod 1709—1723)使我们马上就联想到那位叛逆天使的领袖。②在中古英语头韵诗《高文爵士与绿衣骑士》中,诗人同样仔细研究了高文爵士具有五角星标记的盾牌的象征意义,五角星代表五官、五指、耶稣五殇(five wounds)、圣母欢喜五端(five joys)等等。乔叟《坎特伯雷故事集》中讲故事者也主张这种信仰,那就是"一切用文字写出的东西,为的都是教诲"(All that is writen, is writen four oure doctrine)。③

《农夫皮尔斯》中的讽喻采用梦境的形式来呈现,这种梦境形式在中世纪文学中具有深刻的影响。13世纪的法国长诗《玫瑰传奇》开创了这种特殊的叙述方法:一个正在做梦的人作为叙述者讲述他的梦境,在梦中,他在一个充满象征符号的世界里遇到了各色各样人格化的角色,而这些象征符号要求读者必须从讽喻层面来解读。《农夫皮尔斯》的情节总共由十个梦幻而组成,其中有两个以梦境中的梦来表现的。这些梦境决定了该诗的讽喻结构,注定了它具有抽象和虚幻的品质。这首诗刚一开头,就用以下简单却又

---

① Hazard Adams, ed. *Critical Theory since Plato*. New York: Harcourt Brace Jovanovich, Inc., 1971, p.121.
② 《贝奥武甫》,第1709—1723页:赫拉莫德"野心膨胀",因恶行而闻名。尽管上帝赋予他力量,使他成为凌驾于所有人之上的强大国王,但他仍然背叛了上帝的教导,最后毫无快乐可言。
③ *Parson's Tale*, X (I) 1083. Cf. VII 3441—3442: (Nun's Priest) "For seint Paul seith that al that writen is, / To oure doctrine it is ywrite, ywis."

模糊的字眼来表现叙述者威尔的梦幻体验:"五月的一天早晨,我似乎中了魔,/于莫尔文山上遇见一桩怪事"(... on a May morwenynge on Malverne hilles / Me bifel a ferly, of Fairye, me thoughts, B Text, Prologue, 5—6)。由于长途步行的劳累,威尔在小溪畔坐下后,很快就睡着了。在他"奇妙的梦"(merveillous sweverne,11)里,他发现自己正处在一片陌生而具有象征性的荒野:在东面的远处高山上矗立着一座高塔,山谷下包藏着深不可测的地狱,而在群山前面是"挤满人群的平原"(a fair feeld ful of folk, 17),它是短暂易逝的人类社会的缩影,充满活力但同时又充斥着虚伪和堕落。在第一诗节中,神圣教会(Holy Church)以窈窕淑女的形象出现,与这个梦幻者进行对话,并且告诉他眼前这片风景的象征意义:山巅高塔是真理之塔,上帝住在那里;另一方面,山谷里的地狱象征魔鬼城堡,那里住着撒旦,虚伪之父(Fader of falshede, B I 64)。在威尔的殷切请求下(Teche me ... how I may save my soul, B I 83—84),神圣教会发表了一篇关于真理是最佳美德的教诲,撒旦的堕落这一《圣经》典故被她引用来证明自己的观点:

"But Crist, kyngene kyng, knyghted ten—
Cherubyn and Seraphyn, swiche sevene and another,
And yaf hem myght in his majestee—the murier hem thoughte—
And over his meene meynee made hem archangeles;
Taughte hem by the Trinitee treuthe to knowe,
To be buxom at his biddyng—he bad hem nought ellis.
"Lucifer with legions lerned it in hevene,
[And was the lovelokest to loke after Oure Lord (one)]
Til he brak buxomnesse; his blisse gan he tyne,
And fel fro that felawshipe in a fendes liknesse
Into a deep derk hele to dwelle there for evere."(B, I 105—115)
"王中王基督册封了十团骑士——
基伯路、撒拉弗等九团,还外加一品。
他亲自赋予他们伟力——皆大欢喜——
并封他们为天使长,统领全军;
他将三位一体真理教给骑士,
要求他们服从命令——仅此而已。

> "路西弗虽也在天上接受谕旨,
> (他是除上帝外容貌最美的天使)
> 但他背信弃义,丧失上天至福,
> 旋而驱出天国,变成狰狞妖魔
> 堕入黑暗地狱,永世不得翻身。"(B 文本,Ⅰ 105—115)

人们已经从神圣教会的讲话中探究出至少三种不同层面的意义。从表面来看,她把《圣经》历史中有关叛逆天使们堕落的故事告诉威尔。这个情节加上她谈话中提到的其他《圣经》典故,比如罗得(Lot)的酗酒(27—34),亚当夏娃的受诱,以及大卫王对骑士的训诫(98—99)等,都把《圣经》推到了这首诗歌的突出位置,同时为诗歌后面对《圣经》的更多注解奠定了基础,就像第十七诗节讲到的有关基督的生平故事,和第十八诗节讲到的基督受难等。

《圣经》评注的技巧就是把日常事务与拟人化讽喻相互联系。就像那些在《玫瑰传奇》的花园中出现的人物①一样,威尔在梦中碰到的几乎所有人物都是抽象的品质、观点或制度的拟人化表现。神圣教会本人就是一个非常典型的例子。当提到基督时,神圣教会并没有把他当作人来介绍,而是一种抽象的美德,真理:"山巅上的高塔",她说道,"是真理的府邸……"("The tour upon the toft," quod she, /"Truth is therinne..." B, Ⅰ 12)。为了更清楚地表达自己的观点,她进一步解释道,任何人如果能代表真理,那他就跟上帝一样了:

> Who is trewe of his tongue and telleth noon oother,
> And dooth the werkes therwith and wilneth no man ille.
> He is a god by the Gospel, agrounde and olofte,
> And ylik to *Oure Lord*, by Seint Lukes wordes. (88—91)
> 他深谙世间真谛,口授金玉良言,
> 并身体力行,对人类充满善意;
> 像基督那样,他也是天地之神,
> 这些都是《路加福音》中的原话。(88—91)

后面出现的"信仰"确认了基督等同于真理这一点。"信仰"同样是一个人格

---

① 在《玫瑰传奇》中,梦幻者在花园里遇到爱情的各种美德:谦恭、美貌、年轻、慷慨、富有和其他,他们都参加由爱情之神所举办的舞会。梦幻者在追求玫瑰的过程中,又进一步和美丽的欢迎、傲慢、理性、朋友、毒舌和嫉妒等对话,把求爱的进展也人格化了。

化的角色,他向威尔解释神圣的三位一体,说道"仅次于圣父的是圣子真理"(The secounde of that sire [God the Father] is Sothfastnesse Filius [Truth the Son], B, XVI 186)。

与此相反,神圣教会在介绍撒旦时,把他称作邪恶和虚伪的化身:

"That is the castel of care ...
Therinne wonyeth a wight that Wrong is yhote,
Fader of falshede—and founded it hymselve."(61—64)
"那是魔鬼城堡……
那里住着一个怪物,叫做邪恶,
他生育了虚伪,并建造了地狱。"(61—64)

就这样,基督与撒旦之间的斗争不是被解读为天国一场具体的战争,而是美德与罪恶之间一场敌对的冲突:善良对抗邪恶,真理对抗虚伪。在B文本的第二十诗节中,当假基督(Antichrist)指挥发动对谷仓同心堂(Unity,即神圣教会)的最后袭击,武装冲突开始公开化:假基督的主将是七大罪孽(Seven Deadly Sins),再加上老年(Old Age)、死亡(Death)、绝望(Despair)和伪善(Hypocrisy);另一边的兵力由良心(Conscience)和基本德行(Cardinal Virtues)带领。班扬在《圣战》中明显继承了这个中世纪的传统。

同样需要注意的是,神圣教会把基督描写为"王中之王"(kyngene kyng, B,I 105),而把路西弗描述成被基督"册封"的十个大天使之一。路西弗不但对上帝不感恩,而且还要背叛他,这一点在中世纪是众所周知的[①],而他堕落的故事在这首诗歌作品中被神圣教会改编为一种说教故事或是寓言故事来阐明她自己关于真理和虚伪的论点,这也正是该诗的第三层含意。诸如此类的讽喻情节在《农夫皮尔斯》中比比皆是。在序曲中,我们就读到一则关于老鼠聚会的寓言。老鼠们一起讨论如何把铃铛挂到一只残暴的老猫脖子上,从而摆脱它的折磨。还有第二诗节中奖赏夫人未完成的婚姻,第四诗节中农夫皮尔斯耕作半亩地的插曲,第十六诗节和十七诗节中基督和撒旦之间的比武,以及第二十诗节中假基督的驾临。这些熟悉简短的片段都被用来展现宗教或道德的场景。

---

① 参见乔叟在《僧士的故事》中对路西弗的堕落的描述(*The Monk's Tale*,VII 1999—2006)。

基督与撒旦比武的那个情节最典型地展现了《农夫皮尔斯》一诗所包含的多层面意义。正如伯罗(J. A. Burrow)所断言的那样，兰格伦刻意从《旧约》的圣经历史、人格化象征和寓言这三个不同的领域汲取了这一情节的内涵。这些不同的形式相互交叠，形成一个复杂的意义模式，在教义和叙述结构上都达到了协调一致。①

威尔在梦中梦里被告知基督和撒旦的比武即将到来，他醒来后便急切地想要找到农夫皮尔斯，刚好那时他碰到了一个过路的陌生人：

And thanne mette I with a man, a myd-Lenten Sonday,
As hoor as an hawthorn, and Abraham he highte.
I frayned hym first fram whennes he come,
And of whennes he were, and whider that he thought.
"I am Feith," quod the freke, "it falleth noght me to lye,
And of Abrahames hours and heraud of armes.
I seke after a segge that I seigh ones,
A ful bold bacheler—I knew hym by his blasen." (B, XVI 172—179)
后在中斋星期日，我遇见一人，
长者头发花白，名字叫亚伯拉罕。
我先向他询问打从哪里来，
家住在何方，又要上哪儿去。
"我叫信仰，"那人说，"决不会撒谎，
本是亚伯拉罕家族的纹章官。
我寻找一个曾谋过面的人，
一位年轻骑士，我只认他盔甲。"(B 文本, XVI 172—179)

这个段落有着丰富的《圣经》典故：四旬斋②中间的星期日正是四旬斋第四个星期日，离耶稣复活只有两周。威尔遇到的人"头发花白"，而且名叫亚伯拉罕，这点刚好和《旧约》中活了 175 岁的犹太人祖先亚伯拉罕吻合。然而，当他介绍自己名叫信仰，而且是亚伯拉罕家族的传令官时，他的身份变复杂

---

① J. A. Burrow. *Medieval Writers and Their Work*. Oxford: Oxford University Press, 1982, p. 103.

② 四旬斋是从圣灰星期三到复活节禁食忏悔的四十天（不包括星期日）。基督在复活节那天从坟墓中复生。

了。只有当已经了解了这些人物的圣经典故以后,我们才能够理清他们各种不同身份之间的内部联系。比如在《新约》中圣保罗声称《创世记》对亚伯拉罕人生的记载具有象征意义(《迦拉太书》,4:21—27);《圣经》中普遍认为亚伯拉罕的美德是信仰:"经上说什么呢?说:'亚伯拉罕信神,这就算为他的义'"(《罗马书》,4:3)。亚伯拉罕是基督骑士的传令官,因为信仰可以识别和宣布基督隐藏的神性。

威尔和亚伯拉罕(信仰)刚结束谈话,就看到另一个人物朝着他们跑来。他是摩西,"在西奈山顶"(upon the mount of Synay, B, XVII 2)接受上帝的律法,他管他自己叫希望("I am Spes," 1)。由于后者也在寻找基督,所以他们三人就一起动身前往耶路撒冷。正是在这一时刻,他们遇见了《路加福音》中基督寓言里提到的那位撒玛利亚人(Samaritan, 10:33—35),至此,诗中的第三层寓意也显示出来了:

... a Samaritan sittynge on a mule,
Ridynge ful rapely the righte wey we yeden,
Comynge from a contree called Jerico—
To a justes inJerusalem he jaced awey faste. (B, XVII 50—53)
只见一个撒玛利亚人骑着骡,
心急火燎地从后面赶上来,
他来自一个叫耶利哥的国度——
星夜兼程地去耶路撒冷参加比试。(B文本,XVII 50—53)

诗人含蓄地暗示着这位新来者就是参加比武的基督,他赶往耶路撒冷去挑战撒旦。在接下来的一段中,通过亚伯拉罕(信仰)和摩西(希望)对路边伤者的态度,诗人分别将他们等同于基督寓言中的牧师和利未人。这个象征性的情节表明了上述两个人物的局限性。躺在路边的受伤者不得不等到基督来给他包扎伤口,并用仁爱之心将他从罪孽中解脱。

斯宾塞在《仙后》中继承了这个连贯和含有多层寓意的讽喻传统,并在内涵上使之更错综复杂。斯宾塞在他1589年写给沃尔特·罗利的一封信中承认了这一事实,当时他正写完《仙后》的前三卷,他在信中写道:"爵士,因为我知道我们可能没法清楚地阐释所有讽喻,而我的这本名为《仙后》的书讲的是一个连贯讽喻或暗喻,所以我觉得有必要向您诉说一下这本书的大致意图和含义……"①在这封信中,斯宾塞很明确地指出,"大体上所有书的结尾都是为了塑造以善良和优雅品德的绅士或高贵人物。"②因此,他竭力把亚瑟王本身描绘成一个具有亚里士多德提出的所有十二大美德的英勇骑士。另外,他预想的十二卷书都分别以亚里士多德提出的美德为基础。现存六卷书中的每一位主人公都象征着对某一特定美德的完善:"在第一位红十字骑士身上,我要表达的是圣洁;在第二位骑士盖恩身上,我要提出的是节制;在第三位女骑士布里托玛耳提斯身上,我描绘的是贞节。"③

人格化手法仍然是《仙后》中最重要的技巧之一。以第一卷为例,它的主题是人间的圣洁。主人公的名字红十字就是一个象征,而且他也是"凡间之人"(man of earth),是跟兰格伦诗中主人公皮尔斯一样的农夫。红十字骑士在为打败毒龙并解放伊甸园而进行的探险过程中,身边总是有一位美丽的女子乌娜陪伴,后者代表唯一统一或真正的教会。④ 他们的冒险是以红十字骑士和蛇形女妖谬误(Canto, i 14—22)之间的激烈决斗为开端的。《仙后》第一卷第四诗节中的骄矜之堂向我们展现了由路西弗拉女王率领的七大罪孽游行。在同一诗节中,三无兄弟也是第一次出场,他们的名字(无乐、无信和无法)代表了撒旦的恶魔性格。红十字骑士在走进绝望洞穴时差点屈服于"绝望",这个"来自地狱的人"(I ix 28)使红十字骑士相信自己罪孽深重,并且还狡猾地劝说"死亡可以终结一切悲哀"(Death is the end of woes, 47)。幸运的是,乌娜把他带领到圣洁之殿(House of Holiness),在那里有菲德利娅(Fidelia,信仰)、斯佩伦萨(Speranza,希望)和卡丽莎(Charissa,仁爱)为他疗伤。这儿还有我们在兰格伦的《农夫皮尔斯》中所认识的七大基本德行:谦卑(Humility)、热情(Zeal)、尊崇(Reverence)、信仰(Faith)、希望(Hope)、仁爱(Charity)和冥思(Contemplation)。红十字骑士的心病在第九诗节中被治好后,冥思带他到了一座圣山顶上,使他看见与克里欧波利斯(Cleopolis,伦敦)相对应的那个天堂般的耶路撒冷。也正是在那里,他得到圣乔治的头衔,并做好了跟恶龙决一死战的准备。

对圣洁的象征性追求必然会与《圣经》故事有许多相类似之处。红十字

---

①② Spenser. *The Faerie Queene*. Introduced by J. W. Hales. London: Everyman's Library, 1974, p. 1.

③ Ibid., p. 3.

④ 这里斯宾塞仍然坚持兰格伦关于神圣教会(大谷仓同心堂)的理念,这对于弥尔顿时代的清教徒们来说是难以接受的。

第四章 罪孽的讽喻

骑士是被仙后格罗利亚娜(Gloriana)派去冒险收复伊甸园的。这就不可避免地暗示着他象征着基督骑士,因为后者也是被圣父委以同样的任务去拯救人类的。乌娜的父母——"那远古的国王和王后"(that aunciently Lord, and aged Queene, I xii 5)是伊甸园最早的居民,而且受到了毒龙的伤害,指的显然是亚当和夏娃。随着诗中情节的发展,红十字骑士类似基督的品质也越来越明显,最终在他与毒龙决斗(第十一诗节)和抵抗地狱的折磨(第十二诗节)时达到顶点。通过如此"大规模地使用讽喻手法"(clowdily enrapped in allegoricall devices)①,这首诗作获得了一种历史的视角,它的广度实际上包含了从人类堕落到撒旦最终灭亡的全部历史。

《仙后》同时又是一首爱国主义长诗,里面的很多人物取自当时英国的政治和宗教背景,其中心人物无疑是女王伊丽莎白一世。那个时代的许多英国诗人都曾写诗赞美他们的童贞女王,斯宾塞也不例外。斯宾塞在写给沃尔特·罗利的信中也提到了这一点:

> 概括而言,在仙后这个形象上我想要表达的是荣耀,但是具体说来,我所构想的是我们那位极其出色和光荣的女王,以及她的仙境王国。②

伊丽莎白女王的形象不仅局限于仙后格罗利亚娜这一人物,而且存在于现有的每一卷书中。乌娜身上就体现了女王某些方面的特点:她也是一位"高贵的女子",漂亮且可爱,"论出身她本是王室嫡亲后裔,/远古国王和王后的公主"(by descent from Royall lynage came / Of ancient Kinges and Queenes, F.Q., I i 5)。红十字骑士同样也是英国的守护神圣乔治(I xii),乌娜与他结婚就成了英国合法而理想的君主。一个非常重要的巧合是,伊丽莎白女王在她的加冕礼上宣布她以一枚戒指"嫁"给了英国;自从那时开始,她登基的纪念日成为了一个公众的节日,而十一月十七日也就成为了"伊丽莎白女王结婚的日子"(Queen Elizabeth's wedding-day)③。我们同样记得,正如乌娜象征着"真正的教会"那样,伊丽莎白女王也是英国新教教会的最高首领。在第二诗节中出场的杜埃莎身穿着猩红色外衣,身边陪伴着

---

①② Spenser. "A Letter to Sir Walter Raleigh." *The Faerie Queene*. Introduced by J. W. Hales. London: Everyman's Library, 1974, p. 2.

③ 比较海伦娜·夏尔的《对斯宾塞的介绍》,朗文出版公司,1978年,第40页。

"无信"骑士,这一形象代表当时效忠罗马天主教会的玛丽女王无疑。在第七诗节中,当杜埃莎扮作巴比伦的妓女时,她甚至戴着教皇的三重冠。身穿黑衣的魔法师阿基马戈也是教皇的一个化身,他把自己伪装成红十字骑士,并在盲信之殿(House of Blind Devotion, Canto III)欺骗了乌娜。但斯宾塞还是要让他最终被揭发,而且投入地牢(第十二诗节)。当时欧洲历史上最重要的事件之一就是英国和西班牙之间的长期战争。他们为争夺海上霸权而展开的博弈和竞争因宗教问题上的分歧而变得更加严峻。斯宾塞完成《仙后》最初三卷的前一年正值1588年西班牙无敌舰队战败,这在英国激起了极大的民族热情。奥戈格里欧这位泥足巨人是杜埃莎的情人,他被恰当而又隐晦地跟天主教西班牙国王腓力二世联系在一起(I vii 14—16)。纵观全诗,我们能够找到许多此类含蓄的影射。①

总体说来,斯宾塞继承了兰格伦《农夫皮尔斯》中虚幻抽象的讽喻传统,他使用寓言、象征、符号以及对美德和罪孽的人格化描写,形成了"连贯的讽喻或暗喻"。他倾向于剖析抽象品质或对美德和罪孽进行分门别类,在这方面他甚至比兰格伦做的还要深入。然而他生活的新时代同样推动他的作品朝着真实和具体的方向发展。例如,相对兰格伦对基督和撒旦比武的描述,斯宾塞对于红十字骑士和三无兄弟之间一对一格斗的生动描写就是一个重大的进步。事实上,弥尔顿在刻画撒旦形象时就逼真地模仿了三无兄弟的凶猛外表、庞大武器和超人力量等具体的细节。

弥尔顿显然从斯宾塞和兰格伦那儿受益良多。在前面几章中,我们已经举出了不少的例子。通过研究包含在弥尔顿剑桥手稿中的《失乐园》的四部手稿,其中第四部手稿的名称为《被逐出伊甸园的亚当》,我们进一步得知,在弥尔顿刚开始把这部诗构思成为一部道德剧时,他心里所想的就是典型的讽喻模式。拉姆齐在《弥尔顿诗歌中的道德主题》("Morality Theme in Milton's Poetry")一文中总结说,在中世纪宗教诗歌或宗教戏剧的讽喻形式中,有四种基本的情节:(1)恶与善之间的冲突;(2)死亡的讽喻;(3)上帝的

---

① 例如威廉·朗认为:红十字骑士指的就是锡德尼;经常现身来解救被压迫者的亚瑟王就是莱斯特;提米亚这个人物反映的是雷利;波旁反映的是法国的亨利四世;诺桑伯兰伯爵和威斯特摩兰伯爵(玛丽女王或杜埃莎的情人)被刻画成布兰达摩(Blandamour)和帕利戴尔(Paridell)。(William J. Long. *English Literature: Its History and Significance for the English Speaking World*. Boston: Houghton Mifflin, 1919.)

第四章　罪孽的讽喻

四个女儿(正义、真理、仁慈与和平);(4)灵与肉之间的争论。① 弥尔顿在他早期的手稿里,从这四个典型的讽喻主题中采用了相互交织的前三个主题。以下是从第三部手稿中摘录的片段:

【第三本原稿】:【第一幕】正义、仁慈和智慧正在讨论如果人类堕落,他将遭受什么结局……第三幕:路西弗正设计引诱亚当堕落;合唱队为亚当担忧,并叙述路西弗的背叛和坠落……第五幕:亚当和夏娃被赶出伊甸园,天使让他们同劳作、悲伤、憎恨、嫉妒、战争、饥荒、瘟疫、疾病、抱怨、无知、恐惧……死亡一起出场,他们进入凡间;信仰、希望和慈善安慰亚当并给他以指引;合唱队简洁地收场。②

我们在兰格伦的《农夫皮尔斯》和斯宾塞的《仙后》中已经非常熟悉这最后三个人格化的角色　　信仰、希望和仁爱全都出现在《失乐园》的所有这四部手稿中。

然而,当《失乐园》最终以史诗的形式出现时,这些与众不同的讽喻原型被模糊化了,或者被更具体的事件和人物所取代。上帝四个女儿之间的争论被圣父与圣子直接的对话替代,因而远不同于原先的讽喻模式。天堂的战争也是主要以肉身形式展开。米迦勒和撒旦之间的单打独斗是这场战争中最精彩的,其中两人都显示了超人的能力和力量。由于被米迦勒的利剑刺伤,叛逆天使领袖撒旦的血从伤口流在了地上,就像现实中的武士一般:

> Then Satan first knew pain,
> And writhed him to and fro convulsed; so sore
> The gridling sword with discontinuous wound
> Passed through him; but th' ethereal substance closed
> Not long divisible, and from the gash
> A stream of nectarous humor issuing flowed
> Sanguine, such as celestial Spirits may bleed,
> And all his armor stained, erewhile so bright.　(VI 327—334)

---

① Ramsay, R. L. "Morality Themes in Milton's Poetry." *Studies in Philology*, XV, 1918, pp. 123—158.

② David Masson. *The Life of John Milton*. 6 Vols, 1859—1880. Rptd. Gloucester, Mass.: Peter Smith, 1965, pp. 106—107.

> 于是撒旦首次尝到了痛苦,
> 身体因疼痛而不断地扭曲;
> 利剑划过处留下一处处伤口,
> 但灵体创伤不久便可愈合;
> 在伤口深处,有一道灵液
> 像流泉一样涌迸出殷红的
> 天使鲜血,溅满了光辉的盔甲。(VI 327—334)

塞缪尔·约翰逊在他的《弥尔顿传》(*Life of Milton*)中认为《失乐园》中的这段描写过于荒唐,因为他认为这种"在叙述天国之战时到处出现的实体和精神的混乱状态使这部分很不协调……"①。但是弥尔顿对于这种特定的讽喻有着他自己的见解——"用俗界有形的东西来表达灵界的事"(*P.L.*, V 573)。他在对《圣经》故事进行文学阐述时,倾向于用"有形"的叙述而非难以捉摸的梦幻,宁可用具体的细节而非抽象的化身,从而使天国的真实状况更能被人理解。

如果我们把弥尔顿的讽喻描写跟在他之前的兰格伦和斯宾塞等诗人讽喻描写作一番比较的话,两者的区别几乎是不言而喻的。在那两部较早的英语诗歌中,讽喻占据了支配的地位,而且持续地贯穿于整个叙述之中;而在《失乐园》中,讽喻的意义不仅只是次要的,而且还是间断性的。弥尔顿显然把他的故事当成历史上确实发生过的事件来处理,尽管他对在天国发生的事情并不是一直都很有把握,因为《圣经》并没有提供足够的相关信息。为了获取这方面的信息,他在神圣缪斯的适当指引之外,不得不依赖于现存权威性的著作,其中包括《仙后》和《农夫皮尔斯》,很有可能还有古英语的《创世记》B文本。弥尔顿的撒旦已经不再是一个苍白的罪恶象征,而是一个拥有人类情感的真实历史人物,尽管为了说明他复杂性格的各个侧面,诗人还不时地运用传统的意象及其引申的讽喻意义来加以补充。撒旦这个人物性格的复杂性正是他能吸引人的奥秘所在。在解析和连结普通的抽象原型

---

① 转引自查尔斯·费思所编辑的《约翰逊笔下的诗人生平:弥尔顿》,牛津:克拉伦登出版社,1927年,第76页。约翰逊正确地指出弥尔顿写的恶魔和天神的力量有时候是纯灵魂的,而有时候又依附于活生生的肉体,那是因为诗人弥尔顿明白"非物质的东西没法提供形象,所以他不得不借助于动作的手段来展现天使们的行为"(第75页),但遗憾的是,约翰逊认为对弥尔顿来说,用这个理论把他的诗复杂化是一个失败。

这方面,构思巧妙的《仙后》或《农夫皮尔斯》等讽喻诗中的人物也无法企及这种心理上的复杂性。人格化描写只涉及把人物的名字简单翻译成它所指代的抽象品质。人格化的角色无论描写得多么生动,比如兰格伦的饕餮或斯宾塞的阿基马戈,但它仍然不是一个真实的人物,至多只是一些特定角色的原型。它缺乏"内心的冲突",而这正是塑造成功而生动的人物性格时所必不可少的①。

撇开其他因素不谈,弥尔顿对《圣经》的态度肯定影响了他在《失乐园》中所使用的独特品质。正如希尔所指出的那样,弥尔顿在解读《圣经》历史时处于一种非常微妙的立场②。作为一个虔诚的新教徒,他坚信《圣经》上所写的东西是真实的。在《基督教教义》一书中,他这样写道:"经文……,一方面由于它本身的简洁,另一方面由于神的启示,在描写所有跟拯救有关的事情时显得简单明了……"(Christian Doctrine, XXX)。阿奎那的《神学大全》非常重视《圣经》的字面意思,而这种字面意思在弥尔顿的《基督教教义》中几乎被认为是唯一可靠的意义③。诗人弥尔顿这样写道:"没有哪一段经义应该用一种以上的意义来解读;然而在《旧约》中,意义有时往往是历史意义和象征意义的混合体。"④从他在这篇神学论著中给出的解释,我们可以知道,弥尔顿显然是把《圣经》所描绘的上帝创世和人类堕落等故事当成真实历史事件的,而且他相信好天使和坏天使的真实性。但他同时也从自己的亲身经历中意识到,《圣经》的文本需要进行个体的解读。他坦率地承认,如果我们只依赖于文本的表面意义,那么"上帝将似乎显得自相矛盾而且易变"(God would seem to contradict himself and be changeable):

> ……《新约》的文字很有可能被掺杂讹误,而且有些已经被掺杂讹误了,由于流传者人数众多或者偶尔因流传者信仰不纯,因为最初的手抄本种类繁多而且各有差异,还因为后来的传抄本和印刷本而增添了

---

① 比较 C. S. 刘易斯在第 116 页中的引文"抽象的事物因为内部的冲突而有了生命……"
② Christopher Hill. *Milton and the English Revolution*. London:Penguin Books,1979,p. 244.
③ 弥尔顿的神学著作《基督教教义》(*De Doctrina Christiana*)是用拉丁语写成的,但是在他生前并没被出版。1823 年,罗伯特·莱曼(Robert Leman)发现了失踪的《基督教教义》手稿。两年之后,该书以最初的拉丁语和萨姆纳(Charles Richard Sumner)的译文一起出版。
④ Patterson, F. A. et al. , eds. *The Works of John Milton*. Vol. 16. New York:Columbia University Press,1931—1940,p. 263.

版本的多样性……此外我们也不能依据作者手写的原稿来校正别人的错误。①

每个人都必须靠自己来寻找《圣经》的真正意义，因为上帝要求我们每个人自己来解决信仰的问题。"每一位信徒都有权自己解读《圣经》的经文，只要他有圣灵的指引，并把基督放在心间。"②

虽然宗教观念并不能凌驾于文学作品的叙述之上，但它确实在构建《失乐园》的讽喻模式时起到了一定的作用③。弥尔顿在宗教信仰上的独立性帮助他塑造了一个独特的撒旦。

第四节　善恶混杂的理念与传统

作为一部具有复杂结构的长篇史诗，《失乐园》经常转换其叙述模式。某些片段是高度讽喻化的，但是另外一些片段又保持了现实主义风格。撒旦性格中最现实的方面之一表现为他外在行为与内在情感之间的冲突。尽管弥尔顿描写的对象是一个仍在积极活动的邪恶或罪恶的原型，但是他的描述从来不缺乏微妙的心理分析：

So spake th' Apostate Angel, though in pain,
Vaunting aloud, but rackt with deep despair... （P.L., I 125—126）
叛逆天使这样说道，尽管强忍痛苦
说出豪言壮语，心里却感到深深的失望……（《失乐园》，I 125—126）

站在重新集结的军队面前，撒旦仍能保持一个威严指挥官应有的风度，但是私下里，我们却看到他明显遭受着良心的啃噬，而且他的刻意伪装也已经掩饰不住这种痛苦。以下是他去伊甸园途中所说的一段独白，显露了他堕落

---

① Patterson, F. A. et al., eds. *The Works of John Milton*. Vol. 16. New York: Columbia University Press, 1931—1940, pp. 275—277.
② Ibid., p. 265.
③ 派克(H. W. Peck)在研究这一特定主题时，认为弥尔顿在《失乐园》中的叙事风格是讽喻化叙述而非讽喻，因为他赞成关于《圣经》历史的字面意义。拉姆齐(R. L. Ramsay)断言弥尔顿在写作《失乐园》时故意遵循"启发式的过程"(a process of elicitation)，其中原先手稿里的讽喻模式让位给了对《圣经》历史更加现实的描写，但是他同时也注意到，讽喻主题"从未完全消失过"("弥尔顿诗歌中的道德主题"，《明镜》，卷十五，1918年，第 123—158 页)。

后的绝望和自怜：

> ... they little know
> How dearly I abide that boast so vain,
> Under what torments inwardly I groan; ... (IV 86—88)

> ……他们不知道
> 我为这空虚大话而受尽多少苦楚，
> 内心为这苦楚经受了多少折磨！(IV 86—88)

如果我们回溯到史诗的开头，就会发现弥尔顿并没有把撒旦简单地刻画成一个老套的怪物。撒旦也是上帝的儿子，"他属于最高等的天使，/倘若不是第一天使长，力量极强"(... he of the first, / If not the first Arch-Angel, great in Power, V 660)。虽然已经堕落，但是撒旦仍然残留着原先英俊美貌的痕迹——"光芒虽已减弱，/但他在众天使中仍鹤立鸡群"(Darkened so, yet shone / Above them all the Archangel, I 599—600)。他具有超人的力量、精力、口才和技能；而且他还没有被剥夺所有的感情，尤其是在史诗的前半部分。当撒旦在战败的军队面前流泪时，他泄露了与人类非常相似的蒙羞感和同情心。在早期的英国文学中，还没有出现过对撒旦如此人性化的描述。

作为罪恶的代表，撒旦为什么仍然能保留有一些好的品质呢？这是不是意味着弥尔顿在无意中"站在魔鬼的一边"，而向这位反叛的领袖表示同情呢？为了回答这些问题，我们必须首先了解基督教中有关撒旦的神学概念。如果我们追溯到早期基督教教父们的著述，就不难得知撒旦性格中善与恶的混合是一个似是而非的悖论问题，同样困扰了许多早期基督教信徒。托马斯•阿奎那在《神学大全》中为上述第一个问题提供了一个中肯的答案：

> ……不可能有极致的罪恶，因为如上所示，虽然恶总是能使善减少，但是恶绝对不会把善完全消耗掉；也因此，善总是会被保留着，没有什么东西可以变得完全彻底的邪恶。①

---

① Adler, M. J. et al., eds. *Great Books of the Western World*. Vol. 19. Chicago: Encyclopaedia Britannica, Inc., 1980, p. 19.

在塑造撒旦这一人物性格时,弥尔顿严格遵循了这位基督教神学家的教诲。从大天使到大恶魔的转变是一个渐进的过程,他的反叛和堕落加速了这一过程,其中越来越少的善不断地向逐渐膨胀的恶妥协,而一度最高贵的造物则退化为最邪恶的魔鬼。然而只要罪恶依然存在,就不可能是百分百的邪恶,阿奎那解释道,如果某样东西完全是邪恶的,那么它就会摧毁自身。

  阿奎那的这一神学观点对弥尔顿的思想产生了根本性的影响。但是还有一个观点也具有同样重要的意义:邪恶必须隐藏在某个面具或帷幕后面,否则它将变得无效和不堪一击。弥尔顿《摘录簿》第四页的记载显示诗人于1637—1638(?)年间一直在反复思考以下这个哲学问题:

> 在伦理道德中的邪恶中可以非常巧妙地掺进许多善。"没有人会把毒药跟胆汁以及黑黎芦混在一起,而会把毒药和味美的酱汁和佳肴放在一起……所以魔鬼把他准备好的任何致命菜肴浸泡在上帝最亲爱的恩惠里"等等①。

在撒旦的性格中,善与恶这两种对立的品质通过如此"巧妙"的手法融合在一起,以至于当撒旦发誓"永远作恶"时,他仍然必须从"善"中寻找恶的途径。为了唤醒他那些天使追随者来从事邪恶的反叛事业,撒旦不得不借助于像"自由"和"平等"之类善的标签;当他试图引诱人类堕落时,他又假装自己是出于最好的意图,设法让夏娃相信他建议她做的事只是为了人类的福祉。在《复乐园》中,当撒旦为了引诱基督而故伎重演时,他的本来面目立刻被揭露无遗:"那是你的诡计,/通过掺杂真相来制造更多谎言"(That hath been thy craft, / By mixing somewhat true to vent more lies, *P. R.*, I 432—433)。

  然而,这两种相互矛盾的性质也可以相互补充,因为美德正是主要通过邪恶才得以执行的。"为什么上帝允许邪恶的存在?只有这样,善行才能显出自己的正确性。因为善行是通过邪恶而被人知道,得以阐明和体现的"(Why does God permit evil? So that the account can stand correct with goodness. For the good is made known, is made clear, and is exercised by evil. *The Commonplace Book*, 4. Yale, I 363)。在他反英国国教的小册子

---

① 《约翰·弥尔顿散文全集》卷一,耶鲁,1953年,第362页。这条记录最初以拉丁文写成,引文摘自特土良(公元155—222年)的《公众表演》。

第四章 罪孽的讽喻

《为反驳一本小册子的辩护》中,弥尔顿就曾经用下面这个修辞性疑问句来提问:"难道他【基督】不是通过最邪恶的事来说明最美好的事情吗?"(Does he [Christ] not illustrate best things by things most evil? Yale,I 898)甚至就连堕落天使们也都知道,上帝"想要从我们的恶中寻找善"(Out of our evil seek to bring forth good,P.L.,I 63)。我们在《失乐园》第四卷中看到的撒旦独白也是用来证明,上帝用"金刚不坏的镣铐和永不熄灭的刑火"(adamantine chains and penal fire,P.L.,I 48)的方式来惩罚叛逆天使们的做法是正确的。

每个人都必须通过自己的理智或判断来区别并选择善与恶,而且他还要为自己做的决定负责。弥尔顿在为出版自由而发表的著名文章中警告人们,善良总是与邪恶掺杂在一起的:

> 我们知道,在这个世界中,善与恶的各自成长几乎是无法分开的。关于善的知识和关于恶的知识之间有着千丝万缕的联系和千万种难以识别的相似之处,甚至连普绪克劳碌终生也拣不清的种子都没有这样混乱。①

撒旦之所以能一直欺骗整个世界,其秘密就在于他知道如何用浮夸的话语和高尚的姿态来捕获人心。撒旦恰巧具备了所有必需的条件。然而在这么做的时候,他便离善渐行渐远,而离恶的最终毁灭越来越近。一旦彻底脱离善,那么恶也就不可避免地会最后终结。这正是《科马斯》两兄弟中的哥哥所要表达的意思,他预言善良最终战胜邪恶:

> ... evil on itself shall back recoil,
> And mix no more with goodness, when at last,
> Gathered like scum, and settled to itself,
> It shall be in eternal restless change
> Self-fed and self-consumed; ...(593—597)
> ……邪恶将会自行退缩,
> 不再与善良混合,直至最终
> 如渣滓一样聚集,并沉淀下去,

---

① M.Y.休斯:"论出版自由",《约翰·弥尔顿:诗歌全集和主要散文》,纽约:麦克米伦出版公司,1985年,第728页。

>它将永远不断地发生变化,
>
>以自身为养料,最终自我消亡;……(593—597)

同样的命运也正在等待着弥尔顿笔下的撒旦。

与弥尔顿同时代的许多人都能接受了善恶密不可分、相互混杂这一观点。例如在伊丽莎白和斯图亚特王朝时期的悲剧中,邪恶的角色往往拥有大段的独白来显示他们所受良心上的折磨。这些戏剧中的反面角色与中世纪戏剧或宗教诗歌里的反面角色截然不同,因为他们是被当作人来看待的,因此能够经历人类微妙而矛盾的情感生活。这种现实主义的英国戏剧传统为弥尔顿塑造撒旦的人物性格也起了十分重要的作用。

弥尔顿早在他开始诗人生涯时就显示出对撒旦这一人物的兴趣。在他早期的拉丁语诗歌《十一月五日》(*In Quintum Novembris*, 1626)中有一个戏剧性的场景,撒旦出场发表了一篇雄辩的演讲,煽动毫无信仰的精灵们起来反抗国王詹姆斯一世:

>Immemor O fidei, pecorumque oblite tuorum
>
>Dum cathedram, venerande, tuam diademaque triplex
>
>Ridet Hyperboreo gens barbara nata sub axe,
>
>Dumque pharetrati spernunt tua iura Britanni.
>
>Surge, age, ... (93—97)
>
>无需考虑信仰,忘掉你的羊群!
>
>北方天空下诞生的一个野蛮民族
>
>正嘲笑你的宝座、尊崇和三重冠,
>
>英国人正侮辱你的法律,哦,尊敬的人们,
>
>起来行动吧!(93—97)

撒旦代表罗马天主教会演讲,他怂恿听众们用"硝石火药"(nitrati pulveris igne, 120)将英国议会炸毁,以此警告所有不服从教皇命令的信徒。这段演讲非常有趣,因为这首诗里撒旦的巧妙策略和在《失乐园》万魔殿(Pandemonium)会议上别卜西(Beelzebub)提出的计划有异曲同工之处。别卜西提倡通过"暴力或诡计"(By force or subtlety, *P. L.*, II 358)在上帝的新造物人类身上复仇。奇克(M. Cheek)认为《十一月五日》这首诗中的撒旦

正是《失乐园》中撒旦的雏形。① 但是在 1626 年这个早期的阶段,弥尔顿这个篇幅较短的戏剧诗中的撒旦仍类似于中世纪戏剧中的刻板角色。他的称呼经常是伪装的"狡诈、爱撒谎的蛇"(the crafty, lying serpent, 90)和"骗子"(the deceiver, 131)。这些词语在中世纪神秘剧和道德剧中经常被用来形容撒旦。无论如何,这个角色还没有任何关于内心矛盾的描写,因此也缺乏像《失乐园》中撒旦那样的吸引力。

弥尔顿的假面剧《科马斯》中的反面角色已经发生了一些变化。我们发现莎士比亚戏剧对这部作品产生了影响。我们已经在第一章提到过,科马斯是一个难以捉摸的角色。他"闪闪发光的衣服"(apparel glistering)以及和他有关的酒神特质,如"欢乐"(Joy)、"狂欢"(Revelry)、"微醺"(Tipsy)和"酒"(Wine)等,使这位戏剧人物充满了魅力,但他实际上是一个骗子兼坏蛋。当他从母亲,即臭名昭著的喀耳刻,那儿继承了迷魂术之后,他首先把自己伪装成"和善的村民"(gentle villager)来诱骗剧中那位女主角上钩。但是一旦那位女子被他的魔法所控制之后,他就通过软硬兼施的手法立即暴露了他邪恶的企图。在这一方面,科马斯更像是《失乐园》中的撒旦,那位"做假的巧匠"(Artificer of Fraud, *P. L.*, IV 121)。

科马斯使计引诱的场景被讽喻性地描绘成"贞节"(Chastity)与"罪恶"(Vice)的对抗。由于那位女主人公一心一意想要过苦行僧般的修行生活,因而成为"神圣贞节"(Saintly chastity)的一个象征。当剧中她的小弟担忧她的生命安全时,大弟说了下面这番话作为回答:

'Tis chastity, my brother, chastity:
She that has that, is clad in complete steel,
And like a quiver'd Nymph with Arrows keen
May trace huge Forest and unharbor'd Heaths... (*Comus*, 418—421)
这是贞节,我的弟弟,是贞节:
贞节的她全身都被钢甲包裹着,
如同身背箭囊的仙女,携带锐利的箭簇,
可以探寻广袤的森林和无人踏足的荒野……(《科马斯》,418—421)

相反,科马斯是一位典型的撒旦式人物:

---

① M. Cheek. *SP*, 1957, pp. 172—187.

> Deep skill'd in all his mother's witcheries,
> And here to every thirsty wanderer,
> By sly enticement gives his baneful cup,
> With many murmurs mixt, whose pleasing poison
> The visage quite transforms of him that drinks,
> And the inglorious likeness of a beast
> Fixes instead, unmolding reason's mintage
> Characer'd in the face... (523—530)
>
> 他深谙母亲的所有巫术,
> 通过狡猾的引诱把毒酒
> 分给每个口渴的流浪者,
> 并混入咒语,令人愉悦的毒药
> 将饮者的面容完全改变,
> 取代以野兽的丑陋形象,
> 毁坏掉理智刻在人脸上
> 的清晰印记……(523—530)

当女主人公意识到自己已经掉入了"可恶的骗子"(foul deceiver, 696)所设的圈套时,她愤怒地谴责科马斯的表里不一:

> Hast thou betray'd my credulous innocence
> With vizor'd falsehood and base forgery...? (697—699)
> 你是否用虚假伪装和卑鄙谎言……
> 辜负了我容易上当受骗的纯真? (697—699)

在莎士比亚的《请君入瓮》中我们同样能看到这种善与恶之间的对抗。在该剧中,见习修女伊莎贝拉(Isabella)以贞节闻名遐迩,为了拯救她弟弟克劳迪欧(Claudio)的性命,她被迫向生性虚伪的维也纳摄政安哲鲁(Angelo)求情。安哲鲁把她的请求作为他诱奸她的借口,但几经交锋,安哲鲁始终没能使她屈于他的淫威之下。

当受到邪恶力量的威胁时,上面这两位女主人公都几乎下意识地求助于她们的主要美德——贞节。但这只是一种消极防卫的手段,充满了无助和绝望。弥尔顿剧中的女主人公心里很清楚,光以"严肃的童贞教义"(serious doctrine of Virginity, 785)来反驳科马斯看似有理的雄辩口才是无

济于事的:

> To him that dares
> Arm his profane tongue with contemptuous words
> Against the Sun-clad power of Chastity
> Fain would I something to say, yet to what end? (780—783)
>
> 对于一个敢用
> 轻蔑的言语武装其亵渎的舌头
> 来反对那阳光包裹的贞节力量的人,
> 我乐意说些话,但是为了什么呢? (780—783)

同样地,当安哲鲁最终暴露他真实意图时,伊莎贝拉考虑片刻后认为她有进行反击的充足理由,但她愤怒的话语在安哲鲁的面具前丝毫伤害不了他,因为他轻蔑地反驳道:"谁会相信你呢? 伊莎贝拉……我的虚伪压倒你的真实"(Who will believe thee, Isabella... my false overweighs your true. *M. M.*, II iv 155—171)。因此这个纯洁而无助的女子便陷入了绝望:"伊莎贝拉,做个清白人,让弟弟去死吧,/ 我们的贞操要远比兄弟更为重要。"(Isabella, live chaste, and brother, die. / More than our brother is our chastity. II iv 185—186)。

科马斯,如同莎士比亚笔下的安哲鲁,是比弥尔顿的拉丁文诗歌《十一月五日》中的魔鬼还要更复杂的人物。我们在科马斯身上已经能看到他外在表现和内心真实之间的张力,这正是《失乐园》中撒旦这一人物性格的基本特征。但是和撒旦相比,科马斯的人物性格塑造显得相对简单了一点。他是弥尔顿完美创造《失乐园》中撒旦之前的一个过渡性角色[①]。

在史诗《失乐园》中,我们仍然能发现弥尔顿那两部早期作品的痕迹。在这部史诗的诱惑者撒旦身上,我们看到了煽动别人反叛的恶魔影子。弥尔顿在第四卷中提及,撒旦因为被伊甸园的守门天使发现他丑陋的自我而感到出离的愤怒。很明显,这个典故用到了一个令我们感到非常熟悉的意象,那就是他那篇早期拉丁文诗歌《十一月五日》中提及的盖伊·福克斯(Guy

---

[①] C.H. Firth. *Johnson's Lives of the Poets*: *Milton*. Oxford: The Clarendon Press, 1927, p.61. 塞缪尔·约翰逊在《科马斯》中看到了"《失乐园》的黎明和曙光"(the dawn and twilight of *Paradise Lost*)。

Faukes)想用来炸毁英国议会的火药桶:

> As when a spark
> Light on a heap of nitrous Powder, laid
> Fit for the Tun some Magzin to store
> Against a rumor'd War, the Smutty grain
> With sudden blaze diffus'd, inflames the Air;... (IV 814—818)
> 好像战争风声紧时,
> 贮备的火药桶,忽然落下星星火花,
> 那黑色的烟硝便爆发而火焰冲天;……(IV 814—818)

正如《十一月五日》这首拉丁语诗歌的主题所表明的那样,撒旦是这次火药爆炸阴谋的始作俑者,这次事件直接威胁到了整个英国民族的命运。在诗歌的另一部分,弥尔顿把撒旦的追随者比作"灵界小精灵"(faerie elves)在"林边深夜游宴"(midnight revels by a forest side, I 781—782)。这幅画面让我们想起科马斯那些喝醉酒的随从们"深夜喧哗狂欢,东歪西倒地跳舞和欢闹"(midnight shout and revelry. / Tipsy dance and Jollity, *Comus*, 103—104)。通过比较这些类似的场景描写,我们可以粗略地看到弥尔顿在构思和刻画《失乐园》中撒旦人物性格时脑子里究竟是在想些什么。

在这部伟大的史诗中,英国文艺复兴时期的悲剧对它的影响似乎更为明显。塞缪尔·约翰逊发表了他公正的看法,认为与悲剧的联系可能会成为我们理解这整部史诗的突破性进展:

> It is related, by steady and uncontroverted tradition, that the *Paradise Lost* was at first a tragedy, and, therefore, amongst tragedies, the first hint is properly to be sought.[1]

以一个稳定和无可争辩的英国文学传统作为参照,《失乐园》首先是一部悲剧,因此我们应当从悲剧当中寻找最初的端倪。

独白是合适的线索之一,因为它是伊丽莎白时代悲剧中主人公表达自

---

[1] Johnson's preface to the revision of Lauder's charges, 1750. John T. Shawcross, ed. *Milton, 1732—1801* [The Critical Heritage]. London: Routledge & K. Paul, Lodon, Boston, 1972, p.172.

第四章 罪孽的讽喻

我和吐露心声的最好方式。弥尔顿笔下大魔鬼的反省酷似于莎士比亚和马洛的悲剧人物,这一事实有力地证明弥尔顿确实受益于伊丽莎白时代的英国悲剧。撒旦作为一个戏剧性角色,在伊甸园中共有五段较长篇幅的独白,其中有三段出现在《失乐园》的第四卷中(32—113 行,358—392 行以及 505—535 行),还有两段出现在第九卷中(99—178 行和 473—493 行)。

第四卷中的第一段独白揭示了撒旦矛盾的心理——"因为他把地狱带进了心里,/ 并且围绕在自身周围"(for within him Hell / He brings, and round about him..., IV 20—21)。在这一阶段,撒旦必须前往伊甸园完成引诱人类堕落的任务,但同时又预感到他的征途注定要失败,他为此难以抉择。而且更令人惊奇的是,我们发现他居然仍能唤回他的良知:

Now conscience wakes despair
That slumber'd, wakes the bitter memory
Of what he was, what is, and what must be
Worse; of worse deeds worse suffering must ensue. (IV 23—26)
现在良知唤醒了沉睡中的失望,
唤醒了过去的悲惨记忆和现时愁苦,
以及他未来可能更难堪的情景;
意识到作孽更深必蒙受更重的灾殃。(IV 23—26)

回顾自己的堕落经过,撒旦似乎意识到了他做的错事:

... Pride and worse Ambition threw me down
Warring in Heav'n against Heav'n's matchless King:
Ah wherefore! he deserv'd no such return
From me, whom he created what I was
In that bright eminence, and with his good
Upbraided none; nor was his service hard. (IV 40—45)
……我的堕落是因骄矜和更坏的野心,
掀起天国的战争,反对无敌的天帝:
啊,为了什么!他并没有亏待我,
把我创造成为天国的一名大天使,
享有至高的荣誉,并受到仁慈对待,
从未训斥指责,对他的服务又不难。(IV 40—45)

与很多评论家所设想的正好相反,撒旦在这儿并没有责怪上帝的惩罚。他也没有像在公开场合那样,谴责上帝在天上的专制和独裁意志,他甚至承认了自己"骄矜和更坏的野心"(Pride and worse Ambition)等罪行,以及上帝的善良和仁爱。这一小段坦白表明撒旦并没有真的相信他自己在公众面前所讲的那些冠冕堂皇的话。他夸夸其谈的口才只不过是为了掩盖自己的罪恶意图。

不过,撒旦因良知而造成的畏缩仅仅持续了很短的时间,他心里的另一个声音马上争辩道:反抗上帝是命里注定的,因此也是不可避免的。在这个时候,撒旦表现得就像是左右摇摆的浮士德,因为在后者身上,好天使和坏天使都互相竞争,想把他拉到自己一边,但结果是坏天使最终获胜。撒旦内心的困惑正好可以用浮士德的经典名句来概括:"我确实后悔,但我也确实绝望。"①

如果我们更加仔细地研究撒旦的独白,就会发现弥尔顿的史诗和马洛的悲剧还有很多相似之处:撒旦的悲叹——"我真是可悲!……/我的逃避只有地狱一条路;我自己就是地狱"(Me miserable! ... /Which way I fly is hell, myself am Hell. P. L. , IV 73—75)——清楚地回应了靡菲斯特(Mephistopheles)的迷茫:"嗨,这就是地狱,而我深陷其中,难以自拔"(Why, this is hell, nor am I out of it, Faustus, I iii 79)。② 撒旦所处的困境和堕落的人类所面临的并无二致。当撒旦最后脱口而出"蔑视使我无法开口求饶……"(Disdain forbids me..., P. L. , IV 83—86)时,他又一次让我们想起浮士德的台词:"我的心肠已经变硬,无法后悔"(My heart is hardened, I cannot repent, Faustus, II ii 18)。在第二段独白中,撒旦对亚当和夏娃体态的美丽和纯真感到惊奇,而他自己也曾经拥有过这种优美的体态和纯真的心灵。见到这幅景象,他的良知似乎再次苏醒,但他很快就克制住了,而且为他恶毒的行为找了一个借口:

---

① Christopher Marlowe. *Doctor Faustus*. V i 70:"I do repent and yet I do despair. "

② 类似的说法在早期的英国文学中颇为常见,如古英语诗歌《基督与撒旦》和比德的《英国教会史》等。参见:*Christ and Satan*, I 263—264:"... fyr bið ymbuten / On aeghwylcum, taeh he uppe seo"("烈火包裹着每一个人,尽管他可能身居高位"). Bede, *Historia Ecclesiasticae*. V 15:"Ubicumque, velt in aere volitant, veb in terris, aut sub terris vagatur sive detinentur, suarum secum ferunt tomenta flammarum."("无论他到哪里,在天上飞,在陆地上走,在地下游荡,那种受烈火煎熬的感觉始终都陪伴着他。")

第四章 罪孽的讽喻

> ... yet public reason just
> Honour and Empire with revenge enlarg'd,
> By conquering this new World, compels me now
> To do what else though damn'd I should abhor. (IV 389—392)
> ……但也有公开的正当理由
> 我为了复仇,才想通过征服
> 新世界而扩大我的荣誉和王国,
> 否则,我虽坠落也厌恶这样做。(IV 389—392)

同样,这种狡辩也不是撒旦所独创的。在莎士比亚的《请君入瓮》中有相似的场景。安哲鲁这位新任命的维也纳摄政也为自己潜藏的邪恶感到深深的震惊。他的独白表明,在他想要引诱纯真的伊莎贝拉时,他的良知也退缩了:"呸!呸!呸!安哲鲁,你在干些什么?你是个什么人?"(O fie, fie, fie! / What doest thou, or what art thou, Angelo? *M. M.*,II ii 172—173)。然而,安哲鲁在独白的结尾处为他的罪恶意图找到了一个同样的借口:"因爱慕美德而犯罪"(to sin in loving virtue, 183)。

在第九卷中的另一段独白也显示出了撒旦的负罪感。当时他再次潜入伊甸园,眼前所见的一切都刺激着他的双眼和内心:

> ... but I in none of these
> Find place or refuge; and the more I see
> Pleasure about me, so much more I feel
> Torment within me, as from the hateful siege
> Of contraries; all good to me becomes
> Bane, and in Heav'n much worse would be my state. (IX 118—123)
> ……可我在这些地方都找不到
> 栖身之处。我看见的乐事愈多,
> 便觉得内心受到的苛责愈烈,
> 思想矛盾,恰似受到可怕围攻;
> 一切善在我眼里都成了毒药,
> 在天国,我的境况将会更恶劣。(IX 118—123)

莎士比亚悲剧中的麦克白也经历了同样的不安和焦虑,因为他在犯下谋杀罪行时,实际上也谋杀了他自己的睡眠和生活中的一切欢乐。

在经历了这些内心挣扎以后,撒旦用下面这段话结束了他最后的一段独白:"我用巧妙伪装示爱来掩饰更强烈的憎恨,/并试图将她引上通向毁灭的道路"(Hate stronger, under show of Love well feign'd, / The way which to her ruin now I tend, IX 492—493)。这种伪装的策略也正是《请君入瓮》中安哲鲁所想到的:"不妨把'善良天使'写在魔鬼的角上,/这样人们就不再知道我的真实身份。"(Let's write 'good angel' on the devil's horn, / 'Tis not the devil's crest, M.M., II iv 16—17)。

我们应当注意到,文艺复兴时期英国戏剧中反面人物的独白是从神秘剧和道德剧中魔鬼揭示自我的表述发展而来的①,正像《失乐园》中撒旦的五段独白是从弥尔顿《剑桥手稿》中路西弗的两次简短演讲发展而来②。评论家威尔逊·奈特曾指出,尽管莎士比亚的剧作和中世纪戏剧相当不同,但他的剧作在深层次结构上仍保留着讽喻模式,而讽喻模式属于典型的中世纪传统。例如,人们把《请君入瓮》的主题理解为分别由两位主人公安哲鲁和伊莎贝拉所代表的正义和慈悲之间的较量。

在莎士比亚的戏剧中,我们经常能找到更多的"未定点"(spots of indeterminacy)③,使得这些戏剧的表现模式能够轻易地从写实转换到讽喻,因此造成作品主题中包含有大量的暗示和隐晦。这些也正是弥尔顿史诗《失乐园》的特征。弥尔顿一开始把《失乐园》构思成一部道德剧,后来又将

---

① 请参见中世纪奇迹剧约克组剧中的一些例子,如《路西弗的诞生和坠落》(The Creation and the Fall of Lucifer)第104—106行:"路西弗:我现在足够不幸了。/魔鬼:……悲伤让我疯狂,我的才智尽数消失。/我们只能吃下面能找到的污物。"《人类的堕落》(The Fall of Man)第1—22行:"撒旦:由于悲伤,我的才思混乱!/让我心乱如麻……"(A.C.考利编:《中世纪奇迹剧选》,伦敦:J.M.登特出版社,1984年,第7—19页)。同文艺复兴时期悲剧中的独白相比较,这些揭示自我的表述当然是非常粗陋的形式,但是这两者之间有着一定的关联。

② 路西弗在名为《被逐出伊甸园的亚当》的第四部手稿中共出现了两次:【加百利开场白之后】路西弗被打败后第一次出场,为自己唏嘘哀叹,企图在人类身上复仇。【合唱队描述完天上的战争后】这儿路西弗再次出场,述说自己为毁灭人类所做的一切。(David Masson. The Life of John Milton. Vol. II. 1859—1880. Rptd. Gloucester, Mass.: Peter Smith, 1965, p.107)。

③ 在《文学艺术作品》(The Literary Work of Art)一书中,罗曼·英加顿(Roman Ingarden)认为文学作品的最基本结构是由不同类别的层次构成的。他进一步把句子分成三种。如果一个句子有两种或多种意义,那么文学作品的多形态或多层次的本质就显现出来了。文学作品中清晰而真实地展现出来的间隔仿佛挤满了空白点,英加顿把他们称为"未定点"(spots of indeterminacy)。不过,在阅读和欣赏一部作品时,读者往往能超越文本简单显示的信息并且多方面地把文本所展现的客观现实补充完整。

这个剧本改写成为了英雄史诗。在这一过程当中,他不可避免地会跟文艺复兴时期的英国戏剧一样,在改写后的作品中保留了一些早先手稿的讽喻模式。《失乐园》里撒旦的独白就清楚地表明了,弥尔顿在某种程度上是把撒旦当作一个戏剧人物来进行塑造和刻画的。

结　语

　　本书的第一章追溯弥尔顿的诗歌和散文作品中反映出来的英国文学传统的普遍影响。然而在第二至第四章中我们更仔细地研究了撒旦性格的各个不同侧面。撒旦习惯性的伪装行为带有强烈的宗教暗示,暗示着和英雄的正面形象毫无关联的邪恶。撒旦对于武力的夸耀则是诗人一种更为隐秘的嘲弄方法。经过仔细的研读,我们仍然能够发现这种描写并没有使这个魔鬼的人物性格显得更加高贵,而恰恰暴露了他的软弱。罪孽的讽喻,加上弥尔顿塑造人物性格的独特方法,再一次强调了这样一个事实,那就是我们的诗人弥尔顿旨在"昭示上帝之公正",而非撒旦的公正。我们的讨论集中在与撒旦作为诱惑者、路西弗和地狱君王这三种不同角色直接相关的形象和主题上。正如斯宾塞的盖恩在意识到香艳闺房的强大诱惑力时就动手把它捣毁了,弥尔顿在刻画撒旦的人物性格时也清楚地意识到了这个邪恶角色的魅力和对读者的吸引力。

　　通过研究撒旦人物性格的几个不同侧面,我们更加深信英国文学传统在《失乐园》的创作过程中所起到的关键作用。在刻画撒旦的人物性格时,弥尔顿大量借鉴了英国文学的两个分支:一个是从古英语《创世记》开始一直到《仙后》这段时期内的道德和宗教诗歌作品;另外一个是中世纪和文艺复兴时期的英国戏剧作品。这两个分支相结合而形成的一片文学领域,在很大程度上限定了弥尔顿《失乐园》这部文学作品的创作内涵。因此,我们在客观地评价该作品中撒旦这一角色时,应当时刻记住这种本土的文学传统。这样我们才能避免某些"意图的谬误"("intentional fallacies")。

　　艾略特早在1917年就指出了那种完全忽视文学影响的评论习惯的缺点和局限性。他在《传统与个人才能》(1917)一文中的下列评论跟当前的弥尔顿批评仍然有着直接的关联:

　　　　这个过程中可能揭示的一个事实就是,我们在评价一位诗人时倾向于强调他作品中最不像其他任何人的那些方面。我们自认为在他作

结　语

品的这些方面或部分找到了诗人的个性及其特有的本质。我们因发现这位诗人跟前人,尤其是上一辈的人,有不同之处而沾沾自喜。我们努力想找出那些可以被孤立,并且能拿出来欣赏的东西。然而,如果我们分析一位诗人时不带这种偏见,就会发现他作品中不仅最好的部分,而且最具个性化的部分,也正好是已故的诗人们,即他的前辈们,最能显示出其影响长盛不衰之处。而且我所指的并非诗人易受影响的青少年时期,而是指他成熟的鼎盛期。①

我们确实经常被一种观念所误导,那就是认为《失乐园》中的撒旦完全是弥尔顿本人政治观点、文学想象或个人天才的产物。我们经常引用列维坦的典故来说明撒旦身体的庞大,从而引申出其形象伟大的结论,但却往往忽视这一怪物作为罪恶象征的特定宗教含义;我们用撒旦巨大的武器来证明他的英雄品质,却同样忽视了他内心的怯懦和力量的虚弱。撒旦虚伪的论点、内心的冲突、甚至在追求邪恶时表现出来的固执和任性都被不同程度地加以误读,用以证明他作为一个清教徒革命者的形象;然而,如果我们考虑到作品背后的英国文学传统,就可以避免上述这些误解。

然而,英国文学只是史诗《失乐园》背后数个文学传统中的一种。我们在强调英国文学传统的同时,也绝不能忽略其他的文学传统。众所周知,弥尔顿除阅读本国的英语文学作品之外,还大量阅读了用希腊语、拉丁语、希伯来语、意大利语和法语写成的众多其他文学作品。《失乐园》中对荷马、维吉尔、但丁、亚里士多德、塔索和迪巴塔的作品,以及最重要的《圣经》的引喻显示出弥尔顿极其广博的学识。一位 18 世纪的评论家威廉·劳德(William Lauder)甚至还指责弥尔顿抄袭了一些不为人所知的欧洲大陆作家②。然而,弥尔顿首先是个英国诗人,他的《失乐园》首先是一部"英语英雄诗歌"

---

① T. S. Eliot. "Tradition and the Individual Talent" (1917). *Critical Theory since Plato*, ed. Hazard Adams. New York: Harcourt Brace Jovanovich, Inc., 1971, p.784.

② 威廉·劳德:"关于弥尔顿在《失乐园》中使用和模仿当代作品的论文"(William Laud. "An Essay on Milton's Use of and Imitations of the Moderns in His *Paradise Lost*"),1750 年(John T. Shawcross, ed. *Milton, 1732—1801* [The Critical Heritage]. London: Routledge & K. Paul, Lodon, Boston, 1972, pp.173—181);劳德相信科伦耶稣学院教授雅各布斯·马森尼乌斯的《圣书首五卷》(1650)为弥尔顿提供了地狱议会、万魔殿、路西弗的生活习性和战车以及天使间的战斗等细节;雨果·格劳秀斯的作品《被逐的亚当》也和弥尔顿的第四部手稿《被逐出伊甸园的亚当》非常相近;另有一部名为《失乐园》的意大利悲剧,用和弥尔顿史诗第四卷相同的方式描述了天使间的战争。

(English Heroic Verse),①他的灵感和文学手法主要取自他英国文坛的前辈们。

弥尔顿对英国文学传统的借鉴丝毫没有削弱他作为一位伟大英国诗人的崇高地位。"借用,只有当借用者没有对被借用素材作任何改进的情况下,才会被优秀作家们视为剽窃。"②正如乔叟和莎士比亚随意借鉴了各种手头能够得到的素材那样,弥尔顿当然也已经把他的所有素材改造成为了他宏伟诗意想象的内容。在梳理完英国文学传统的影响后,我们不得不承认《失乐园》仍然是一部最具原创性的诗歌。

在本书中,我们仅仅只是讨论了弥尔顿整个文学创作中的一小部分,但是我们收集到的所有证据都显示,在研究弥尔顿的文学创作时,英国文学传统是一个我们所不能忽视或回避的因素,我们也不能把它割裂开来或分解成许多碎片。历经许多个世纪,英国本土的文学传统仍然保持了它的完整性。我们的诗人弥尔顿就是在这一特定背景下创造了撒旦这个文学形象,他可以拒绝或修改这个在文艺复兴时期重新得到巩固的文学传统,但他绝不可能摆脱这种文学传统无处不在的影响,或对它完全不予理会。

---

① 这是弥尔顿本人在《失乐园》序言中对于作品所采用的素体诗(blank verse)形式所下的定义。

② John Milton. *Eikonoklastes*. Chapter 23:"Borrowing, if it be not bettered by the borrower, among good authors is accounted plagiarie."

参考书目

Abrams, M. H. et al., eds. *The Norton Anthology of English Literature*. New York: W. W. Norton & Co., 1979.

Adams, E. N. *Old English Scholarship in England from 1566—1800*. Hamden: Archon Books, 1970.

Adams, Hazard, ed. *Critical Theory since Plato*. New York: Harcourt Brace Jovanovich, Inc., 1971.

Adler, M. J. et al., eds. *Great Books of the Western World*. 48 Vols. Chicago: Encyclopaedia Britannica, Inc., 1980.

Ariosto, Ludovico. *Orlando Furioso*. transl. Guido Waldman. London: Oxford University Press, 1970.

Barker, Arthur. "Milton's Schoolmasters." *Modern Language Review* XXXII (1937): 517—536.

Barnet, Sylvan et al., eds. *The Complete Classic Shakespeare*. New York: Harcourt Brace Jovanovich, Inc., 1972.

Bateson, F. W. and H. T. Meserole. *A Guide to English and American Literature*. London: Longman, 1976.

Bede. *The Ecclesiastical History of the English Nation*. London: J. M. Dent & Sons Ltd., 1954.

Berkhout, C. T. and M. McC. Gateh, eds. *Anglo-Saxon Scholarship: The First Three Centuries*. Boston: G. K. Hall & Co., 1982.

Blessington, F. C. *Paradise Lost and the Classical Epic*. Boston: Routledge and Kegan Paul, 1979.

Bliss, Philip. *A Catalogue of Graduates in Divinity, Law, Medicine, Arts and Music Who have been Regularly Proceeded or Being Created in the University of Oxford between October 10, 1659 and December 31, 1850*. Oxford: The University Press, 1851.

Boas, F. S., ed. *The Poetical Works of Giles Fletcher and Phineas Fletcher*. Cambridge: The University Press, 1908.

Boitani, Piero. *English Medieval Narrative in the 13 th and 14 th Centuries.* transl. Joan Krakover Hall. Cambridge: The University Press, 1982.

Boswell, J. C. *Milton's Library.* New York: Garland Publishing, Inc. , 1975.

Broadbent, J. B. *Some Graver Subject: An Essay on Paradise Lost.* New York: Barnes & Noble, 1960.

Brooks-Davis, Douglas. *Spenser's Faerie Queene: A Critical Commentary on Book I and II.* Manchester: Manchester University Press, 1977.

Brow, J. R. "Some Notes on the Native Elements in the Diction of *Paradise Lost.*" *Notes & Queries*, No. 196, 1951, pp. 424—428.

Bunyan, John. *Holy War.* Eds. Roger Sharrock and J. T. Forrest. Oxford: The Clarendon Press, 1980.

Burrow, J. A. *Medieval Writers and Their Work: Middle English Literature and Its Background.* Oxford: The University Press, 1982.

Bush, Douglas. *English Literature in the Early 17 th Century.* 2nd ed. Oxford: The Clarendon Press, 1976.

—. *Mythology and the Romantic Tradition in English Poetry.* Minneapolis: The University of Minnesota Press, 1932.

Bush, Douglas et al. , eds. *Complete Prose Works of John Milton.* 7 Vols. New Haven: Yale University Press, 1953—1980.

Carey, John and Alastair Fowler, eds. *The Poems of John Milton.* London: Longman Group Ltd. , 1980.

Cawley, A. C. , ed. *Everyman and Medieval Miracle Plays.* London: J. M. Dent, 1984.

Cherniss, M. D. "Heroic Ideals and the Moral Climate of *Genesis B.*" *Modern Language Quarterly* XXX (1969): 479—497.

Chew, S. C. *The Crescent and the Rose.* New York: Oxford University Press, 1937.

Cheyne, T. K. and J. S. Black, eds. *Encyclopaedia Biblica.* London: Adam and Charles Black, 1907.

Cormican, L. A. "Milton's Religious Verse." *The New Pelican Guide to English Literature.* London: Penguin Books, 1982, pp. 219—238.

Crump, G. M. *The Mystical Design of Paradise Lost.* London: Associated University Press, 1975.

Cullen, Patrick. *Infernal Triad: The Flesh, the World, and the Devil in Spenser and Milton.* Princeton: Princeton University Press, 1974.

Daiches, David and Anthony Thorlby, eds. *The Medieval World.* London: Aldus Books,

1973.

Darbishire, Helen, ed. *The Early Lives of Milton*. London: Constable and Co. Ltd., 1932.

—. *The Manuscript of Milton's Paradise Lost*. Oxford: The Clarendon Press, 1931.

Deimling, Hermann, ed. *The Chester Plays*. London: Oxford University Press, 1892.

Demaray, J. G. *Milton's Theatrical Epic: The Invention and Design of Paradise Lost*. Cambridge, Mass.: Harvard University Press, 1980.

Demrosch, Leopold. *God's Plot & Man's Stories*. Chicago: The University of Chicago Press, 1985.

Diekhoff, J. S., ed. *Milton on Himself*. New York: Humanities Press, 1965.

Edmundson, George. *Milton and Vondel*. London: Trubner & Co., 1885.

Emerson, O. F., ed. *A Middle English Reader*. London: Macmillan and Co. Ltd., 1932.

Empson, William. *Milton's God*. Cambridge: The University Press, 1981.

Evans, C. B. et al., eds. *The Riverside Shakespeare*. Boston: Houghton Mifflin Company, 1974.

Evans, J. M. "*Genesis B* and Its Background." *Review of English Studies*, New Series XIV (1963): 1—16.

—. *Paradise Lost and the Genesis Tradition*. Oxford: The Clarendon Press, 1968.

Farnham, W. *The Medieval Heritage of Elizabethan Tragedy*. Berkley: The University Press, 1936.

Ferry, A. D. *Milton's Epic Voice: The Narrator in Paradise Lost*. Cambridge, Mass.: Harvard University Press, 1963.

Fletcher, H. F. "Milton and Yosippon." *Studies in Philology* XXI (1924): 496—501.

—. *Milton's Semitic Studies*. Chicago: The University of Chicago Press, 1926.

—. *Milton's Rabbinical Readings*. Urbana: University of Illinois Press, 1930.

—. *The Intellectual Development of John Milton*. 2 Vols. Urbana: University of Illinois Press, 1961.

Fletcher, Robert, ed. *The Prose Works of John Milton*. London: Henry G. Bohn, 1896.

Firth, C. H. *Johnson's Live of the Poets: Milton*. Oxford: The Clarendon Press, 1927.

Freeman, J. A. *Milton and the Martial Muse*. Princeton: Princeton University Press, 1980.

French, J. M., ed. *The Life Records of John Milton*. 5 Vols. New Brunswick, New Jersey: Rutagers University Press, 1949—1958.

Frye, Northrop. *The Great Code: The Bible and Literature*. London: Routledge &

Kegan Paul, 1982.

Frye, R. M. *Milton's Imagery and the Visual Arts: Iconographic Tradition in the Epic Poems*. Princeton: Princeton University Press, 1978.

Gardner, Helen. "Milton's Satan and the Theme of Damnation in Elizabethan Tragedy." *English Studies*, New Series I (1948): 46—66.

—. *A Reading of Paradise Lost*. Oxford: The Clarendon Press, 1965.

—. *Religion and Literature*. London: Faber and Faber, 1971.

Geisst, C. R. *The Political Thought of John Milton*. London: The Macmillan Press, Ltd., 1984.

Gilbert, A. H. "Milton and Mysteries." *Studies in Philology* XVII (1920): 147—169.

—. *On the Composition of Paradise Lost*. Chapel Hill: The University of North Carolina Press, 1947.

Gill, Alexander. *Logomia Anglica* (2nd ed., 1621). Otto L. Jiriczek., ed. Strassburg: Karl J. Trubner, 1903.

Glicksman, Harry. "The Sources of Milton's *History of Britain*." *Wisconsin Studies in Language and Literature*, 1921, pp. 105—144.

Gollancz, Israel, ed. *The Caedmon Manuscript of Anglo-Saxon Biblical Poetry*. Oxford: Oxford University Press, 1927.

Gordon, R. K., transl. *Anglo-Saxon Poetry*. London: J. M. Dent & Sons Ltd., 1934.

Grace, W. J. *Ideas in Milton*. London: University of Notre Dame Press, 1968.

Greenfield, S. B. *A Critical History of Old English Literature*. New York: New York University Press, 1968.

Greenlaw, Edwin. "A Better Teacher than Aquinas." *Studies in Philology* XIV (1917): 196—217.

—. "Spenser's Influence on *Paradise Lost*." *Studies in Philology* XVII (1920): 320—359.

Guillory, John. *Poetic Authority Spenser, Milton and Literary History*. New York: Columbia University Press, 1983.

Hanford, J. H. "The Chronology of Milton's Private Studies." *PMLA* XXXVI (1921): 256—314.

—. "Milton and the Art of War." *Studies in Philology* XVIII (1921): 232—266.

Hanford, J. H. and J. G. Taaffe, eds. *A Milton Handbook*. 5th ed. New York: Meredith Corporation, 1970.

Hankins, J. E. *Source and Meaning in Spenser's Allegory*. Oxford: The Clarendon Press, 1971.

Hastinge, James, ed. *A Dictionary of the Bible*. New York: Charles Scribner's Sons., 1911.

Hill, Christopher. *Milton and the English Revolution*. London: Penguin Books, 1979.

Homer. *The Iliad*. transl. Robert Fitzgerald. Garden City, New York: Anchor Books, 1975.

Hughes, M. H., ed. *John Milton: Complete Poems and Major Prose*. New York: Macmillan Publishing Company, 1985.

Ingpen, Roger and Walter E. Peck, eds. *The Complete Works of Percy Bysshe Shelley*. Vol. VII. London: Ernest Benn Ltd., 1930.

Johnson, Samuel. *The Lives of the English Poets*. Vol. 1. London: J. F. Dove, 1826.

Jones, P. F. "Milton and the Epic Subjects from British History." *PMLA* XLII (1927): 901—909.

Kastor, F. S. *Milton and the Literary Satan*. London: Constable and Co. Ltd., 1932.

—. "'In His Own Shape': The Stature of Satan in *Paradise Lost*." *English Language Notes* (June 1968): 264—269.

Kermode, Frank et al., eds. *The Oxford Anthology of English Literature*. New York: Oxford University Press, 1973.

Kinsley, James, ed. *The Poems and Fables of John Dryden*. London: Oxford University Press, 1969.

Kittredge, G. L. *Witchcraft in Old and New England*. New York: Atheneum, 1972.

Kranidas, Thomas. "Satan's First Disguise." *English Language Notes* II (1964): 13—15.

Krapp, C. P. and E. V. K. Dobbie, eds. *The Anglo-Saxon Poetical Records*. London: George Routledge & Sons Ltd., 1931—1953.

Langland, William. *The Vision of Piers Plowman; A Complete Edition of the B-Text*. Ed. A. V. C. Schmidt. London: J. M. Dent & Sons Ltd., 1978.

—. *Piers Plowman by William Langland* (C Text). Ed. Derek Pearsall. London: Edward Arnold Ltd., 1978.

Layamon. *The Brut* (ed. from MS Rawl., B171, Bodleian Library, by Friedrich W. D.). London: Kegan Paul, 1908.

Lever, J. W. "*Paradise Lost* and the Anglo-Saxon Tradition." *The Review of English Studies* XXIII (1947): 99—106.

Lewalski, B. K. *Paradise Lost and the Rhetoric of Literary Forms*. Princeton: Princeton University Press, 1985.

Lewis, C. S. *English Literature in the 16th Century, excluding Drama*. London:

Oxford University Press, 1954.

—. *A Preface to Paradise Lost*. London: Oxford University Press, 1942.

Long, William J. *English Literature: Its History and Significance for the English Speaking World*. Boston: Houghton Mifflin, 1919.

Lumiansky, R. M. and Herschel Baker. *Critical Approaches to Six Major English Works: Beowulf through Paradise Lost*. Philadelphia: University of Pennsylvania Press, 1968.

Mackie, J. D. *The Early Tudors: 1485—1558*. Oxford: The Clarendon Press, 1978.

MacQueen, John. *Allegory*. London: Methuen, 1970.

Mallenkott, V. R. "The Cycle of Sins in *Paradise Lost*, Book XI." *Modern English Quarterly* XXVII (1966): 33—40.

Martz, L. L., ed. *Milton: A Collection of Critical Essays*. Englewood Cliffs, N. J.: Prentice-Hall Inc., 1966.

Masson, David. *The Life of John Milton*. 6 Vols, 1859—1880. Rptd. Gloucester, Mass.: Peter Smith, 1965.

Miller, Leo. "The Burning of Milton's Books in 1660: Two Mysteries." *English Literary Renaissance* XVIII (1988): 424—437.

Mohl, Ruth. *John Milton and His Commonplace Book*. New York: Fredrick Ungar Publishing Co., 1969.

Muir, Kenneth. *John Milton*. 2nd ed. London: Longmans, 1962.

Oras, Ants. *Milton's Editors and Commentators from Patrick Hume to Henry John Todd (1695—1801)*. Estonia: University of Tartu, 1931.

Parker, W. R. *Milton: A Biography*. 2 Vols. Oxford: The University Press, 1968.

Partridges, C. A. *Milton and the Christian Tradition*. Oxford: The Clarendon Press, 1966.

Patterson, F. A. et al., eds. *The Works of John Milton*. 20 Vols. New York: Columbia University Press, 1931—1940.

Peck, H. W. "The Theme of *Paradise Lost*." *PMLA* XXIX 1914: 256—269.

Philip, Ian. *The Bodleian Library in the 17th and 18th Centuries*. Oxford: The Clarendon Press, 1983.

Pitman, J. H. "Milton and the *Physiologus*." *Modern Language Notes*, XL, 1925.

Prince, F. T. *The Italian Elements in Milton's Verse*. Oxford: The Clarendon Press, 1953.

Ramsay, R. L. "Morality Themes in Milton's Poetry." *Studies in Philology* XV (1918): 123—158.

Raw, B. C. *The Art and Background of Old English Poetry*. Suffolk: Edward Arnold, 1973.

Revard, S. P. *The War in Heaven: Paradise Lost and the Tradition of Satan's Rebellion*. Ithaca: Cornell University Pres, 1980.

Riggs, W. G. *The Christian Poet in Paradise Lost*. Berkeley: The University of California Press, 1972.

Roche, T. P. , Jr. ed. *Essays by Rosemond Cuve: Spenser, Herbert, Milton*. Princeton: Princeton University Press, 1970.

Robinson, F. N. , ed. *The Complete Works of Geoffrey Chaucer*. London: Oxford University Press, 1957.

Russell, J. B. *The Devil and Perceptions of Evil from Antiquity to Primitive Christianity*. Ithaca: Cornell University Press, 1977.

—. *Satan: The Early Christian Tradition*. Ithaca: Cornell University Press, 1981.

—. *Lucifer: The Devil in the Middle Ages*. Ithaca: Cornell University Press, 1984.

St. George, P. P. "Psychomachia in Books V and VI of *Paradise Lost*." *Modern English Quarterly* XXVII (1966): 185—196.

Schlauch, Margaret. *English Medieval Literature and Its Social Foundations*. London: Oxford University Press, 1956.

Sharpe, Kevin. *Sir Robert Cotton 1586—1631: History and Politics in Early Modern England*. Oxford: Oxford University Press, 1979.

Shawcross, John T. , ed. *Milton, 1732—1801* [The Critical Heritage]. London: Routledge & K. Paul, Lodon, Boston, 1972.

—. *With Mortal Voice: The Creation of Paradise Lost*. Lexington, Kentucky: The University Press of Kentucky, 1982.

Shippey, T. A. , ed. *Poems of Wisdom and Learning in Old English*. Cambridge: D. S. Brewer, Ltd. , 1976.

Shire, Helena. *A Preface to Spenser*. London: Longman Group Ltd. , 1978.

Shoaf, A. R. *Milton, Poet of Duality: A Study of Semiosis in the Poetry and Prose*. New Haven: Yale University Press, 1985.

Smith, G. G. *Elizabethan Critical Essays*. 2 Vols. Oxford: The Clarendon Press, 1904.

Smith, J. C. and E De Selincourt, eds. *Spenser: Poetical Works*. London: Oxford University Press, 1966.

Speirs, John. *Medieval English Poetry: The Non-Chaucerian Tradition*. London: Faber and Faber, 1957.

Spenser, Edmund. *The Farie Queene*. Intr. J. W. Hales. London: Dent, 1974.

Steadman, J. M. *Milton and the Renaissance Hero*. Oxford: The Clarendon Press, 1967.

—. *Milton's Epic Characters*. Chapel Hill: The University of North Carolina Press, 1968.

—. *Epic and Tragic Structure in Paradise Lost*. Chicago: The University of Chicago Press, 1976.

—. *Nature and Myth*. Pittsburg: Duquesne University Press, 1979.

Stein, Arnold. "Satan: the dramatic role of Evil." *PMLA* LXV (1950): 221—231.

Stoll, E. E. "Give the Devil His Due: A Reply to Mr Lewis." *Review of English Studies* XX (1944): 108—124.

—. "A Postscript to 'Give the Devil His Due." *Philological Quarterly* XXVIII, 1949.

Swanton, Michael. *English Literature before Chaucer*. London: Longman, 1987.

Syfret, Rosemary. *Paradise Lost IX*. London: Macmillan Education, 1972.

Tatlock, J. S. P. "Milton's Sin and Death." *Modern Language Notes* XXI (1906): 239—240.

Taylor, G. C. "Shakespeare and Milton Again." *Studies in Philology* XXIII (1926): 189—199.

—. *Milton's Use of Du Bartas*. Cambridge, Mass.: Harvard University Press, 1934.

Thaler, Alwin. "The Shakespearian Element in Milton." *PMLA* XL (1925): 645—691.

Thorpe, James, ed. *Milton Criticism: Selections from Four Centuries*. New York: Octagon Books, Inc., 1966.

Tillyard, E. M. W. *The Miltonic Setting: Past and Present*. London: Chatto & Windus, 1947.

—. *The English Epic and Its Background*. Oxford: The University Press, 1966.

—. *Milton*. London: Chatto & Windus, 1956.

Toland, John, ed. *The Oceana of James Harrington, and His Other Works*. London, 1700.

Vatter, Hannes. *The Devil in English Literature*. Bern: Franke Verlag, 1978.

Wells, J. E. *A Manual of the Writings in Middle English (1050—1400)*. New Haven: Yale University Press, 1916.

Whitelock, Dorothy. *The Beginnings of English Society*. London: Penguin Books, 1987.

Whiting, G. W. *Milton's Literary Milieu*. Chapel Hill: The University of North Carolina Press, 1939.

Wilson, A. N. *The Life of John Milton*. Oxford: The University Press, 1984.

Wood, Anthony A. *Athenae Oxenienses* (with additions and a continuation by Philip

Bliss). Vol. III. London: Oxford University Press, 1817.

Woodhouse, A. S. P. *The Heavenly Muse: A Preface to Milton*. Toronto: University of Toronto Press, 1972.

Wyatt, A. J., ed. *An Anglo-Saxon Reader*. Cambridge: The University Press, 1948.

Zesmer, D. M. *Guide to English Literature: From Beowulf through Chaucer and Medieval Drama and Medieval Drama*. New York: Barnes and Noble, Inc., 1961.

弥尔顿:《失乐园》,朱维之译,外国文学名著丛书编辑委员会编。上海:上海译文出版社,1984年。

弥尔顿:《失乐园》,金发燊译。长沙:湖南人民出版社,1987年。